सुशील कुमार फुल्ल
की
लोकप्रिय कहानियाँ

सुशील कुमार फुल्ल की लोकप्रिय कहानियाँ

सुशील कुमार फुल्ल

प्रभात
पेपरबैक्स
www.prabhatbooks.com

प्रकाशक

प्रभात पेपरबैक्स

4/19 आसफ अली रोड, नई दिल्ली-110002

फोन : 23289777 • हेल्पलाइन नं. : 7827007777

इ-मेल : prabhatbooks@gmail.com ❖ वेब ठिकाना : www.prabhatbooks.com

संस्करण

प्रथम, 2018

मूल्य

एक सौ पचहत्तर रुपए

अ.मा.पु.स. 978-93-5266-301-9

मुद्रक

आर-टेक ऑफसेट प्रिंटर्स, दिल्ली

SUSHIL KUMAR PHULL KI LOKPRIYA KAHANIYAN

Published by **PRABHAT PAPERBACKS**
4/19 Asaf Ali Road, New Delhi-110002

ISBN 978-93-5266-301-9

₹ 175.00

अनुक्रम

बढ़ता हुआ पानी

गड़-गड़-गरड़।

बारिश जोर से होने लगी है।

उस पार दूलो के होंठ फड़फड़ाए।

हाँ, उसे उस पार अपने गाँव में पहुँचना है।

ऊबड़-खाबड़ घाटी में नदी के ऊँचे-नीचे कगार, बीच में सरसराती नदी, दूलो अंधकार में आँखें फाड़-फाड़कर इधर-उधर देख रहा था। उसे लगा, मानो अँधियारे ने उसकी आँखों को चुँधिया दिया हो।

शायद पानी उतर जाए, उसने सोचा।

भरर! भरर!

मैं अब उस पार नहीं पहुँच सकता—वह सोचने लगा, उस पार प्रतीक्षा करती छोटी-छोटी आँखें अंधकार में उसके सामने तैर गईं। दर्द पाँव से सिर तक सरसरा गया। दूलो ने अँगड़ाई ली। मुझे उस पार पहुँचना ही है—विश्वस्त स्वर में उसने अपने आप से कहा!

उस पार पहाड़ी पर छोटा सा गाँव है। सात-आठ घर खीलों की तरह जहाँ-तहाँ बिखरे हैं। खाने-पीने का सामान... वहाँ रहनेवाले सभी लोग निर्धन हैं। बकरियाँ तथा भेड़ें पालते हैं। किसी-किसी घर में गायें भी बँधी हैं। राशन लेने उन्हें अपने गाँव से पाँच मील दूर शहर में जाना पड़ता है। प्रात: जब दूलो अपने गाँव से चला था तो आसमान स्वच्छ था। बादल का कोई टुकड़ा कहीं दिखाई नहीं देता रहा था।

मैं जल्दी लौट आऊँगा, सोचा था उसने।

शहर में अनाज मिल रहा था।

अनाज कई दिनों के बाद डिपो में आया था।

लोग मानो पिल पड़े थे।

डिपो का अनाज सस्ता था—खुले बाजार में वही अनाज दोगुने भाव पर लेने की क्षमता दूलो में न थी।

चावल!

चावल नहीं मिलेंगे।

कहीं अकाल पड़ गया है, वहीं भेजे जा रहे हैं।

उसे समझ नहीं आ रहा था, अकाल क्या होता है। हाँ, इतना अवश्य पता था कि अकाल पड़ने पर लोग मरने लगते हैं।

कुछ उबले हुए चावल ले आता तो अच्छा ही था—सोचा दूलो ने। उसकी जबान ललिया गई।

थोड़े-बहुत जो भी चावल बचे थे, आज सुबह पकाकर उसने अपने तीनों बच्चों को खिला दिए थे। उसका भी मन चाहता था थोड़ा सा खा ले, लेकिन ममता ने रोक दिया। बच्चों को जन्म दिया है तो उनकी भूख शांत करना भी उसका परम कर्तव्य है। कई दिनों से पड़ोसियों से माँग-माँगकर खा-खिला रहा था, परंतु अब और नहीं माँग सकता था। माँगता भी तभी न, जब किसी के पास होते। सारे गाँव में अनाज की किल्लत थी। कई दिनों से अनाज डिपो पर नहीं आया था।

दूलो ने पानी पीकर भूखे पेट पर हाथ फेर लिया था।

□

दूलो पानी में भीग रहा था।

थोड़ी-थोड़ी देर बाद कपड़ों को झिंझोड़कर पानी झाड़ देता। उसने ऊँचे पहाड़ों की ओर देखा। सब-के-सब चुँधिया गए थे।

मित्रा, मित्रा

आवाज गूँजी और फिर बारिश में खो गई।

कोई साथी होता तो अच्छा—सोचा दूलो ने।

रात्रि अगाध गति से बढ़ती जा रही थी—रात्रि का बढ़ना दूलो के लिए पानी के चढ़ने का पर्याय था।

उसका अंग-अंग टूट रहा था।

पास से भीगा हुआ एक भयभीत सियार निकल गया।

बच्चे बिलबिलाते होंगे, सोचकर वह काँप उठा। इस साल वह घर की छत भी ठीक नहीं कर पाया। अँधेरी में स्लेट उड़ गए थे। उसमें इतना भी सामर्थ्य नहीं रहा था कि वह उन्हें डाल सकता। सुराखों से पानी झर-झरकर उसके बच्चों पर पड़ता होगा।

वे माँ-बच्चे ठिठुरे हुए उसकी तरफ देख रहे होंगे। उसे याद आई उन दिनों की, जब उसका विवाह हुआ था। कितने चाव से वह उसे ब्याहकर लाया था।

नदी! उस दिन भी चढ़ी हुई थी, लेकिन!

तब जोश था—साथी थे! घंटों की प्रतीक्षा भी ऐसे ही समाप्त हो गई थी।

पाँच वर्ष।

तीन बच्चों ने जन्म लिया। दूलो कितना खुश था। अपनी भेड़ें चराकर जब घर लौटता तो पत्नी उसकी बाट जोह रही होती।

समय को पंख लग गए थे।

गड़-गड़ गरड़।

दूलो काँप गया। उस दिन भी ऐसे ही बारिश हो रही थी। दूलो शहर गया हुआ था। पत्नी बाहर गई थी—भेड़ें लेकर।

एक दिन बीता!

दो दिन बीते! वह लौटी नहीं।

दूलो पगला गया। नहीं लौटी··· बड़बड़ाता रहता।

फिर धीरे-धीरे बच्चों की परवरिश में खो गया। वही बच्चों की माँ था, वही पिता!

काश! वही साथ होती! कसमसाकर रह गया दूलो।

मैं···मैं मर क्यों नहीं जाता! अचानक वह बोला, फिर इधर-उधर देखकर वह एक पत्थर के सहारे बैठ गया।

सारा दिन यों ही व्यतीत हो गया, सोचने लगा दूलो। दुकानदार भी अजीब हैं। कितनी-कितनी देर लगा देते हैं।

'अभी ठहरो!' दुकानदार ने आदेश भरे स्वर में कहा था।

दूलो ठहर गया। उसके लिए समय की गति ठहर गई थी।

दुकानदार के आगे लंबी पंक्ति लगी है।

☐

जान-पहचान वाले लोग आते हैं। राशन कार्ड आगे बढ़ाते हैं, उत्तर मिलता है—अभी लो साब।

दूलो देखता है यह सब। मन में कशमकश सी होती है, शायद अफसर होंगे। अफसर ही होंगे, जो सबसे पीछे आते हैं, पहले चले जाते हैं। इसके आगे वह सोच नहीं पाता।

पास ही बच्चे लालीपॉप चूस रहे हैं।

दूलो को अच्छा लगा। सोचा, अपने बच्चों को भी कभी शहर लाऊँगा तो वे कितने खुश होंगे। कभी यह माँगेंगे कभी वह।

भूख!

दूलो ने भूखे पेट पर हाथ फेरा।

गुड़ खाने को मन हुआ।

दुकान तक पहुँचा। ललचाई नजरों से गुड़ को देखा, मक्खियाँ भिनभिना रही थीं। भाव पूछते ही हाथ थम गया, बोल नहीं पाया, शर्म के मारे लौट आया।

इतना महँगा गुड़ वह नहीं खा सकता था। जब से चीनी नहीं आ रही, दुकानदारों ने गुड़ का भाव दुगना कर दिया।

नल से पानी बह रहा है।

दूलो पानी लेकर मुँह पर छींटे मार लेता है। मूँछों को सहलाता है। अरे वो गए। कोई एक बोला। एक्टर है, एक्टर! दूसरा बोला, नदी किनारे शूटिंग होगी।

कैसे मजे से घूमते-फिरते हैं और यहाँ छह-छह घंटे पंक्ति में खड़े होकर राशन लेना पड़ता है, कोई जला-भुना गुनगुनाया।

शूटिंग क्या होती है—सोचा दूलो ने। नदी किनारे शूटिंग होगी। खूनी नदी के किनारे। शूटिंग जहाँ प्रतिवर्ष कोई-न-कोई ग्रामीण नदी में बह जाता है। मन में आया कह दे—क्यों मरने की सोच रहे हो, क्या पता, शूटिंग क्या होती है? कुछ भी हो, मुझे इससे क्या? इस भय से कि कहीं यह कोई अच्छी बात न होती हो, वह चुप ही रहा।

नदी का पाट बड़ा चौड़ा है।

पुल नहीं बन पाया, शायद बन जाए।

चुनाव के समय तो यही शोर था—याद आया उसे।

□

शोर!

शायद बन ही जाए।

शूटिंग!

दुकान के आगे पंक्ति सिकुड़ती जा रही थी।

रिक्रूटिंग होगी? प्रश्नवाचक रूप में एक व्यक्ति ने पूछा, जो दुकान से निकाला था।

नहीं शूटिंग।

दूलो को कुछ समझ नहीं आया। रिक्रूटिंग शब्द उसने सुन रखा था, क्योंकि

एक दिन उनके गाँव का एक फौजी ग्रामीणों को भारत-पाक लड़ाई के विषय में बता रहा था। इस शब्द का भी उसने प्रयोग किया था। दूलो को अचंभा हुआ कि अभी तक उसे वह शब्द याद है।

काश! मैं फौज में होता। खाने को तो पेट भर मिल जाता, सोचा दूलो ने। परंतु पढ़ा-लिखा होना भी आवश्यक है।

बारिश बढ़ती जा रही थी।

पंक्ति सरकती गई।

दूलो संतुष्ट होता जा रहा था।

पंक्ति के सभी व्यक्ति राशन ले चुके थे तो दूलो ने अपना राशन कार्ड आगे बढ़ा दिया था। तुम बैठ नहीं सकते?

दूलो चुप, सहम गया। दुकानदार अन्नदाता है। नाराज हो गया तो ऐसे ही लौटना पड़ेगा।

अनाज मिलने लगा।

टन-टन टेलीफोन बज उठा।

टेलीफोन बज चुका, दुकानदार ने सुना। तभी ऊँची आवाज में ग्राहकों से बोला, अभी-अभी संदेश मिला है, सिंगल अनाज जोन बन गए हैं। पंजाब में अनाज नहीं आ पाएगा, इसलिए अनाज आधा मिलेगा। क्या पता, फिर कब अनाज आए!

लोगों में खुसर-फुसर हुई, फिर शांत हो गए।

□

दूलो अनाज तुलवा रहा था।

एक कोने में खड़े दो-तीन व्यक्ति धीमी आवाज में कह रहे थे—हिमाचल में सरकार और है। पंजाब में और है, दूसरा बोला।

जनता पिस जाएगी—उदास सा एक अन्य व्यक्ति बोला। दूलो की समझ में कुछ नहीं आया। सरकार क्या होती है? यहाँ कौन सी है, उसे क्या पता। उसे तो इतना पता था कि आधे अनाज से उसके परिवार का आधा महीना भी नहीं निकलेगा और खाने को मिलता भी क्या है। केवल अनाज ही तो है। चावल भी अब तो नहीं मिलते। इस बार उसके अपने खेतों में भी कुछ नहीं हुआ था।

शायद कुछ दिन बाद अनाज मिल जाए।

लेकिन बारिश शुरू हो गई। कौन आएगा फिर? सोचा उसने।

आना तो पड़ेगा ही।

बारिश भी आने दे।

नदी-नाले भी गभा जाते हैं। ओह!

दूलो सिहर उठा।

नदी का पानी गहराता जा रहा था। अँधेरा धुप्प। पानी के गिरते तार बिजली के प्रकाश में चमक उठते थे।

कोई साथी होता, तो कितना अच्छा था। वह बोला।

अभी तो दम-खम है, सोचने लगा। शायद सुबह तक पानी उतर जाए।

गड़-गड़-गरड़, बिजली कौंधी।

पास से सरसराता कोई जानवर निकल गया।

साँप-बाप होगा। वह हिला-डुला नहीं। बरसात में साँप तो बीसियों घूमते-फिरते हैं। उसने इधर-उधर देखा। कुछ दिखाई नहीं दिया।

दूर तीन मील पीछे शहर की बत्तियाँ चुँधिया रही थीं। वापस लौट चलूँ, सोचा दूलो ने। लेकिन ऊबड़-खाबड़ रास्ते हैं।

वह कँपकँपा गया। कपड़े चिपचिपा गए थे। अपना फटा-पुराना छाता अनाज पर ठीक तरह से रख दिया। बिजली की कौंध में उत्तर दिशा के पर्वत ऐसे लगे, मानो बर्फ न रहने के कारण झुलस गए हों।

अनाज! वह बुदबुदाया।

बच्चे! वह चीख पड़ा।

किसी को अब भूखा नहीं मरने दिया जाएगा। गाँव-गाँव में स्कूल खोल दिए जाएँगे। सड़कों के जाल बिछा दिए जाएँगे—उसे याद आया चुनाव के समय दिया एक नेता का भाषण।

पिछड़े इलाकों का कायाकल्प हो जाएगा।

हो जाएगा, बोला दूलो।

काश! कोई मेरे पास होता, वह कराह उठा।

तीसरे पहर कुछ बारिश रुकी।

दूलो थका-टूटा था। ऊँघने लगा।

अचानक गाँव में हलचल मच गई। लोग इधर-उधर भागने लगे। कुछ भाग सकने में असमर्थ थे। जहाँ-तहाँ ढेर हो गए। एक-दूसरे को नोचने लगे। जंगली जानवर भी अधमरे से गाँव में आ घुसे। दूलो भागा। एक और जानवर पीछे-पीछे।

दूलो पसीना-पसीना हो गया। उभरे हुए पर्वत के साथ सटकर खड़ा हो गया। अब वह और अधिक चल नहीं सकता था। कम-से-कम वह किसी की भूख शांत

करने में तो सहायक होगा। तभी पर्वत का एक भाग टूटकर उस पर गिर पड़ा।

दूलो डरकर उठा। शरीर भारी-भारी लग रहा था। उसे लगा मानो वह हिल-डुल नहीं सकेगा, लेकिन एकदम उसका हाथ अनाज की गठरी पर पहुँच गया। गठरी वहीं थी। उसे कुछ तसल्ली हुई।

उस पार! उस पार वह बोला और अंधकार को चीरती उसकी नजर उस पार पर्वत पर बसे गाँव पर टिक गई।

पानी अब भी बढ़ता जा रहा था।

□

मेमना

कोई आहत मेमना मिमिया रहा था।

वह फुलमा को बुरी तरह घसीट रहा था। वह बार-बार छूटकर बिजली की गति से पीछे की ओर दौड़ती, परंतु उतनी ही तेजी से बूढ़ा उसे दबोच लेता। अपने पंजों में जकड़कर वह फिर उसे घसीटने लगता, वह फिर प्रतिरोध करती। दोनों में काफी देर तक रस्साकशी चलती रही। वे बुरी तरह हाँफ रहे थे, परंतु फिर भी लड़ने की मुद्रा बनाए हुए थे। वे घायल मुरगे थे, शायद घायल पहलवान, जो एक-दूसरे के प्रहार की प्रतीक्षा कर रहे थे।

वे आकाश में लटके हुए थे। चाहते तो एक-दूसरे को धक्का देकर नीचे गिरा सकते थे। दोनों के मन में यह विचार आया भी, परंतु वे इस भयावह स्थिति के लिए तैयार नहीं थे। मृत्यु सामने दिखाई देती हो तो डर लगना स्वाभाविक है। परंतु कभी-कभी किसी दूसरे को मृत्यु के मुँह में धकेलते हुए भी एक भय, एक अनिष्ट हवा में तैरकर धुँधला जाता है।

धौलाधार पर फिसल रही स्निग्ध चाँदनी एकाएक मटियाने लगी। 'हुआँ' 'हुआँ' तथा साँप की फुँफकार की मिली-जुली ध्वनि पर्वत-शृंखला से टकराने लगी। शायद किसी विषधर ने गीदड़ को लपेट लिया था।

फुलमा फुदक रही थी एक चिड़िया सी, हंस सी फड़फड़ा रही थी। वह एक चोटी पर जा खड़ी हुई। उसने एक बड़ा सा पत्थर नीचे लुढ़का दिया। पत्थर के पहाड़ से फिसलने की गड़गड़ाहट सन्नाटे को चीर गई।

वह अपनी विजय पर मुसकरा दी। बोली, 'हूँ! दब गए न! बेवकूफ! तुम्हारी बिटी हूँ तो क्या हुआ ? बिटी को बिटी की समझो न, मिट्टी नहीं। बड़े कुम्हार बने फिरते हैं, जैसा चाहेंगे, वैसा रूप दे लेंगे। क्या बात है ? लेकिन यह मिट्टी बेजान नहीं है, इसमें भी धड़कता दिल है तथा खून में कल्पना के बिंब हैं। यह कुम्हार के

हाथों को भी जकड़ सकती है···तोड़-मरोड़ सकती है। कुम्हार? जो खुद मिट्टी है।

शायद यह कुम्हार का कसूर नहीं है। इसका सारा कारण बर्फ की परतों में दब जाना है। सब गड़बड़ ठंडी खोपड़ी की है। बर्फ में जमी हुई खोपड़ी, बर्फ का ही एक ठंडा टुकड़ा। निरा पत्थर···स्पंदनहीन, संवेदनहीन।

'हुआँ-हुआँ' तथा फुंफकार की मिली-जुली ध्वनि शांत को चुकी थी। शायद गीदड़ ठंडा हो चुका था।

एक दिन वह बहुत-बहुत खुश थी। उसने अपना चोला-डोरा उतार फेंका था। वह बार-बार मेमने को चूम रही थी, मेमना जो नग्न घूमता है। मेमना, जो कभी कपड़े नहीं पहनता···मेमना, जो देवताओं से मीठा मिमियाता है। यह भी क्या जिंदगी हुई कि जब तक कपड़े फट न जाएँ, तब तक उन्हें अपने ऊपर लटकाए रखो। हू-हू करते भेड़-बकरियों के पीछे चलते रहो। यों ही जिंदगी काट दो···जैसे कोई चील का पेड़ हो···अंतर केवल चलने का है। चील का पेड़ चल नहीं सकता और हम रुक नहीं सकते।

उसने चोला-डोरा उतार दिया था तथा चूड़ीदार पायजामा तथा कुरता पहन लिया था। 'तुम तो परी लगती हो।' वह धीमे स्वर में बोला था।

'सच?'

'हूँ-हूँ, सच।'

'झूठा कहीं का! और वह लजाई सी, सकुचाई सी छुईमुई हो गई। उसके भीतर की नारी जाग उठी थी। आदिमानव तथा आदिनारी में परस्पर आकर्षण का स्फुरण हुआ था। आदम ने हौवा को पहचाना था।

छन्नू की आँखों में बिजली सी कौंध गई थी, एक धार स्पष्ट उभर आई थी।

इससे पहले भी वे मिले थे, परंतु परिचय धीरे-धीरे आत्मीयता में बदलता गया था। यह मिलना बहुत बार तो नहीं, परंतु वर्ष में एक बार अवश्य होता है। सर्दियाँ बीत जाने पर जब सब गद्दी अपनी भेड़-बकरियाँ लेकर पर्वतों पर चढ़ने लगते, अपने घर लौटने के लिए गुनगुनाते, तभी गुज्जर लोग अपनी भैंसों की डार को लेकर मैदानों को छोड़ पर्वतों पर आ पहुँचते। यह स्थल होता था, जहाँ फुलमा तथा छन्नू की भेंट हो जाती।

बस, साल में एक दो बार। वर्ष भर विरह छाया रहता। एक को पर्वतों के नीचे उतरने की उत्सुकता रहती है तो दूसरे को पर्वतों पर चढ़ने की।

एक लंबा अंतराल!

एक मधुर, परंतु संक्षिप्त मिलन। प्रेमांकुर का पेड़ बन जाना।

वे न्युगल खड्ड के पास ठहरे हुए थे। हर वर्ष यहीं ठहरते थे। वह चोला-डोरा उतार आई थी। कुरते-पायजामे में बहुत ही चुस्त लग रही थी। अच्छी लग रही थी, आकर्षक!

माँ-बाप ने उसे घूरकर देखा। साँप की भाँति फुंफकारते हुए भुटलो ने कहा, 'यह क्या पहन आई?'

'कपड़े! क्यों, कुछ और दिखाई देता है?

□

'नहीं, यह हमारा पहरावा नहीं है।' घासीराम बुदबुदाया।

'पहरावा भी कहीं किसी की बपौती होता है?'

'हाँ, होता है। जो तुम पहनकर आई हो, वह बन गूजरों का पहरावा है। हम लोग ऐसे कपड़े नहीं पहनते।'

'तो मुझे भी बन-गूजर ही समझ लो।'

'बकवास बंद करो।'

'क्यों? हम भी तो वन-वन, पर्वत-पर्वत खाक छानते फिरते हैं। उनमें और हममें कोई भी तो अंतर नहीं है।'

'अंतर क्यों नहीं है! वे नी···दूध बेचने वाले···पानी तौलने वाले···और हम ऊन बेचने वाले। हैं तो दोनों प्यापारी। तुम्हारी बात में दम नहीं है।' थोड़ा रुककर वह फिर बोली, 'वे तो दूध ही बेचते हैं और हम सारी उम्र भेड़ की ऊन उतारते रहते हैं तथा जब भी जी में आया, भेड़ की खाल उधेड़कर खलडू (थैला) बनाया जाता है तथा मांस खा जाते हैं। निर्मम···निर्दयी कहीं के!' फुलमा की आँखों में माँ-बाप के प्रति अविश्वास एवं तिरस्कार की भावना झलक रही थी। मौन की एक दीवार खड़ी हो गई थी। सब अपने-अपने अंदर सिमट गए थे। एकदम शांत।

फुलमा का आकार बढ़ता जा रहा था।

घासीराम बौना हो गया था···वर्तमान की कटुता उसे कहीं पीछे भूतकाल में घसीटकर ले गई। लेकिन वहाँ भी आहत मेमने की मिमियाहट सुनाई देती थी। वह कानों पर हाथ रखकर आवाज को न सुनने का प्रयत्न करता, परंतु वह आहत स्वर उसकी अपनी रगों में खून के माध्यम से बोलने लगता। स्वर बराबर तीव्र होता जाता।

□

दरअसल सारी योजना की गड्ड-मड्ड हो गई थी। वह तो चाहता ही नहीं था, परंतु सुनकू भट्ट के बार-बार कहने पर उसने वह सब स्वीकार कर लिया

था···पता नहीं कमजोरी के दिन-क्षणों में! शायद उसका खून चल निकले···शायद परंपरा बनी रहे।

उसने बढ़िया सा मेमना चुन लिया था, लेकिन फिर सुनकू ने कहा था, 'घासी मेमना तो दान कर दो और···और'

'नहीं-नहीं, मैं ऐसा हरगिज नहीं कर सकता। कभी नहीं···' घासी का दयालु इनसान चौंक उठा था, चिल्ला उठा था।

लेकिन सुनकू कई दिन तक उसे उकसाता रहा, भड़काता रहा, उज्ज्वल भविष्य के सपने दिखाता रहा था। एक नन्हा सा बच्चा होगा, मेमने जैसा, कोमल सा, सुंदर सा···जो जीवन का आधार बनेगा।

उसका विश्वास डगमगाने लगा था। अपने से बढ़कर संसार में कुछ नहीं लगा उसे। कुछ भी तो नहीं लग रहा था।

फिर एक दिन सुनकू ही अचानक दो नन्ही-नन्ही आँखों को घेर लाया था। घासी घटना की कल्पना से ही रिरिया उठा था। वह बराबर न-न करता रहा। सुनकू के सब्र का बाँध टूट रहा था। वह उन नन्ही आँखों को ललचाकर नीचे न्युगल खड्ड में ले गया था, धारा के उस पार वृक्षों की आड़ में। मेमना भी वहीं बाँध दिया गया।

धारा के इस पार वह घासी को मनाता रहा था···यह लाओ, वह लाओ··· घबराओ नहीं, परंतु घासीराम का दिल बड़ी बेरहमी से धड़क रहा था···अनिष्ट की आशंका···एक भय···एक अपराध भावना।

पानी बरसने लगा था। सुनकू जल्दी काम करने के लिए उकसा रहा था···अँधेरा पहले ही सघन होता जा रहा था। अंधकार-ही-अंधकार था चारों ओर।

घासी तैयार नहीं हो पा रहा था।

पानी की धारा तेज हो रही थी। तूफान···भयंकर तूफान छा गया था···इस जालिम को भी आज ही अपना रूप दिखाना था। सुनकू को उतावली लगी थी, मेमना उसे मिल जाएगा। उधर घासीराम खुश था।···धारा का बढ़ना तथा पानी का चढ़ना उसे राहत पहुँचा रहा था।

धारा के पार चार नन्ही-नन्ही आँखें चमक रही थीं। आतंकित आँखें। कहीं अचानक खो जाने का भय या कमरे में बंद हो जाने की अनुभूति। या जंगल में हिंसक जानवरों के बीच पड़ जाने की स्थिति। बहुत देर तक रोने की आवाज जैसा कुछ सुनाई देता रहा। फिर धीरे-धीरे आवाजें वर्षा की गड़गड़ाहट में विलीन हो गईं। मेमने ने मिमियाना बंद कर दिया था। रात भर बारिश होती रही, न्यूगल में पत्थर गड़गड़ाते रहे···लुढ़कते-फिसलते रहे। 'अच्छा ही है, धारा तेज हो गई है

और पार जाने के लिए तरंगड़ी भी नहीं है। नहीं तो सुनकू हो-हल्ला मचा देता...' उसने सोचा था।

सुनकू उस पार पहुँचने के लिए तिलमिला रहा था। अंत में दोनों उस पार पहुँच गए थे। नन्हा तथा मेमना शांत थे...शायद रात भर की बारिश तथा ठंड ने उन्हें थका दिया था।

सुनकू ने नन्हे को हिलाया तो उसकी चीख निकल गई। काला भयानक फणिधर फुफकार रहा था। दोनों बेतहाशा भागे। सुनकू तो साँप की जकड़ में आते-आते बच गया था।

घासीराम काँप गया था। इतना बड़ा अपराध...ऐसा भयानक अपशगुन! सोते-जागते उसे दो नन्ही आँखें दबोचे रहतीं। वह बदहवास-सा घूमता रहता और बुदबुदाता, अच्छा ही हुआ, बारिश होने लगी थी...अच्छा ही हुआ, लेकिन मैंने कुछ नहीं किया। उसकी इच्छा से ही सबकुछ हुआ... । जीवन तो बस एक काँच का गिलास है, जो कभी भी गिरकर टूट सकता है। मिट्टी का बरतन बनाने वाला भी वह, तोड़ने वाला भी वह। फिर उसे लगता है, ऐसे जीवन गद्दी के मेमने के समान है। क्या पता किस मोड़ पर उसे काटकर वह अपने देवताओं को खुश करने लगे।

दो नन्ही-नन्ही सुंदर आँखों की चमक असमय ही बंद हो गई थी...सुनकू ने ही उकसाया था, लेकिन वह स्वयं भी तो डाँवाँडोल था। नहीं, सब दोष सुनकू का ही था। ऐसा सोचकर उसे थोड़ी राहत मिलती।

उसे हर बालक में वही दो आँखें दिखाई देतीं।

सर्दियों में जब भी वह अपनी भेड़-बकरियों को लेकर नीचे उतरता तथा न्युगल के पास से गुजरता तो उसकी आँखों में एक भय भर जाता।

□

शायद वह यहीं कहीं भटक रहा हो। आत्मा तो भटकती ही होगी। कभी उसकी इच्छा होती कि नन्हे की आत्मा उसे आकर दबोच ले, तो इस अशांति से मुक्ति मिले। वह खोया-खोया रहता।

फिर उनके जीवन में फुलमा का पदार्पण हुआ था। भुटलो तथा घासीराम बहुत खुश थे, परंतु फुलमा अजीब सी लड़की थी। उसकी आँखों में एक प्रश्नचिह्न दिखाई देता था। शायद वे ही नन्ही आँखें...शायद उसी ने जन्म लिया हो—वह सोचता।

अभी वह पाँच साल की ही थी कि न्युगल के निकट पहुँचकर बोली, 'बापू, चलो नीचे चलें।'

□

'क्यों?' घासीराम ने पूछा था।

'मैं आपको एक वृक्ष तथा पत्थर दिखाऊँगी···वे दोनों बोलते हैं।'

'हैं, क्या कहा, बोलते हैं?' वह घबरा गया था।

फुलमा ठीक उसी स्थान पर पहुँच गई थी, जहाँ उन नन्ही आँखों की चमक विषधर की कुंडली में विलीन हो गई थी। वो बेतहाशा भागने लगा था···पत्थरों पर पड़ता-गिरता, उलझता-कूदता दौड़ रहा था, उसकी दौड़ अनंत थी, उसका मार्ग अथाह था।

फुलमा ने पुकारा था, 'बापू! रुक जाओ।'

लेकिन वह नहीं ठहरा था। वह भाग रहा था···अपने आप से दूर। कहीं बहुत दूर निकल जाने के लिए।

वृक्ष बोल रहा था, 'यही वह स्थल है।'

पत्थर चिल्ला रहा था, 'हाँ मैं वही हूँ···जहाँ दो नहीं चार नन्ही-नन्ही आँखें एकाएक बुझ गई थीं।' सारे वातावरण में मेमने की मिमियाहट फैल गई। फुलमा तथा घासीराम न्युगल से बाहर आ गए थे। वे भागते जा रहे थे, फुलमा हैरान थी।

पृथ्वी डगमगा उठी। न्युगल के पत्थरों की गड़गड़ाहट दूर-दूर तक सुनाई दे रही थी।

'हिल्लन लगता है।' घासीराम बुदबुदाया।

'कौन सी नई बात है।' भुटलो ने कहा।

'भूकंप! आह! पृथ्वी का चलना कितना अच्छा लगता है! परमात्मा करे, सारी दुनिया डोल जाए। सब अस्त-व्यस्त हो जाए। सबकुछ बदल जाए।' फुलसा सहज-स्वाभाविक स्वर में कह रही थी।

'क्यों?' घासीराम ने पूछा था।

'ताकि सबकुछ बदल जाए। नए सिरे से निर्माण हो।'

'तू भी तो मर जाएगी फिर।'

'मरकर भी मैं फिर जी उठूँगी।' वह अपनी कल्पना में खो गई थी।

'अच्छा!' घासीराम के मुँह से निकल गया था।

'हाँ!' फुलमा प्रसन्न थी।

□

क्षण भर के मौन के बाद वह बोली थी, 'माँ, वह बहुत ही अच्छा है।'

'कौन? समझते हुए भी उसकी माँ ने पूछ ही लिया।

'वही छन्नू। इतना लंबा-चौड़ा! तंबे और कुरते में कितना अच्छा लगता है।'

'तू बेहया हो गई है।'

'उसके पास बहुत भैंसें हैं।' फिर बोली, 'लेकिन मेमने नहीं।'

भुटलो फुकाकर उठी—'मैं तुझे उसका नाम नहीं लेने दूँगी, तूने समझा क्या है?' कहकर भुटलो ने जोर से फुलमा का कुरता खींच लिया, जो चर्रर करके फट गया। फुलमा ने बाकी का कुरता स्वयं ही खींचकर फाड़ डाला। बोली, 'बस, खुश हो न अब तो! लेकिन मैं चोला नहीं पहनूँगी···छन्नू मेरे लिए और कुरता लाएगा तो पहनूँगी।'

वह नंग-मनंग घूमने लगी। चूड़ीदार पायजामे में और भी लंबी लगने लगी। घासीराम शर्म से पिघलता हुआ उठकर चला गया था। वह फुफकारती रही थी।

समय से पहले ही वह पर्वतों पर चढ़ने लगे थे, ताकि वह दूर निकल जाएँ और फुलमा की छन्नू से भेंट न हो।

गीदड़ 'हुआँ', 'हुआँ' करने लगे थे।

घासीराम अचानक उठा और फुलमा को घसीटने लगा। वह दाँत काटने लगी।

'मैं नहीं जाऊँगी!'

'तुम्हें जाना ही होगा!'

'नहीं, मैं उससे मिले बिना नहीं जा सकती!'

'तुम उससे नहीं मिल सकती!' फिर चालाकी से घासीराम ने कहा था, 'क्या पता वह आए ही नहीं!'

'आएगा क्यों नहीं! जरूर जाएगा।'

□

तभी भुटली एक नवजात मेमने को लेकर वहाँ पहुँची, जहाँ बाप-बेटी मुरगों की तरह लड़ रहे थे और एक ही बार में मेमने की गरदन अलग कर दी।

मेमने का आर्तनाद अब भी घाटी में गूँज रहा था।

□

फंदा

वनबिलाव की चीख से जंगल रिरिया उठा।

रिड़कू आगे-आगे और चेला पीछे-पीछे। रिड़कू बार-बार ऊपर देखता, उसे लगा, उसकी आँखें फट गई हैं। उसकी नजर कहीं टिकती नहीं। आह! आँखों का फट जाना कितना कष्टदायक होता है, उसने सोचा। उसका शरीर सिर से पाँव तक झनझना उठा।

गरमियों के दिनों में स्कूल से एक-डेढ़ बजे छुट्टी हो जाती है। फिर डार की डार हुड़दंग मचाती चल पड़ती। रास्ते में बिनवा खड़ पड़ती थी। बस, पहला पड़ाव वहीं होता। पहले सब लड़के ठंडे-ठंडे पानी में डुबकियाँ लगाते, फिर पत्थरों पर लेट जाते। फिर थोड़ी तपन महसूस होती, फिर डुबकी लगाते, तभी 'चलो पकड़ो' की टेर लग जाती। रिड़कू तथा फुलमा ढलानों पर उगे आक के पौधों से दूध इकट्ठा करते, छोटी-छोटी गोलियाँ बनाते, फिर किसी बड़े पत्थर के पास खड्ड में ठहरे हुए पानी में उन गोलियों को छोड़ देते। आक का विष पानी में घुल जाता तथा छोटी-बड़ी मछलियाँ ऊपर तैर आतीं। सभी लड़के चिल्ला उठते, आँखें फूट गईं, चलो बनाएँ, फिर सभी लड़के हो-हो करते मछलियों को पकड़कर खड्ड के किनारे उन्हें पकाने-खाने में लग जाते।

रिड़कू आक की गोलियाँ तो बड़े शौक से बनाता था, परंतु जब मछलियों के तले जाने का समय हो जाता तो उसे उबकाई आने लगती। एक बार तो उसे उल्टियाँ होनी शुरू हो गई थीं। फिर उसके साथियों ने उसे पीटा था। सारा मजा किरकिरा कर दिया।

रिड़कू चिल्लाता रहा था, 'फूटी आँखें मैं न खाऊँ।' फुलमा ने उसके घावों को सहलाया था—'फुलमा, अभी कैसी सुंदर लग रही थीं ये मछलियाँ, उछलती-कूदती और अब ये निष्प्राण हो गई हैं। चेतन से जड़। फुलमा, मुझे लगता है मैं भी एक

मछली हूँ तथा आक के दूध से मेरी आँखें फूट गई हैं और मैं भँवर में फँस गया हूँ।'

'बेवकूफ।' फुलमा कहती, 'गद्दियों के घर जन्म लिया है और जीवहत्या से डरता है।'

'फुलमा, आँख फोड़कर मारने से कहीं अच्छा है डायनामाइट लगाया जाए।'

'मछलियों को तो मरना ही है। भले ही कोई भी ढंग अपनाओ, कोई फर्क नहीं पड़ता।'

रिड़कू चुप हो गया था। उसके पास कोई तर्क नहीं था। किसी साथी ने कहा था, 'मछलियाँ, बकरे-बकरियाँ, मुरगियाँ तो फसल की भाँति होती है। जो फसल उगाई जाती है, उसे काटना तो उसका हक है।' कल्पना-ही-कल्पना में वह मछलियाँ उगा लेता, कभी बकरे उगा लेता। फिर जब काटने की बारी आती तो वह बिलख उठता और उल्टियाँ करने लगता।

वनबिलाव की रिरियाहट ने जंगल में दहशत पैदा कर दी।

रिड़कू के कंधे पर रस्सा लटका हुआ था। पीछे-पीछे चेला जा रहा था। रिड़कू को लगा, उसकी आँखें फूट गई हैं तथा वह अनुमान से पानी के भँवर में ऊपर तैरने लगा है।

'रिड़कू, इस चाल से चलोगे तो शाम तक भी वहाँ नहीं पहुँच पाएँगे। मुझे और भी बहुत काम हैं। सिर्फ तुम्हारे बाप की ही नहीं।' अचानक चेला गुर्राया।

वह बहुत तेज-तेज चलने लगा, फिर भी उसे महसूस हो रहा था, किसी अजगर ने गीदड़ को लपेट लिया था। वह बार-बार जालग जोत की ऊँचाई को अपनी आँखों से नापने का प्रयत्न करता; परंतु उसे लगता, आँखें फूट जाने के कारण वह किसी बालक के फंदे में फँस गई मछली जैसा हो गया था। उसे लगा, उसके मार्ग पर काँटे-ही-काँटे उग आए थे तथा आस-पास के वृक्ष दहकने लगे थे। वह सँभल-सँभलकर चलने लगा।

बहुत से मोड़ पीछे छूट गए थे। चेले ने कई बार बातचीत का सिलसिला शुरू करना चाहा, परंतु रिड़कू तो कहीं खो गया था। बातचीत में उसकी कोई दिलचस्पी नहीं थी। वह तो मन-ही-मन बतियाता चला जा रहा था।

'अरे ऊँट की तरह मुँह उठाए चले जा रहे हो। जालग जोत तो अभी आ गई।' चेले ने चेताया।

रिड़कू ठहर गया। सारी घाटी ठहर गई थी। वनबिलाव की चिंघाड़ उसे बेध गई।

'अब सोचते ही रहोगे या वह स्थान भी दिखाओगे?' चेले ने डाँटा।

'हाँ-हाँ।' रिड़कू की आँखें भीग गईं। उसकी इच्छा हुई कि वह चेले को धकियाकर खड्ड में नीचे पहुँचा दे तथा वह स्थान दिखला दे, परंतु उसका धर्मभीरू मन चौकस हो गया था।

वह चेले को लेकर उस स्थान पर पहुँचा, जहाँ से उसका पिता चुटकू अचानक लड़खड़ाते हुए नीचे खड्ड से लुढ़क गया था। पर्वत की ढलान से लुढकता हुआ चुटकू गड़र-गड़र करता कहीं नीचे पाताल में खो गया था।

गड़र···गड़र···गड़रिया···जालग जोत की ऊँचाई से एकदम नीचे खड्ड में।

रिड़कू खड्ड की गहराई को नापता हुआ चिल्लाया था, 'नहीं···नहीं!' उसकी आवाज पत्थरों से टकरा-टकराकर खन्न···खन्न की आवाज पैदा कर रही थी। ढलान के पत्थरों पर खून के बने चित्र उभर आए थे।

जब उसे होश आया तो उसकी भेड़-बकरियाँ बहुत आगे निकल चुकी थीं। वह बेतहाशा भागा था, 'साले जानवर···निर्मम···मदमस्त पागल जानवर···मिचमिचाते रिरियाते।' रिरियाहट का ध्यान आते ही उसकी धमनियों में वनबिलाव की चिंघाड़ उतर गई। उसे बिल्ले-बिल्लियों का रोना कभी अच्छा नहीं लगा।

रिड़कू ने भेड़-बकरियों को एक गुफा में खदेड़ दिया था तथा वह हाँफता-हाँफता सा चेले की ओर दौड़ आया था।

चेले ने सुना तो अचानक उसके चेहरे पर मुसकान दौड़ गई थी।

रिड़कू की इच्छा हुई थी कि उसकी आँखों में आक का दूध डाल दे या कुछ और डाल दे। चेला भी मनोवैज्ञानिक था, व्यवहारकुशल था, तभी उसने गंभीरता का लबादा ओढ़ते हुए कहा, 'मुझे बड़ा सदमा लगा है। तुम्हारा पिता कितना नेक था। जालग जोत से नीचे गिरना···आह! उसका शव निकाला नहीं जा सकता। रिड़कू, तुम चिंता मत करो, मैं तुम्हारे साथ चलूँगा। मैं चुटकू की आत्मा को निकाल लाऊँगा। आत्मा की शांति के लिए लगभग एक वर्ष लगेगा···जप-तप करना होगा। ऐसा न करें तो आत्मा भटकती रहती है। तुम घबराओ नहीं बच्चे, तुम्हारी सहायता करना मेरा परम धर्म है। रिड़कू, तुम अपने आपको अनाथ मत समझो, मैं जो हूँ।'

रिड़कू सुनता रहा था, उदास-सा, उपकृत-सा। चेले ने देवता का रूप धारण कर लिया था।

वे दोनों जालग जोत पर खड़े थे।

वनबिलाव फिर रिरियाने लगे। रिड़कू को लगा, सारा जंगल वनबिलावों से भर गया है तथा वह अचानक उनमें घिर गया है—खरगोश सा!

कहीं पास ही गीदड़ 'हुआँ-हुआँ' करते हुए निकल गए। रिड़कू को थोड़ी सांत्वना मिली।

'रस्सा लाओ, रस्सा।' चेला चिल्लाया।

रिड़कू ने उसे रस्सा पकड़ दिया। चेले ने रस्से के सिरे से फंदा बनाया। इसे खड्ड में लटकाकर चुटकू की आत्मा को बाहर खींचा जाना था। फिर इसी रस्से को चुटकू समझकर इसका विधिवत् दाह-संस्कार किया जाना था।

चेले ने अभी मंत्र पढ़ना शुरू नहीं किया।

रिड़कू चाहता था कि चेला तुरंत अपनी काररवाई शुरू कर दे, परंतु चेला तो पत्थर हो गया था।

मेमनों की मिमियाहट ने एकाएक चेले में हलचल पैदा कर दी। कुछ सोचकर बोला, 'मेमने की मिमियाहट में चुटकू की आत्मा भटक गई है। अत: तुम्हारे पिता की आत्मा खींचने से पहले मेमने की बलि आवश्यक हो गई है।'

रिड़कू हैरान-परेशान। उसे लगा, उसके पिता की आत्मा खींचने वाला फंदा उसकी गरदन के इर्द-गिर्द लिपटता चला जा रहा है। जैसे मछली की आँखें फोड़ दी हों, फिर अपने आप ऊपर तैर आएँगी। रिड़कू को लगा, वह एक बार मछली बन गया है। चेला भी क्या चीज है, वह सोचने लगा।

उसे याद है। एक बार मेमने की बलि दी जा रही थी। गरदन काटी गई। रक्त की फुहार निकल पड़ी। चेला चिल्लाया—'हटो, हटो, मुझे खून पीना है' और उसने फुहार के मुहाने पर अपना मुँह लगा लिया था। मुँह-सिर खून से लथपथ हो गया था, परंतु चेला खून पीए जा रहा था। रिड़कू को घिन हो गई थी और वह वहाँ से चला गया था।

रिड़कू ने कहा, 'आप पहले आत्मा तो निकाल लें, फिर मैं आपको मेमना भी दे दूँगा।'

'अकड़दंग...अकड़दंग पकड़ भुजंग...मैं न जाऊँ उसके संग, पकड़ भुजंग...पकड़ भुजंग,' चिल्लाते-चिल्लाते चेला बोला, 'मेमना लाओ...मेमना...मेमने में आत्मा...आत्मा में मेमना...आता है या करूँ कपाल प्रसंग...अकड़दंग...पकड़ भुजंग...अकड़दंग।'

रिड़कू डर गया, फिर भी उसकी इच्छा हुई कि वह सारे परंपरागत संस्कारों को झटककर अपने आपको चेले के फंदे से मुक्त करवा ले।

तभी वनबिलावों ने रिरियाना शुरू कर दिया।

कहीं पिता की आत्मा भटकती ही न रहे, रिड़कू ने सोचा। पितृऋण से उऋण

होने की लालसा··रिड़कू ने कहा, 'अच्छा, मैं मेमना लाता हूँ।'

'नहीं, मैं अपनी इच्छा से चुनूँगा?' चेले ने आदेश दिया।

रिड़कू काँप गया। कहीं वह कमलू को ही न चुन ले। कमलू से उसे विशेष नेह है। उसके पिता की भेंट कमलू··दो चमकती नन्ही आँखें··ऐसा हुआ तो··नहीं··नहीं··नहीं, ऐसा नहीं होगा।

उसे लगा, खड्ड की मछलियों की आँखें फूट गई हैं। काश! चेला भी उसी खड्ड की मछली होता। चेले ने आँखों-ही-आँखों में टोह ली, फिर वह एक मेमने की ओर बढ़ गया।

रिड़कू चिल्लाया—'नहीं, यह नहीं!'

'नहीं-नहीं··यही, जो मैंने चुना है।'

'नहीं, इसे हाथ मत लगाना।'

मेमने के लिए छीना-झपटी होने लगी। कमलू मिमियाने लगा। रिड़कू बोला, 'अच्छा, बात सुनो, मत निकालो आत्मा। तुम दफा हो जाओ यहाँ से।'

'रिड़कू, तुम गद्दियों की मर्यादा को भंग कर रहे हो, चेले का अपमान कर रहे हो। चेले ने वस्तुस्थिति को भाँपते हुए पैंतरा बदला। अच्छा, पहले आत्मा ही निकाल लेते हैं, मेमना बाद में ले लूँगा।' ऐसा कहकर चेले ने भेड़-बकरियों के समूह की ओर हसरत भरी नजर से देखा—'हूँ साला··कमलू का सगा।'

रिड़कू कगार पर खड़ा था, रस्सा पकड़े कुछ मंत्र पढ़कर चेले ने कहा, 'रस्सा लटकाओ।' फंदा लटका दिया गया।

चेले के चेहरे पर मुसकराहट थी। रिड़कू आँखें बंद किए खड़ा था। चेला बोला, 'बस, अभी आत्मा खींचता हूँ, बस अभी··' उसने फिर एक बार रिड़कू को देखा। फिर खड्ड को··उसकी गहराई को··उसकी आँखें फट गई हैं।

चेला अट्टहास कर रहा था, परंतु वनबिलाव जोर-जोर से रिरियाने लगे थे।

□

ठूँठ

बसंती आगे-आगे और नाथ पीछे-पीछे। उसकी गंध से खिंचा-सा नाथ। पर्वत की ढलवीं पगडंडियों पर कोल्हू के बैल की भाँति चलते हुए बसंती और नाथ। बोझ ढुलक-ढुलक पड़ता। घुँघरूओं एवं घंटियों की खनन-खनन से घाटी में मधुर स्वर लहरियाँ तैरने लगीं। भूतनी के बीले पर पहुँचते ही बसंती ने हिनहिनाना शुरू कर दिया। नाथ ने भी पूँछ उठाकर जयघोष किया गया, बसंती की हाँ-में-हाँ मिलाई। अचानक दोनों ठहर गए। नाथ ने बसंती को चाटना शुरू किया, बसंती के रोएँ खड़े हो गए।

उर्वि ने घूरकर राधू की ओर देखा। राधू ने शरारत भरी अदा में कहा, 'ये तुम्हारी तरह साधनी नहीं हुए हैं।'

उर्वि के शरीर में जगमग-जगमग होने लगी। राधू की आँखें चमक उठीं। उर्वि की इच्छा हुई कि वह भी जोर से हिनहिनाए, ताकि उसकी आवाज भी जंगल के नन्हे-नन्हे पेड़-पौधों से लिपट जाए। उसने राधू को निहारा। राधू की आँखों में भी आमंत्रण था।

भार-मुक्त होते ही बसंती तथा नाथ बेतहाशा उछल-कूद करने लगे। वे मिट्टी में लोट-पोट हो कल्लोल कर रहे थे तथा एक-दूसरे को चाट रहे थे।

'राधू।'

'हाँ, उर्वि।'

'बसंती भी साधनी क्यों नहीं हो जाती?

'तुम्हें नाथ से ईर्ष्या हो रही है?'

'हाँ, शायद नहीं। लेकिन राधू यह बताओ, क्या नाथ साधू नहीं बन सकता?'

'वैसे तो साधू बनने बनाने की परंपरा है ही नहीं, यदि होती भी तो मैं हरगिज भी साधू न बनता।' राधू ने विश्वस्त स्वर में कहा।

'हूँ।'

'तुम्हें अच्छा लगता हैं?'

'क्या?'

'साधनी बनकर जीना।'

'नहीं तो, मुझे तो याद भी नहीं, मैं कब साधनी बन गई। शायद मेरा जन्म ही साधनी के रूप में हुआ हैं।' उर्वि ने आह भरकर कहा।

वह चार या पाँच वर्ष की रही होगी। घर में उत्सव छाया हुआ था। उसे रेशमी कुरता-पायजामा पहनाते हुए माँ ने कहा था, 'उर्वि! तुम्हें साधनी बना रहे है, बोलो, अडिग रहोगी?'

उर्वि को क्या पता क्या साधनी होती। बस अच्छे कपड़े मिल गए, रेशमी कुरता-पायजामा पहन लिया। गाँव भर को बकरे का भोग लगा दिया। बस हो गई साधनी। माँ के प्रश्न ने उसे चौंकाया नहीं था। वह मुसकरा भर दी थी। नन्ही कोंपल को क्या पता कि ठूँठ क्या होता है।

फिर वह उछलती-कूदती गाँव भर में हो आई थी। सबसे कह रही थी—मैं साधनी बन गई। मैं साधनी हो गई।

घर में उसका खास दर्जा हो गया था, समाज में भी वह आदमियों की भाँति घूमती रहती। खेत में काम करती, घर में भी। वह सफेदे के वृक्ष की भाँति बढ़ने लगी थी।

गाँव में खुमारी छाई थी।

उर्वि की हम उम्र सहेली हिमजा का विवाह था। कुल आठ वर्ष की गुड़िया और दूल्हा दस-बारह साल का। पग्गड़ धारण किए हुए, नया चोला, डोरा पहने हुए।

बारात लड़खड़ाती हुई झूम रही थी, नाच रही थी। सारे वायुमंडल में एक लय उभर आई थी।

उर्वि ने अपनी माँ से पूछा था, 'हिमजा का आज क्या हो रहा है?'

'उसका विवाह हो रहा है।'

'क्यों?'

'क्यों क्या? सब लड़कियों का विवाह होता है?'

'तुम्हारा भी हुआ था, माँ?'

'हाँ।'

'लाड़ा लाड़ी को ले जाता है?'

'तुम्हें ऐसी बातें नहीं करनी चाहिए।' माँ ने समझाया था।

'क्यों ?'

'क्योंकि तुम साधनी बन चुकी हो।'

'साधनी क्या लड़की नहीं रहती ? तुमने अभी तो कहा कि सभी लड़कियों का विवाह होता है। कल मेरा विवाह नहीं होगा ?' उर्वि ने आश्चर्य से पूछा।

'नहीं होगा, नहीं होगा। तुम साधनी हो और साधनियों का विवाह नहीं होता।' माँ ने खीझकर कहा।

'माँ, साधनी और भूतनी में कोई अंतर नहीं होता ?'

'होता क्यों नहीं ! भूतनी तो भटकती हुई आत्मा है और साधनी जीवित लड़की।'

'साधनी लड़की होते हुए भी माँ-बाप के घर में लड़का बनकर रहती है। तू तो हमारा लड़का है।'

तो मेरे लिए दुलहन लाओ न, माँ ने अनुरोध किया था। माँ ने झटक दिया था। वास्तव में माँ के पास उसके प्रश्नों का कोई उत्तर नहीं था। उसके अंदर कुछ-कुछ कुलबुला रहा था। कह रहा था। प्रश्न उभर रहे थे। अच्छी-भली लड़की को लड़का मानने के लिए साधनी बना देना कहाँ का न्याय है। लड़की होकर लड़कों की तरह रहे बस, माँ-बाप की खुशी के लिए। उसकी इच्छा हुई कि वह भूतनी बन जाए। कम-से-कम लोग उससे डरेंगे तो सही।

वह अचानक भूतनी के टीले की तरफ बढ़ गई थी। गाँव में अब भी शहनाई बज रही थी। टीले पर जाकर वह मिट्टी में लोटने लगी थी। उसका सारा मुँह-सिर मिट्टी से लथपथ हो गया था। आधी रात के बाद घर लौटी थी। उसने अपने घर का दरवाजा खटखटाया।

'कौन ?'

'मैं, भूतनी।'

'हे राम, जाओ-जाओ अपने टीले पर लौट जाओ।' बदहवास सी माँ बोली।

अगले दिन चेला बुलाया गया था।

उर्वि की झाड़े-फूँक की जा रही थी। चेला मंत्र बोले जा रहा था। उर्वि मुसकरा रही थी, 'मैं भूतनी, मैं भूतनी, तू भूत, मिटा न अब छुआछूत। मैं भूतनी तू भूत, मिटा न अब छुआछूत।' चेला अब फिर जोर से चिल्लाने लगता—'हुड़दंग···पकड़दंग···चल मेरे संग···भूतनी के टीले···चल मेरे संग···लकड़दंग, पकड़दंग···मैं न जाऊँ तेरे संग···' उर्वि गुर्राई चेला बेहोश हो गया था।

खड्ड में पत्थर लुढ़कने लगे। पत्थरों में रहते हुए उर्वि पत्थर हो गई थी। बस बँधा-बँधाया काम। सुबह होते ही घोड़ों पर सामान लादकर कनारथू से शिबगढ़ी जाना, सायं होते ही लौट आना। उसका साथी था राधू। बहुत वर्षों से वह इकट्ठे ही घोड़े लेकर निकलते थे।

'शिवगढ़ी के लोग कनारथू क्यों नहीं आते?' उर्वि पूछती है।

'कनारथू में भूत-प्रेतों का वास है।'

'क्या हम भी भूत-प्रेत हैं?'

'हाँ, उनकी नजर में तो हम भूत-प्रेम ही हैं।'

'कहते हैं शिवगढ़ी से एक व्यापारी कनारथू आ रहा था। यह विश्राम के लिए भूतनी के टीले के पास रुक गया। उसने चरने के लिए घोड़े खुले छोड़ दिए।'

'फिर?'

'फिर क्या? एक चिड़िया आकर उस व्यापारी की पगड़ी पर बैठ गई। उसने चिड़िया को उड़ाना चाहा, परंतु वह उड़ी नहीं। चिड़िया के बोझ से वह व्यापारी बेहोश होने लगा। उसे अपने घोड़े दो-दो टुकड़ों में बँटे दिखाई देने लगे। बीच में से कटा हुआ घोड़ा अगली दो टाँगों के बल पर घास चरता हुआ, वह चिल्ला रहा था···नहीं···नहीं।'

'कोरी बकवास मैं नहीं मानती।'

'तुम्हारे मानने न मानने से क्या होता है।'

'क्यों?'

'अंबा ने यह घटना स्वयं देखी थी।'

'वही अंबा, जो कनारथू के बाहर जंगल में रहती है?'

'हाँ, अंबा ने ही गाँववालों को बताया था कि चिड़िया भूतनी ही थी···और व्यापारी के अंदर का भूत भयभीत हो गया था। इसलिए उसकी आँखों में फर्क आ गया था।'

'क्या वह व्यापारी, कहा गया था?'

'व्यापारी। क्या बचना था···कुछ मास तक वह चारपाई पर लेटा रहा। सड़ता रहा, फिर उसे खून की उल्टियाँ आने लगीं और एक दिन···।'

'मैं बताऊँ राधू, वह क्यों मरा?'

'हाँ, बताओ।'

'वह बीमार था!'

'तुमने कैसे जाना?'

'कनारथू में सब लोग बीमार हैं?'

'तुम्हारा दिमाग तो ठिकाने है ?'

'हाँ, कोई ऐसा घर बता सकते हो, जिसमें किसी को खून की उल्टियाँ न आती हों ?'

'शायद वह तो खाने-पीने की जगह है।'

'तुम सच्ची साधनी हो। यह सब मेरी समझ से बाहर की बातें हैं।'

'क्या तुम साधु नहीं बनना चाहोगे ? एक बार फिर सोच लो।' उर्वि ने कहा था।

'तुम तो मेरे पीछे ही पड़ गई हो। साधु बनने से मुझे फायदा नहीं होगा।'

'क्यों ?'

'क्योंकि मैं लड़का हूँ। लड़कों को वैसे ही संपत्ति का उत्तराधिकार मिल जाता है।'

'तो लड़कियों को क्यों नहीं मिलता ?'

'लड़कियों को भी मिलता है, परंतु इस गाँव में नहीं। जिस घर में लड़का नहीं होता, वहाँ लड़कियों में से एक को साधनी बना दिया जाता है, ताकि माँ-बाप की सारी संपत्ति उसे मिल सके और फिर समाज में उस घर की इज्जत भी बढ़ जाती है।'

'और जब साधनी मर जाएगी तो···'

'मुझे नहीं पता, साधनी भी कभी मरती है ? संपत्ति तो उसकी ही रहेगी।'

'बेवकूफ। सिर्फ संपत्ति के लिए अच्छी-भली लड़की को साधनी बनाकर रख देते हैं।'

'तुम्हें ऐसा नहीं कहना चाहिए।'

'क्यों, क्या सारे प्रतिबंध साधनियों के लिए ही हैं ?'

'तुम साधनी नहीं रहना चाहती ?'

'हरगिज नहीं।'

'किसी से कहना मत, उन्होंने सुन लिया तो तुम्हें काटकर रख देंगे।'

'मैं एक-एक को देख लूँगी। मैं क्यों बनूँ साधनी ? यों तिल-तिल मरती रहूँ,···क्यों मैं मलंग सी घूमती रहूँ, सिर्फ संपत्ति के लिए। ये मिट्टी भी किसी की हुई है। कल मैं मर जाऊँगी, मिट्टी में मिल जाऊँगी···फिर ? बस···क्या वह सब प्रतिबंध मिट्टी के शमन के लिए है···राधू, तुम भी बेवकूफ हो।'

'उर्वि, तुम भटक रही हो।'

'तुम डरपोक ही रहे न।' उर्वि की व्यंग्य मुसकान राधू को चीर जाती। परंतु वह चुप हो जाता। साधनी से संबंध स्थापित करना भूतनी के कोष को आमंत्रित करना था।

वह तूफान-सी शांत थी। एक सायं वह अंबा के पास पहुँच गई थी। अंबा को हैरानी हुई थी। कनारथू गाँव के ऊपर पहाड़ की चोटी पर अंबा की कुटिया थी।

'कैसे आई, उर्वि?'

'अंबा! आप मुझसे बहुत बड़ी हैं।'

'बड़ी-छोटी से कोई अंतर नहीं पड़ता। हैं तो दोनों साथिन।'

'अंबा, अब अकेली रहती हो। कभी कनारथू नहीं आतीं? क्या कोई मोह नहीं जागता?'

'पगली, मोह कैसा? साधनी का जीवन तो ठूँठ होता है, जो कभी फलता-फूलता नहीं।'

'नहीं अंबा, मैं नहीं मानती।'

'तुम साधनी हो और साधनी का अर्थ मोह-माया त्यागना है।'

'क्या तुम्हें कभी यौवन में भी कोई इच्छा जाग्रत् नहीं हुई?'

'क्यों कुरेदती हो?'

'तुम्हें विद्रोह करना चाहिए था। बैलों की तरह बधिया करके रख देना…।'

'उर्वि, कुछ मत कहो। मेरे फफोले फूटने लगेंगे।' अंबा का तन पिघलने लगा था।

'अच्छा अंबा, एक बात सचमुच बताना, क्या कभी तुम्हारे मन में किसी पुरुष के लिए प्रेम अंकुरित नहीं हुआ?'

'तू तो मेरे जख्मों को कुरेदने लगी। शरीर में खून का प्रवाह हो तो प्रेम क्यों नहीं होगा। हुआ था, परंतु मैं भीरू बनी रही, और समय निकल गया।' आह भरते हुए अंबा ने कहा।

'वह कहाँ गया?'

'जहाँ से सब आते हैं।'

'क्या मतलब?'

'उर्वि? एक शाम वह बहुत भावुक हो गया था। कहा था—अंबा, मैं तुम्हारे बिना नहीं रह सकता। तुम व्यर्थ में अपना जीवन नष्ट कर रही हो। मैं तुम्हें अपनाने के लिए साधु बन जाता हूँ। यदि तुम मेरी प्रार्थना स्वीकार नहीं करोगी, तो मैं कुछ भी कर सकता हूँ। पता नहीं मेरे मन में क्या आया, मैंने कठोर होते हुए कहा, मैं तो साधनी हूँ। ठूँठ बिल्कुल ठूँठ। तुम मेरी तपस्या में बाधा क्यों डालते हो? सुनो, फिर कभी मुझे शक्ल नहीं दिखाना। मैं साधनी की परंपरा पर कलंक नहीं बनना

चाहती। और वह फिर कभी नहीं लौटा।'

'अच्छा, क्यों?'

'उसने बिनवा खड्ड में छलाँग लगा दी थी।'

'ओह!'

उर्वि की आँखों में आँसू थे। वह बोली, 'तुम्हें दुःख तो हुआ होगा।'

'दुःख, उस दिन से मैं यहाँ बाहर रहने लगी। उसकी आत्मा के लिए प्रार्थना करते मेरा समय गुजरता है।'

'वह लौटकर नहीं आया?'

'वह हर रोज आता है, मुझसे बतियाता है, फिर चला जाता है।'

उर्वि ने देखा, अब अंबा की आँखों में विश्वास था। शायद अंबा अपने आपसे बतियाती होगी। इसलिए उसे पागल कहते हैं।

उर्वि लौट आई थी एक भारी मन लिये। रात भर उसे नींद नहीं आई थी। उसने सोचा—वह अंबा के पास जाकर उसका मन बहलाया करेगी, परंतु अभी गाँव सोया ही पड़ा था कि कोहराम मच गया। अंबा ने बिनवा खड्ड में छलाँग लगा दी, अंबा ने आत्महत्या कर ली।

'वह बीमार थी।' कोई कह रहा था।

'सब साधनियाँ बीमार होती हैं।' दूसरा स्वर।

'उसने भी तो आत्महत्या ही की थी।'

'साधनी हो तो ऐसी हो।'

गाँववाले अपने-अपने अनुमान लगा रहे थे, परंतु उर्वि जानती थी कि अंबा को आत्महत्या के लिए उकसाने में उसका भी सहयोग था।

बीड़ी के लंबे-लंबे कश खींचने के बाद वह बहुत देर तक दूर-दूर तक लहलहाते जंगलों को देखती रही। फिर बोली राधू।

'राधू, तुम भी ठूँठ हो?'

'क्या मतलब?'

उर्वि ने बसंती तथा नाथ के मुँह कनारथू की ओर मोड़ते हुए कहा, 'अलविदा!'

'क्या कहती हो?' राधू बोला।

'डरो मत, ठूँठ से भी घबराते हो।' उर्वि ने भयभीत राधू को पकड़ा तथा प्रेमी युगल की मुद्रा में जंगल में खो गई।

बसंती तथा नाथ बहुत दूर निकल गए थे।

□

कोहरा

भला चंगा घर छावनी बन गया था। दोनों में ठन गई थी। सत्यपाल हैरान-परेशान था। उसकी आँखों में भय का मोतिया उतरने लगा। उसे इस बात का कतई अफसोस नहीं था कि रामअवतार अब रामगुलाम हो गया था कि उसने अब्दुल्ला की लड़की रसूलो से निकाह कर लिया था। सच पूछो तो वह मन-ही-मन बेहद प्रसन्न हुआ था, मानो उसका रिश्ता सलमा से जुड़ गया था। सलमा जो पीछे रह गई थी, सलमा जो उसकी जिंद-जान थी।

लेकिन अचानक ही घर में भय का कोहरा लटक गया था और वह आतंकित हो उठा था।

बड़े भाई लालचंद ने निकाह की बात सुनते ही कहा था, ''कर दिया न सत्यानाश! जरा तो शर्म आनी चाहिए थी। उठा लाए रसूलो को कूड़े-कर्कट के ढेर से। आह रे राम अवतार!''

''भाई जान! मैं रामअवतार रामगुलाम हूँ। आप ठीक से बात करें।''

''केंचुली बदलने से क्या साँप नहीं रहता?'' लालचंद फुफकार उठा।

''तो मैं साँप हूँ।''

''साँप डस भी सकता है।''

''रामगुलाम और क्या डसोगे? तुमने सब सत्यानाश कर दिया।''

''सिर्फ रसूलो से निकाह रचाने से सत्यानाश हो गया?''

''हाँ।''

''वह गैर-खून क्या? सदियों से हम लोग इकट्ठे रहते आ रहे हैं, आज वह गैर-खून हो गया। वाह भाई लाला लालचंदजी।''

''हूँ, अपने बाप के पेट में छुरे के निशान देखे हैं कभी।'' और तुरंत उसने अपने बाप की कमीज जबरदस्ती पेट से उठा दी, बोला—

"जानते हो, रसूलो के रिश्तेदारों ने हमारे बाप की अँतड़ियाँ बाहर निकाल दी थीं और...चूचक काटकर हाथ में पकड़ा दिए थे। जाहिल लोग। और तुम इस इतिहास को दोहराना चाहते हो।"

रसूलो नमाज पढ़ रही थी। उसकी सास पूजा के लिए दीया-बाती कर रही थी। और घर में संशय का कोहरा लटक गया था।

भली-चंगी बस्ती छावनी बन गई थी। हर साँस में भय का कोहरा उतरने लगा। शंका की रेखाएँ मचलने लगी थीं।

आदमी की पहचान खो गई थी। वहशी ही वहशी नजर आने लगे थे तथा साँप कुलबुलाने लगे थे।

"रामदेव मर गया।" सलमा ने कहा।

"कैसे?" सत्यपाल ने पूछा।

"किसी ने उसे गोली मार दी।"

"क्यों?"

"मुझे नहीं पता। हाँ, अब्बा कहते थे, अब दादन खाँ हमारा हो जाएगा।"

"क्यों?"

"तू भी संता ही रहा।"

सलमा सत्यपाल से दो-तीन वर्ष ही बड़ी थी। रामदेव भी उन्हीं की उमर का था। तीनों एक ही स्कूल में पढ़ते थे। वे इकट्ठे ही चक्र दादन खाँ से मीरपुर डिस्ट्रिक्ट बोर्ड के स्कूल में पढ़ने जाया करते थे।

आपस में खूब गुत्थम-गुत्था होते, परंतु बनती भी बहुत थी। जिस ढंग से सलमा ने रामदेव की मृत्यु की घोषणा की, वह सत्यपाल को अच्छा नहीं लगा।

क्षण भर के मौन के बाद सत्यपाल बोला था—"रामदेव का गिल्ली-डंडा तो मेरे पास है।"

"फिर।"

"मैं उसका गिल्ली-डंडा उसे लौटा दूँगा।"

"एक बार मरकर, फिर नहीं उठते क्या? क्या वह हमसे गिल्ली-डंडा नहीं खेलेंगे?"

"नहीं-नहीं, कभी नहीं।" सलमा के स्वर में चिढ़ थी, फिर अचानक ही वह फफककर रोने लगी।

सत्यपाल ने फिर पूछा, "क्या वह सचमुच नहीं खेलेगा?"

''नहीं, गोली तो उसके बाप को मारी गई थी। लेकिन वह सामने आ गया। उसका खोपड़ा खुल गया।'' अजीब सी अनुभूति लड़ती हुई वह बोली, ''संते, उसका सिर लाल तरबूज की तरह फट गया था। देखकर मुझे उल्टी होने लगी। जानते हो, वह कैसे पड़ा था?''

''कैसे?''

''जैसे वह मुझसे लड़ने के बाद जमीन पर ढेर हो जाया करता था, बड़ा बना करता था न। उसने वैसा ही अभिनय किया।''

दोनों उदास हो गए थे।

''सलमा, रामदेव मर गया?'' कहकर वह भी सिसकने लगा।

सलमा ने उसे सहलाया। बोला, ''ऐसा कर पाना इतना ही आसान होता तो क्या बात थी।'' खोई हुई सी वह बोली, ''लेकिन सत्यपाल, तुम भी तो चले जाओगे?''

''कहाँ? क्यों?''

''उस पार।''

''मैं तुम्हारे साथ 'वो' कर दूँगा···मैं, क्यों जाऊँगा, यहाँ मेरा घर···''

''कौन सा घर?''

''सलमा, मैं तुम्हारा कचूमर निकाल दूँगा।'' उसने मुट्ठियों भींच लीं तथा सलमा के पीछे दौड़ने लगा। वह उसे दबोच लेना चाहता था। उसकी आँखों के सामने अपनी ऊँची हवेली घूम रही थी···घर के इतने सारे लोग···सब उसकी आँखों के सामने थे।

अचानक सलमा ठहर गई थी। संतू ने उसे पकड़ लिया था। बोला था, ''फिर कहोगी ऐसी बात?''

''सुन।'' मायूस स्वर में बोली, ''देख, किसी से कहना नहीं, मैंने अब्बा को कहते हुए सुना है—महाजन लोग जब चले जाएँगे तो हवेली पर हमारा कब्जा हो जाएगा।''

''क्या सत्यपाल भी चला जाएगा।''

''फिर और भी बातें होती रहीं। तुम्हारे ही घर वालों की। अब्बा के पास दो बंदूक हैं। उससे वे तुम्हारे घर वालों को मार देंगे। तब तुम सब अल्लाह के पास चले जाओगे और हवेली हमारी हो जाएगी।'' वह भीगे हुए स्वर में बोली।

''तू नहीं अल्लाह के पास चलेगी हमारे साथ?''

''नहीं।''

"तो हम कभी पील पलांगड़ा नहीं खेलेंगे। कभी बोरियों पर नहीं चढ़ेंगे। कभी धोल-धप्पा नहीं करेंगे।"

दोनों अभी बात कर ही रहे थे कि सलमा का अब्बा आ गया था। उसने अपनी आँखें लाल-पीली करते हुए कहा, "सलमा, तू हिंदू के साथ बैठी है?"

"नहीं अब्बा, यह तो अपना संतू है।"

"संतू के साथ तुम्हें भी कोई काटकर रख देगा।"

"क्यों अब्बा?"

"इसका वतन उस पार है। यह हमारा वतन है।"

"वतन क्या होता है, अब्बा?"

"अब्बा, जैसे संतू होता है। ऐसे न।"

"बेटी, ये लोग ईश्वर को मानते हैं और हम अल्लाह को।"

"पर चचा जान, हम हर रोज जो स्कूल में प्रार्थना करते हैं, उसमें तो हर रोज कहते हैं—ईश्वर-अल्लाह तेरे नाम, सबको सन्मति दे भगवान्। क्या ईश्वर और अल्लाह अलग-अलग हैं?" सत्यपाल ने तर्क किया। उसे स्कूल की सारी प्रार्थना जबानी याद थी।

चचा जान फुसफुसाया था—"तुम उल्लू के पट्ठे हो, तुम्हें कौन समझाए?" और वह सलमा को घसीटता हुआ अपने घर ले गया था।

संतू मरियल कुत्ते सा अपनी हवेली की ओर बढ़ रहा था।

सलमा के अब्बा के शब्द सत्यपाल को आज भी याद हैं—तुम तो उल्लू के पट्ठे हो, तुम्हें कौन समझाए। वह ठीक ही कहता था, सत्यपाल को आज यह एहसास होता है। आदमी सदा उल्लू का पट्ठा ही रहा था, छोटे-छोटे स्वार्थों के लिए आदमी-आदमी होता है। आदमी सदा उल्लू का पट्ठा ही रहा है, छोटे-छोटे स्वार्थों के लिए आदमी-आदमी को ही काट देता है। सबसे भयंकर जानवर··· जमीन का भूखा आदमी, जन्म-जन्म का भूखा आदमी···वहशी···कुत्ता···उल्लू का पट्ठा···उसे लगा, जब सलमा का अब्बा उसे घसीटकर ले गया था तो वह भी उल्लू का पट्ठा हो गया था।

आज फिर तीस-पैंतीस वर्ष बाद उसके अपने घर के ही लोग उल्लू के पट्ठे हो गए थे···एक संशय की दीवार खड़ी हो गई थी, एक भय का कोहरा उनकी नसों में जमने लगा था।

रामअवतार रामगुलाम हो गया था। लालचंद लाल सिंह हो रहा था। सत्यपाल

को फर्क नजर नहीं आता था। रामगुलाम के निकाह से उसे प्रसन्नता ही हुई थी। उसे लगा, उसका सलमा से रिश्ता जुड़ गया था। उसे लगा, वह एक ही साँस में गीता-पाठ, गुर बानी तथा कुरान पढ़ने लगा था।…उसे अपनी साँस बेहतर प्रतीत होती हुई लगी, परंतु उसके पुत्र एक-दूसरे से टकराकर चूर हो जाने की मुद्रा में खड़े थे। वह सहम गया था। इतने वर्षों बाद भी उन्हें रिफ्यूजी ही कहा जाता था। उस पार से आए लोग…इस पार से गए लोग तो जन्मजात हैं। कहीं-न-कहीं संरक्षण ढूँढ़ता है। दुनिया का कोई भी ओर छोर हो, कहीं भी पहुँच जाता है, उल्लू का पट्ठा जो हुआ, भले ही बिजली के तारों से चमगादड़ सा उल्टा-सीधा लटकना पड़े, उस घृणित शब्द से वह सदा परेशान हुआ है। उसके बेटे इस पार जनमे हैं, फिर भी रिफ्यूजी हैं। यह लेबल कभी मिट पाएगा…कहीं उसे दोबारा तो रिफ्यूजी नहीं होना पड़ेगा…नहीं, नहीं अब वह कहीं नहीं जाएगा…अपनी दादी की तरह यहीं रहेगा… यहीं आकर उसने सपनों का संसार बुना है…एक सुनहरा संसार लहूलुहान होकर सलमा के पीछे छूट गया था।

आँधियाँ चलने लगी थीं। बिजलियाँ कड़कड़ाने लगी थीं। सारे वातावरण में दहशत व्याप्त थी। दरवाजे-खिड़कियाँ भिड़ने लगी थीं। मार-काट की वारदातें हवा में तैरने लगी थीं। एक पागल औरतों के चूचक इकट्ठा करता था, वहशी कहीं का!

सत्यपाल घर पहुँचा था तो किसी ने दौड़कर उसे पुचकारा नहीं, किसी ने उसे खाने-पीने के लिए भी नहीं पूछा। वे सहमे हुए थे। उसका पिता गठरियाँ बाँध रहा था और बार-बार चिल्ला रहा था—तुम तो यों ही हिम्मत हारकर बैठ गए। अभी भी वक्त है। उठो, तैयारी कर लो। जितना सामान जा सकता है, ले चलेंगे। अभी समय है, हम रिफ्यूजी कैंप में पहुँच सकते हैं या कोई गाड़ी ही अमृतसर के लिए मिल सकती है।

"बेटा, तुम ठीक कहते हो। तुम सब जल्दी तैयार हो जाओ और यहाँ से निकल जाओ, लेकिन मैं नहीं जाऊँगी।" सत्यपाल की दादी ने कहा।

"क्यों?"

"बस, इस मिट्टी में जन्म लिया है। यहीं पली हूँ। यहीं जिंदगी के सपने बुने हैं। अब इस या उस पार का प्रश्न ही पैदा कहाँ होता है?"

"माँ, वे तुम्हारी बोटी-बोटी कर देंगे।" बेटे ने डरे हुए स्वर में कहा।

"कर देने दो। मैं बोटी-बोटी करके जी लूँगी। और मरना तो एक ही बार होता है। जैसा लिखा है, भुगत लूँगी। मैं तो तुम पर भी बोझ नहीं बनना चाहती

हूँ। बूढ़ी चरमराती हड्डियाँ हैं···यहाँ रहो या वहाँ, कोई अंतर नहीं। हाँ, तुम जल्दी निकल जाओ।'' संतुष्ट स्वर में दादी ने कहा।

''दादी अम्मा! मैं भी तुम्हारे साथ रहूँगा और फिर सलमा भी तो यहाँ है। मैं नहीं जाऊँगा।''

''चुप बे! बड़ा आया है सलमा का सगा।'' बाप ने घुड़क दिया। दादी ने उस सब की तैयारी करवा दी, रास्ते में खाने के लिए चना-चबैना बाँध दिया। चाँदी-सोना दे दिया। छोटी-छोटी गठरियों में सामान बाँध दिया। काफिला तैयार हो गया।

सत्यपाल दादी से चिपक गया था। उसी का डंडा छीनकर पिता ने सत्यपाल के सिर पर दे मारा था और कहा था—''तू हमारा ही खून करवाएगा, चल उठ!''

वह सिसक रहा था—''मैं दादी-अम्मा को छोड़कर कहीं नहीं जाऊँगा। मैं सलमा के बिना नहीं रह सकता। मैं नहीं जाऊँगा।''

लेकिन कसाई बाप उसे घसीटता हुआ ले गया और वह सिसकता रहा··· सरकता रहा।

बिजलियाँ कड़क रही थीं। आदमी की पहचान खो गई थी। इस पार और उस पार में सारा संसार बँट गया था।

फौजियों के बूटों की धपक-धपक सुनाई दे जाती तो उनकी जान में जान आ जाती।

रात का गहराता अंधकार। मासूम लोगों का चीत्कार।

सलमा पीछे छूट गई थी और संता परेशान था। उसकी बार-बार इच्छा होती कि चुपके से पीछे लौट जाए···पर वे लोग सलमा का नाम तक लेना न गवारा करते हैं। कल तक सब ठीक था, लेकिन आज अचानक क्या हो गया। पेड़ों पर डरे हुए, दुबके हुए बैठे लोग देखकर सत्यपाल को अचानक छलाँगते बंदरों की याद आई। उसे भाग रहे सब लोग बंदर दिखाई देने लगे···डालियों को छलाँगते-फलाँगते।

दादी पीछे छूट गई थीं। सलमा अपने अब्बा के पास थी। रामदेव वहाँ रह गया था। सत्यपाल क्षण भर के लिए रुक गया, उसने पीछे छूट गए अपने गाँव दादन खाँ को देखा, तभी एक धौल उसकी गरदन पर पड़ी। उसका पिता था। बोला, ''चल बे उल्लू के पट्ठे। कहीं हमें मरवा न देना।''

और सत्यपाल फिर रेंगने लगा था।

एक स्थान से उखड़कर, दूसरे स्थान की तलाश, एक घर के उजड़ने पर, नए घर की फिराक···घोंसले का बार-बार निर्माण···प्रचंड वायु में उसका बिखर

जाना···अंडों का टूट-फूट जाना···कितनी बड़ी विडंबना है।

इनसान काफिले बन गए थे···एक-दूसरे के खून के प्यासे, सहमे से, सरकते से···सिमटते से लोग। सत्यपाल की हड्डबीती है···सो तीस-पैंतीस साल बाद भी स्मरण करके उसके रोंगटे खड़े हो जाते हैं। चालीसा स्टेशन की ओर वे बदहवास भागे जा रहे थे। आठ साल का संता भी दौड़ा जा रहा था—उसकी धुँधली कल्पना में खोया हुआ, तभी अचानक किसी ने बच्चे को रोक लिया था और नेजा तानकर कहा था—"ठहरो!"

और वह ठहर गया था। काफिला आगे निकल गया था। नन्हा बालक सहम गया था। फिर भी अपनी सुत्थन ठीक करते हुए बोला, "चचा जान, मेरे अब्बा आगे निकल गए हैं, मुझे जाने दो।"

'चचा जान' और 'अब्बा' शब्द सुनकर वे पिघल गए। इन शब्दों को वे अपनी भाषा के शब्द मानते थे। फिर भी एक मनचले युवक ने उसके हाथ पर मांस का एक लोथड़ा रखते हुए कहा था—"ले अपनी माँ का चूचक। जहाँ भूख लगे, वहाँ इसे चूस लेना।" संते ने मांस का टुकड़ा पकड़ लिया। इस कमीनी हरकत का अर्थ उसे वर्षों बाद समझ आया था और वह भड़क उठा था।

वह सोचता है—कैसा जुनून था! लोग अचानक वहशी कैसे बन जाते हैं? आदमी की पहचान कैसे खो जाती है। वह उल्लू का पट्ठा हो जाता है। साउथ हॉल में गोरे-काले का सवाल, श्रीलंका में काले-काले का सवाज···लेकिन खून तो सबका लाल···सत्यपाल को लगता है—ये सवाल आदिम हैं···स्वार्थ के प्रतीक हैं, खून का क्षण भर में सफेद हो जाना उसकी लाली का व्यर्थ हो जाना, लेकिन अपने ही घर में उसका खून कई रंगों में बँट गया है। उन सबकी अलग-अलग तरंगे हैं। रामगुलाम रामचंद को सहन नहीं करता···राम अवतार लाल सिंह को नहीं बख्शता और लाल सिंह बरकत मसीह पर झपटना चाहता है।

कहीं कुछ गड़बड़ा गया है···रंगों के संयोजन में कोई चीज बेमेल पड़ गई है···कोई विष मिल गया है। शायद वह विष अंदर-ही-अंदर घुल रहा है। क्या फिर से वतन की तलाश में निकलना पड़ेगा? क्या फिर उसे रिफ्यूजी कैंप में जाना पड़ेगा? क्या फिर भेड़िए परोपकार का संग रचकर विषयुक्त फल निरही लोगों में बँटेंगे? और क्या कुएँ का पानी फिर मारक हो जाएगा? दहशत का कोहरा सत्यपाल की नसों में जमने लगा था।

आँधियाँ चलने लगी थीं। बारिश की संभावना थी। चालीसा स्टेशन पर गाड़ी

खड़ी थी, लेकिन उनके हिस्से में मालगाड़ी का खुला डिब्बा ही आया था। वे उसी पर चढ़कर बैठ गए थे। दुबके हुए से। गाड़ी चल पड़ी थी उस पार के लिए। थोड़ी देर बाद गाड़ी हिचकोले खाती हुई रुकने लगी थी। कुछ बंदूकधारी ऊपर आ चढ़े थे। लोग भागने-कूदने लगे, कुछ गोलियों का शिकार हो गए।

वह कूद नहीं सका था। उसके परिवार के लोग नीचे कूद गए थे। वह सहमा सा एक कोने में बैठा था। तभी एक व्यक्ति ने उसे खड़ा किया तथा दूसरे ने उसके पेट में छूरा घोंप दिया। वह कराह उठा था। अँतड़ियाँ बाहर आ गई थीं। खून की धार फूट निकली थी। एक आदमी ने उसे उठाकर नीचे फेंक दिया। उसकी हड्डियाँ कड़कड़ाईं तो परंतु वह डरा-सहमा सा गाड़ी की ओट में बैठ गया।

थोड़ी ही दूरी पर एक बुढ़िया बैठी थी। उससे कुछ फासले पर चाँदी के रुपयों का एक ढेर पड़ा था। शायद लुटेरे धन देखकर बुढ़िया को न मारें। संते को उस ढेर की चमक आज भी किसी बूढ़े की बलगम सी दिखाई दे जाती है।

खून की धारा बह रही थी। संता अपने परिवार के व्यक्तियों को ढूँढ़ रहा था। तभी उसका बड़ा भाई आ गया था। अपने छोटे भाई को दिलासा दिया। फिर मिट्टी के तेल में भिगोया कपड़ा अँतड़ियों समेत सत्यपाल के पेट में ठूँस दिया था। बस ऑपरेशन हो गया था।

सत्यपाल सोचता है, आज उसके पास सबकुछ है। अब वह रिफ्यूजी नहीं है। भले ही ज्यादा लोग आज भी इसी संबोधन से जानते हैं। आज उसका कोई बच्चा बीमार हो जाए तो तीन-तीन डॉक्टर बुलाए जाते हैं या पता लगने पर डॉक्टर अपने आप भी चले आते हैं। उस मसय मिट्टी का तेल ही संजीवनी बन गया था।

अब वे सवारी गाड़ी के डिब्बे में चढ़ गए थे, लोगों ने शटर गिरा लिये थे। क्या पता कोई अंदर घुस आए और हल्ला बोल दे। आदमी इस पार या उस पार के बहाने आदमी के ही टुकड़े-टुकड़े करने पर तुला हुआ था। निरीह लोगों का कत्ल...खून के पिपासु लोग...जन्म-जन्म के बैरी लोगों ने गाड़ी के एक डिब्बे को पेट्रोल छिड़ककर सवारियों सहित जला दिया था। वे चीखते-चिल्लाते चिता में दग्ध हो गए...और उसी आग पर आततायी मांस भून-भूनकर खाते रहे।

इस पार और उस पार। भ्रम का कोहरा। वतन और अपना वतन...मिट्टी की खुशबू...आज भी सत्यपाल को अपने नथुनों में दादन खाँ की मिट्टी की महक महसूस होती है। परंतु अब उसका वतन बदल चुका है, अब वह मिट्टी उसकी नहीं रही, लेकिन वह सोचता है, क्या कपड़े उतारपर फेंक देने से शरीर बदल जाता

है या क्या नए कपड़े पहन लेने से व्यक्ति बदल जाता है। दादन खाँ उसे अब भी अपना वतन लगता है, लेकिन आदमी की खड़ी की हुई दीवारें उसे पार नहीं लाँघने देतीं, वह कसमसा उठता है।

क्या रामगुलाम और रामचंद्र को फिर अपने अलग-अलग वतन ढूँढ़ने पड़ेंगे? क्या फिर वे रिफ्यूजी बनकर निकल पड़ेंगे···नहीं, वह ऐसा नहीं होने देगा। दोनों की माँ एक है, क्या कोई आततायी उनकी माँ के चूचक काटकर दोनों को एक-एक बाँट देगा···शरीर का विभाजन···ओह! नहीं···नहीं। धन का विभाजन हो सकता है, आदमी लालची हो सकता है, सत्यपाल ऐसा सोचकर फिर सिहर उठता है। रत्न सूद इलाही का सगे से भी ज्यादा था। लोग उसे रत्न इलाही कहते और इलाही सूद कहते। रत्न सूदन सन् '30- '35 में कुल्लू से भाग कर लाहौर जा पहुँचा था··· धीरे-धीरे वहाँ जमने लगा था। इलाही उसका यार था···दोनों का साँझा व्यापार था। दोनों शरीर अलग थे, परंतु जान एक थी।

वतन उजड़ रहा था। हवेलियों पर लोगों के कब्जे हो रहे थे। धन-माल की लूट-पाट मची थी। अचानक रत्न के घर इलाही आ गया था। वह कोई नई बात नहीं थी, कोई अनहोनी नहीं थी। इलाही कुछ बेचैन लग रहा था। रत्न ने पूछा, "क्यों मियाँ, इतने परेशान क्यों हो?"

"रत्न, तुम जानते ही हो कि आजकल क्या हो रहा है? गुरमीत की बीवी को पठान उठा ले गए। सरस्वती के पींजे ले गए।" वह चुप हो गया।

"तुम कहना क्या चाहते हो? बको भी न।" रत्न ने आत्मीयता से कहा।

"मैं तुम्हारी गुड़ो के बारे में सोच रहा था।"

"गुड़ो तुम्हारी भी उतनी ही है, जितनी मेरी। हमारा तो सबकुछ साँझा है।" रत्न गिड़गिड़ाया था।

"तो ले जाऊँ उसे?"

"कहाँ?"

"मैं अभी काजी से निकाह पढ़वा लूँगा।"

"इलाही, तुम होश में तो हो! गुड़ो तुम्हारी बेटी जैसी है।"

"अब मैं बेटी को बेगम बनाकर रखूँगा।" क्षण भर के मौन के बाद वह फिर बोला, "कम-से-कम वह जीवित तो रहेगी, और ठाठ से नहीं तो कोई और पठान उसकी इज्जत लूटा लेगा।"

रत्न को काठ मार गया। वह बोला, "इलाही, यह तुम क्या कह रहे हो?"

"हाँ, रत्न! तुम्हारे भले के लिए ही। तुम चाहो तो मैं गुड़ो की माँ को भी अपनी बेगम बना लूँगा˙˙˙तुम जाना चाहो तो मैं तुम्हें रिफ्यूजी कैंप में भिजवा देता हूँ।"

"इलाही, मैं तुम्हें जिंदा ही कब्र में डाल दूँगा।"

"रत्न, मत भूलो। मैं तुम पर एहसान कर रहा हूँ। चाहूँ तो तुम्हारा गला अभी काट सकता हूँ और गुड़ो तथा उसकी माँ को जबरदस्ती उठवा लूँ। तुम कल सुबह तक सोचकर मुझे बता देना।" वह चला गया था।

रत्न के घर में आग लग गई थी। गुड़ो बोली, "पापा, मैंने अपना प्रबंध कर लिया है, तुम मेरी वजह˙˙˙।"

"पापा, मैंने इलाही तथा आपकी बात सुन ली है और अपना प्रबंध कर लिया है। आप भाग जाएँ।" कहकर यह निढाल होने लगी˙˙˙उसे खून की उल्टियाँ आने लगीं। रत्न सन्न रह गया। गुड़ो बोली, "मैं तो चली पापा। तुम लोग भाग जाओ, इलाही की आँखें बदली हुई हैं˙˙˙मैं इतनी कमजोर नहीं हूँ कि इलाही के सामने बिछ जाऊँ˙˙˙सिर्फ इसलिए कि मेरा वतन उस पार है। थू˙˙˙थू˙˙˙ऐसे दरिंदे पर।" वह ढेर हो गई थी।

रत्न तथा उसकी बीवी रात भर एक गटर में बैठे रहे थे, फिर प्रातः के अंधकार में एक रिफ्यूजी कैंप में पहुँच गए थे˙˙˙इलाही ने घर जाकर देखा था, गुड़ो का मृत शरीर पड़ा था तथा उसके चेहरे पर एक संतोष की झलक थी। इलाही दाँत पीसकर रह गया।

बहुत वर्षों बाद रत्न को इलाही का पत्र आया था—"रत्न, मैं तुम्हें दोस्त कहूँ भी तो कैसे? मेरी आँखों पर तो स्वार्थ का भूत सवार था और गुड़ो की देह˙˙˙मैं पागल हो गया था˙˙˙मैं आज बहुत शर्मिंदा हूँ। शायद अल्लाह ने ठीक ही किया, मेरे परिवार के सब सदस्य अल्लाह को प्यारे हो गए˙˙˙मुझे मेरी करनी का फल मिल गया, मुझे लगता है, तेरी जान भी तुम्हारे दर्शनों में अटकी है। मैं तुमसे एक बार याचना करना चाहता हूँ। क्या तुम मुझे माफ नहीं करोगे!"

रत्न ने केवल इतना ही लिखा था—"मेरे लिए बेटी चो˙˙˙इलाही, उसी दिन मर गया था, जब वह गुड़ो तथा गुड़ो की माँ से निकाह करने का प्रस्ताव लाया था और अब वह रत्न भी कहाँ है?"

बहुत चिट्ठियाँ आईं, परंतु रत्न ने कोई जवाब नहीं दिया। फिर एक दिन इलाही उसके दरवाजे पर आ गया था˙˙˙बदहवास, बदसूरत सा, लेकिन रत्न ने उसकी शक्ल भी न देखी। इलाही गिड़गिड़ाता रहा, परंतु रत्न का दरवाजा नहीं खुला। इलाही

सोचने लगा कि प्रायश्चित्त के लिए वह अपना एक-एक अंग काटकर रत्न के घर के सामने दफना देगा। शायद प्रायश्चित् हो जाए।

रसूला नमाज पड़ती है। सत्यपाल को अच्छा लगता है। रामगुलाम नमाज पढ़ने की कोशिश करता है, लेकिन नमाज पढ़ते हुए भी वह बराबर ॐ नमो शिवाय: का जाप करता रहता है। वह यही बात रसूला से कहता है। रसूला हँस-हँसकर दोहरी हो जाती है और अब्बा सत्यपाल को यही कहानी सुनाती है।

सत्यपाल को सलमा याद आ जाती है, उसकी इच्छा होती है रसूला सलमा के बारे में पूछे, लेकन उसे क्या पता उसके बारे में...सत्यपाल के मन में टीस उठती है, पिंड दादन खाँ...सलमा रामदेव और वह मीरपुर को जाते हुए...सुत्थन पहने हुए अपनी छवि की कल्पना कर वह मुसकरा उठती है। अब तो उसका रहन-सहन ही बदल गया है।

उनकी गाड़ी अमृतसर पहुँची थी, तो जो बोले सो निहाल, सत् श्री अकाल का घोष गूँज उठा था। वे फिर भी सहमे हुए थे, डिब्बों की खिड़कियाँ नहीं खोल रहे थे। धीरे-धीरे अमृतसर का एहसास हुआ, अपने वतन की गरमी की अनुभूति हुई, गाड़ियों के दरवाजे खुले। हिंदू सिख गले मिले। उस पार से आए लोग जार-जार हो रहे थे। दादन खाँ पीछे छूट गया था। सलमा पीछे रह गई थी। खून से सनी-पुती गाड़ियाँ जिंदा-मुर्दा शवों को ढो रही थीं।

सारा देश श्मशान बन गया था। शव-ही-शव दिखाई देते थे...पोर-पोर कटते लोग...हो हल्ला मचाते लोग...उल्लू के पट्ठे बन गए लोग। दहशत का कोहरा सच्चाई में बदल गया था।

सत्यपाल के घर में दादन खाँ ने जन्म ले लिया था। सलमा की आत्मा आ पहुँची थी। रसूला सलमा की ही भाँति घूम रही थी। राम अवतार रामगुलाम हो गया था। लालचंद लाल सिंह हो गया था। दोनों एक-दूसरे पर प्रहार करने के लिए तत्पर। दोनों घात लगाए हुए।

उसे रात भर नींद न आती थी। उसकी पत्नी भी करवटें बदलती। वह भी जाग रही थी। तभी घर का सन्नाटा भंग हुआ। लाल सिंह चुपके से उठा, उसने अपनी बंदूक उठा ली। दूसरी तरफ भी सरसराहट थी, शायद रामगुलाम को इल्हाम हो गया था। उसने भी अपनी पिस्तौल सँभाल ली थी। सत्यपाल को लगा, वे दोनों आमने-सामने से घात लगाए हुए...एक-दूसरे को मिटाने को तत्पर...तभी सत्यपाल को लगा, दोनों के बीच चुपचाप रसूला आकर खड़ी हो गई।

"नहीं, सलमा को नहीं मारा जा सकता।" वह खयालों में ही चिल्ला उठे। रसूला भी उठ आई थी…दो क्षण पहले घर में दहशत का कोहरा लटका हुआ था। अब एकाएक दूर होने लगा था। वह अपने ससुर के सिर की मालिश कर रही थी।

रामगुलाम और लालचंद की बंदूकें मन-ही-मन तनी हुई थीं, परंतु दशहत का कोहरा मिटने लगा था…सत्यपाल को सुकून मिल रहा था…पहला ही रिफ्यूजी का शब्द अभी उसके नाम से नहीं हटा…और दोबारा जुड़ने के लिए तैयार हो गया। नहीं, इस बार वह ऐसा नहीं होने देगा।

वह अपनी माँ की भाँति बन जाएगा। वह बुदबुदा रहा था—इलाही का भूत भगा दो, नहीं तो वह तुम्हारी माँ के चूचक काटकर एक-एक तुम्हारे हाथ में पकड़ा देगा। मैं कहता हूँ, इलाही का भूत भगा दो।

रसूला हतप्रभ सी अपने ससुर को देख रही थी। उसकी नसों में भी दहशत का कोहरा जमने लगा।

इलाही फिर से आकार लेने गया था।

□

बाँबी

वह साँप की कुंडली में फँस गया था और साँप था कि अपनी पकड़ को और मजबूत करता जा रहा था। उसकी नस-नस में विष प्रवाहित होने लगा था। उसे आश्चर्य भी हुआ कि वह अब तक जीवित कैसे है। साँप का डसा तो पानी भी नहीं माँगता। धीरे-धीरे उसके शरीर में विष फैलने लगा तथा आँखें बंद होने लगीं।

उसका पहला दिन था शायद। उसके माथे से आत्मविश्वास चू रहा था। आते ही वह पुस्तकालय में जम गया था और लगभग तीन बजे तक बहुत सी पुस्तकें उलट-पलट चुका था। थोड़े नोट्स भी लिखे थे। आगामी अनुसंधान के लिए उसकी रूपरेखा मन-ही-मन स्पष्ट होने लगी थी। तभी किसी ने आकर झकझोरा था। उसने मुड़कर पीछे देखा और पूछा, "क्या बात है?"

"आपको साब ने बुलाया है।"

"अभी थोड़ी देर में आता हूँ। जरा नोट्स पूरे कर लूँ।"

"जी, अभी बुलाया है। बहुत जरूरी काम है।"

उसे कोफ्त हुई, परंतु उठ खड़ा हुआ और बिना किसी संकोच के साहब के सामने जा खड़ा हुआ। अभी प्रगति विवरण देने की सोच ही रहा था कि गुरु ने कहा, "कहाँ मर गए थे तुम? मैं सुबह से तुम्हारा इंतजार कर रहा हूँ।"

"जी, मैं पुस्तकालय में था।"

"क्या किताबों से मुझे काफी उपयोगी सामग्री मिली है।"

"हाँ-हाँ, मिली होगी, लेकिन पी-एच.डी. उपयोगी सामग्री से ही तो पूरी नहीं हो जाती और भी बहुत कुछ करना पड़ता है।"

"जी!" उसके शरीर पर अनेक बिच्छू रेंगने लगे थे। शायद आचार्य-प्रवर अनुसंधान के लिए उसे कोई सेंध देना चाहते हैं, उसने सोचा।

"अच्छा, जाओ अब। रमेश से मिल लो, वह तुम्हें समझा देगा।"

वह किसी जंगल में भटक गया था, हकबकाया-सा। दफ्तर का बाबू रमेश उसे क्या समझाएगा। शायद कुछ रिसर्च जर्नल उसे पकड़ाने होंगे। वह फुरती से दफ्तर में गया। रमेश कुछ टाइप कर रहा था। उसने बिना बोले बुद्धिप्रसाद को बैठने का संकेत किया। इर्द-गिर्द बाबू मँडरा रहे थे। उसे कुछ घुटन सी महसूस हुई, जैसे बहुत सा धुआँ उसके अंदर घुस गया हो।

बीस-पच्चीस मिनट के बाद रमेश ने कहा, ''डॉक्टर साहब···''

''अरे, मैं डॉक्टर कहाँ से हो गया। मेरा तो आज पहला दिन ही है। अभी तो लंबा सफर तय करना है।'' बुद्धिप्रसाद ने कहा। वैसे मन-ही-मन गुदगुदी सी हुई, आह···कितना प्यारा शब्द है 'डॉक्टर'!'

''चलो जो भी हो···यह सूची ले जाओ,'' फिर घड़ी देखते हुए कहा, ''अभी चार बजे हैं। गैस एजेंसी पाँच बजे तक खुली रहती है। यह रही कॉपी···'' फिर एक और कॉपी निकालकर कहा, ''यह मेरी। वैसे तो मैं खुद ही अपना सिलेंडर ले लेता हूँ, परंतु आजकल टाइप का काम ही कुछ ज्यादा है। इसलिए···और आपको प्रोफेसर साहब के लिए तो जाना ही···मेरा भी ले लेना।''

''लेकिन···''

''हाँ-हाँ, लेकिन क्या?''

''मैं यहाँ नया हूँ। न मुझे गैस एजेंसी का पता है, न ही प्रोफेसर साहब के घर का।'' वह तिलमिला उठा था।

''अरे, आप अभी तक उनके घर भी नहीं गए। बाकी शोधार्थी तो पहले गुरुपत्नी से मिलकर आते हैं। चलो, कोई बात नहीं, आपके साथ हनुमान को भेज देते हैं। वह तीन साल से यहीं काम कर रहा है।'' और रमेश ने दूसरे छात्र को बुलवा भेजा।

उसका थीसिस टाइप हो रहा था। वह फिर भी दौड़ा आया। बोला, ''रमेशजी, बस हम अभी गए और अभी आए, लेकिन मेरा थीसिस जल्दी करवा दो।''

हनुमान प्रसाद उछलता जा रहा था और बुद्धिप्रसाद जमीन में धँसता हुआ।

शिमला का विशाल आकार उसके सामने फैल गया था।

छात्रावास से जल्दी-जल्दी तैयार होकर वह विभाग में पहुँच गया। अब तक उसे पता चल गया था कि पुस्तकालय में जाने से पहले यह आवश्यक था कि वह अपने एडवाइजर से निर्देश ले ले।

''ओह! आइए, आइए।'' प्रोफेसर धर्मभरोसे ने कहा।

बुद्धिप्रसाद तो गद्गद हो गया। उसे लगा, आज कुछ सूत्र हाथ लगेंगे।

"तुम बहुत अच्छा काम कर रहे हो। मैं जल्दी-से-जल्दी तुम्हारी पी-एच. डी. करवा देना चाहता हूँ।" फिर चपरासी को बुलाकर चाय लाने के लिए कहा।

चाय की चुस्कियाँ लेते हुए उन्होंने कहा, "यह बीच में सम्मेलन आ फँसा। अध्यक्ष होने पर बीसियों जिम्मेदारियाँ आ जाती हैं। मुझे इलाहाबाद में एक शोध-पत्र प्रस्तुत करना है। विषय है—'धार्मिक साहित्य में उन्माद-तत्त्व'।"

"सर, बधाई हो!"

"ऐसे कार्यक्रम तो चलते ही रहते हैं। मैं तो जाना ही नहीं चाहता था, परंतु बार-बार फोन आ रहे हैं। सो, तुम ऐसा करो—मेरे लिए एक बीस पृष्ठ का संदर्भ शोध-निबंध तैयार कर दो।" फिर डायरी से तारीख देखते हुए बोले, "सोलह को है सम्मेलन, आज है छह। दो दिन पहले ही जाना पड़ेगा। सो अगर दस तक तैयार कर दो तो ठीक रहेगा।"

"सर, मेरा विषय तो है—'समकालीन हिंदी कहानी का शिल्प-विधान।' मैं धार्मिक साहित्य में उन्माद-तत्त्व पर क्या लिख सकता हूँ।"

"तुम बड़े भोले हो। वह तुम्हारी ट्रेनिंग है। मेरे लिए दो बार शोध-निबंध लिखोगे तो तुम्हारा आत्मविश्वास बढ़ेगा। जानते हो, मैं 'न' सुनने का अभ्यस्त नहीं हूँ। जाओ, अभी से पुस्तकालय में बैठ जाओ और इस दस तारीख को मुझसे मिलना''खाली हाथ नहीं, अंतिम रूप से तैयार निबंध के साथ।" प्रोफेसर धर्मभरोसे और कागज देखने लगे थे।

बुद्धिप्रसाद को साँप ने अपनी कुंडली में जकड़ लिया था और वह निरंतर छटपटा रहा था।

अचानक मध्य प्रदेश से डॉ. राधेश्याम आ गए थे। उनकी बहुत दिनों से इच्छा थी कि किसी मौखिक परीक्षा के बहाने पहाड़ की सैर की जाए और इसमें कोई कठिनाई भी नहीं थी। उन्होंने इच्छा भी जाहिर की थी। प्रोफेसर धर्मभरोसे ने विश्वविद्यालय से तुरंत एक थीसिस भिजवा दी थी तथा अलग से लिख दिया था कि वह जब आना चाहें, आ जाएँ। संतोषजनक रिपोर्ट कुलसचिव को भेज दें तथा थीसिस साथ ही लेते आएँ।

बुद्धिप्रसाद को बुलाकर धर्मभरोसे ने कहा, "कल हनुमान की मौखिक परीक्षा है। ससुरा चार साल से यहीं मँडरा रहा है। डॉ. राधेश्यामजी इसकी परीक्षा के लिए आए हैं। परीक्षा तो आधे घंटे में करवा दूँगा। तुम इनकी देखभाल करोगे

तथा आस-पास के सभी पर्यटक स्थलों पर घुमा लाओगे। इससे हमारे प्रदेश के पर्यटन को बढ़ावा मिलेगा।''

''जी।''

फिर उन्होंने कहा, ''श्यामजी, यह बड़ा मेधावी छात्र है। इसका थीसिस भी आपके पास ही भिजवाएँगे।''

''जरूर, जरूर,'' कहकर डॉ. राधेश्याम ने कहा, ''बेटा, मैं यूनिवर्सिटी विश्राम गृह में ठहरा हूँ, रूम नंबर 203 में। तुम्हें कोई दिक्कत तो नहीं है न।''

''जी, नहीं। मैं नजदीक ही छात्रावास में ठहरा हूँ।''

''वह दिन-रात उनके आगे-पीछे घूमता रहा। उसने कई बार साहित्य की बात भी छेड़नी चाही और बताया भी कि वह 'समकालीन हिंदी कहानी का शिल्प-विधान' विषय पर अनुसंधान कर रहा है; परंतु मेहमान को तो माल रोड की रंगीनियाँ मोहित किए हुए थीं। उन्होंने इतना ही कहा, ''रिसर्च तो चलती रहती है, परंतु क्षण पकड़ना अधिक महत्त्वपूर्ण है।''

बुद्धिप्रसाद तो अनुसंधानमय हो चुका था। बार-बार कुरेद रहा था। मेहमान प्रोफेसर ने कहा, ''तुमने विषय बड़ा पिसा-पिटा चुना है।''

''सर, इस पर अभी ढंग का काम नहीं हुआ है।''

''अरे, बुद्धिप्रसाद! शुरू में सब यही कहते हैं, परंतु तुम नहीं जानते...शायद अभी...कि रिसर्च क्या है।'' फिर कहा, ''कल कुफरी चलेंगे।''

''जी।''

यह तो भला हो हनुमान का, जो ऐन मौके पर आ गया। बुद्धिप्रसाद की जेब में कोई पैसा नहीं था। मेहमान प्रोफेसर का विश्राम-गृह का बिल 344 रुपए बना। हनुमान ने तुरंत पेमेंट कर दी।

वे दोनों मेहमान प्रोफेसर को गाड़ी में बिठा आए।

लौटते हुए हनुमान ने कहा, ''देखो बुद्धिप्रसाद! रिसर्च करना और बात है, डिग्री लेना और। वैसे तो तुम समझदार हो गए हो, फिर भी इन छोटी-मोटी बातों पर खफा न हुआ करो। प्रोफेसर आई.एस.एस. तो होते नहीं, जो इनके आगे-पीछे गाड़ियाँ दौड़ती रहें। इनकी गाड़ियाँ तो शोध-छात्र ही होते हैं, जिनमें पैट्रोल भरने की जरूरत नहीं है।''

बुद्धिप्रसाद की आँखों में आँसू आ गए। घर में उसकी अकेली माँ...स्कूल अध्यापिका को पैसा मिलता ही कितना हैं। हॉस्टल का खर्च और फिर भी बहुत

से खर्च, उसे लग रहा था कि पी-एच.डी. के उन्माद में उसने साँपों की बाँबी में हाथ डाल दिया था।

लगभग तीन वर्ष होने को आए थे।

थीसिस का कोई रूप नहीं बन रहा था। दिन-रात लगाकर उसने सामग्री तो एकत्र कर ली थी तथा स्वयं क्रमवार शोध-लेखन शुरू भी कर दिया था, परंतु जब भी वह विचार-विमर्श के लिए अपने निर्देशक के पास जाता तो वे किसी-न-किसी बहाने से टाल देते। उसने एक बार तो कहा भी, "सर, मैंने कुछ अध्याय लिख भी लिये हैं।"

"तुम्हारे लिखने से क्या होता है। जब तक मैं एक-एक शब्द न देख लूँ, मैं थीसिस प्रस्तुति की अनुमति नहीं देता। कोई स्तर भी तो रखना होता है।"

अब उसे समझ आने लगा था कि उस दिन वह व्यर्थ में ही अड़ गया था। जब तीन साल इतना कुछ किया...तो उनके कपड़े भी धो आता तो कौन सा पहाड़ टूट पड़ता, परंतु उसका मन ही नहीं माना था। उसकी अपनी माँ ने कभी उसे कपड़े धोने के लिए नहीं कहा और फिर उसकी इच्छा हुई कि वह अपने बाल नोच डाले। उसने गलत आदमी का चयन कर लिया था। उसके मन में कहीं रहा था कि विभागाध्यक्ष के साथ अनुसंधान एक तो स्तरीय होगा, दूसरे उसे नौकरी जल्दी मिल जाएगी...कभी वह सोचता कि अपनी एकत्र सामग्री को नष्ट-भ्रष्ट करके अपनी माँ के पास लौट जाए, लेकिन जीवन के तीन साल...वह साँप की बाँबी में उतरने से डर रहा था।

बहुत दिनों तक वह अपने निर्देशक से नहीं मिला। एक दिन प्रोफेसर धर्मभरोसे ने स्वयं बुलाया और बड़ी आत्मीयता से कहा, "देखो, बुद्धि! इतना हतोत्साहित नहीं होते। तुम्हें डिग्री चाहिए, मैं दिलवाऊँगा, लेकिन इतनी उछल-कूद मचाने से कुछ नहीं होता। बहुत से लोग बिना डिग्री के भी जा चुके हैं।"

"सर! लेकिन मैंने बहुत मेहनत की है। अब थीसिस का अंतिम रूप तो आपके परामर्श से ही देना होगा।"

"अब हुई न बात। मैं तुम्हारी थीसिस दस दिन में पूरी करवा दूँगा।" तभी उन्होंने आलमारी से एक थीसिस निकाली, जिसका विषय था—'समकालीन हिंदी का बदलता शिल्प-विधान।' और कहा, "यह प्रबंध मेरे पास परीक्षण के लिए आया है।"

"सर!"

''तुम में धैर्य नाम की चीज नहीं है। सुनो···मेरी पुस्तक 'साहित्यिक निबंध' प्रेस में जानेवाली है। ये दस निबंध तुम्हें लिखने हैं···इन्हें जितनी जल्दी हो लिख डालो···और फिर यह शोध-प्रबंध में तुम्हें दे दूँगा और संकेत भर ही तो चाहिए।''

बुद्धिप्रसाद कहना चाहता था कि मैंने खुद काम किया है। बहुत सामग्री मेरे पास है। मौलिक रिसर्च तो निजी होती है। और क्या फिर यह अन्याय नहीं होगा। फिर उसे ध्यान आया हनुमानप्रसाद का···उसने भी तो अपना थीसिस दस-पंद्रह दिन में ही पूरा कर लिया था···अब उसे रिसर्च का भेद खुलने लगा था, लेकिन वह मन-ही-मन काँप उठा। जो निष्ठा और स्वप्न वह लेकर यहाँ आया था, वह तप्त रेते में पानी की तरह लुप्त हो रहा था। अचानक उसके मुँह से निकल गया···'हूँ'।

''हूँ क्या, हाँ कहो। और जाओ लिख डालो दस निबंध। पुस्तकें मैं देता हूँ।'' फिर अपनी झोंक में कह गए, ''वे जमाने लद गए, जब हमने रिसर्च की थी। पाँच-पाँच साल निर्देशक नजदीक नहीं फटकने देते थे···व्यर्थ में बार-बार लिखवाते थे, काटते थे, पीटते थे···अपना भी समय नष्ट करते थे और हमारा भी··· बुद्धिप्रसाद थीसिस क्या है? बस, कतर-ब्योंत···यह रहस्य अपने तक ही रखना। जाओ शाबाश! लिख लाओ निबंध। देखो, ये मत सोचना, मैं व्यर्थ में यह काम करा रहा हूँ। अनुक्रमणिका भी तुम्हीं तैयार करोगे। और उसके लिए आभार में तुम्हारा नामोल्लेख भी रहेगा।'' फिर खी-खी करते हुए उन्होंने कहा, ''मैंने आज तक किसी से बेगार नहीं करवाई।''

बुद्धिप्रसाद को साँप-ही-साँप लिपट गए। एक और रहस्योद्घाटन हुआ, अनुक्रमणिका भी उसे तैयार करनी होगी। उसके लिए नामोल्लेख भी होगा···वाह, क्या पुरस्कार है।

निबंध लिखने में तीन मास और निकल गए। समय तो लगना ही था। विभागाध्यक्ष के नाम से छपने वाले निबंध स्तरीय होने चाहिए, इसलिए उसने बड़े श्रम से उन्हें लिखा। और उसे लगने लगा कि उसकी डिग्री भी पूरी हो चली है, टूट जाने पर भी वह डिग्री के लिए लालायित था।

उसके चेहरे पर एक संतोष था। वह फाइल उठाए हुए विभागाध्यक्ष के कमरे में घुसा। जाते ही उसने कहा, ''सर, ये रहे निबंध।''

''अच्छा, अच्छा। रख दो यहाँ फाइल।''

फिर कहा, ''मैं जरा व्यस्त हूँ, आप थोड़ी देर बाद आइए।''

बुद्धिप्रसाद का चेहरा बुझ गया। उसे लगा, हिमाच्छादित पर्वत नगर भभक

उठा था, लेकिन क्या करता। दोपहर बाद वह फिर विभागाध्यक्ष के सामने था। अब उनका मूड ठीक था। बोले, ''तुम बहुत मेधावी हो। मुझे तुम पर गर्व है। ऐसा विद्यार्थी तो भाग्य से ही मिलता है।''

उन्होंने रमेश को बुलवाया और कहा, ''देखो, वह थीसिस जो ग्वालियर से आया था, जरा लाना तो।''

''सर, वो तो आपने मूल्यांकन के बाद भिजवा दिया है।''

''नहीं, ऐसा कैसे हो सकता है। मूल्यांकन कोई इतना जल्दी हो जाता है। अभी छह महीने भी नहीं हुए थीसिस के आने को, पढ़ना होता है।''

'''सर, मैं फिर देख लेता हूँ।'' रमेश चला गया था। थोड़ी देर बाद आया··· ''सर···वही थीसिस न, जो 'समकालीन हिंदी कहानी···' पर था।''

''हाँ-हाँ, वही।''

''वह तो चला गया सर! यह रही आपकी रिपोर्ट।''

फिर ढीले पड़ते हुए अध्यक्ष ने कहा, ''अच्छा, चलो कोई बात नहीं। रिसर्च तो अपनी ही ठीक होती है। बुद्धिप्रसाद, घबराना नहीं। जो भी काम किया है, उसे जल्दी-जल्दी लिखकर टाइप करवाना शुरू कर दो।''

बुद्धिप्रसाद निढाल हो गया था। उसकी पी-एच.डी. कभी पूरी होगी ही नहीं। वह तो साँप की बाँबी में उतर गया था। साँप की जकड़न उस पर और तेज होती जा रही थी और उसकी शिराओं में विष फैलने लगा था।

□

यू सिंह लापता है

बादलों की गड़गड़ाहट से ही उसका दिल बैठने लगा। वह जानता है, वायु में ठंडक के उतरने का अर्थ है बारिश की संभावना।

पर्वत की चोटी से सर्पाकार होती नीचे उतरती सड़क को उसने हैरत से देखा। किसी मोड़ पर नीचे से ऊपर आ रही बस की धूँ-धूँ सुनकर वह चहक उठा।

पति के उतावलेपन को समझते हुए जस्सी ने कहा, ''जरा शांति रखो। ऊपर से भी आ जाएगी बस। मैंने चार पराँठे बाँध दिए हैं। कहीं बैठकर खा लेना।''

''अच्छा, अच्छा।'' अमर सिंह ने कहा, फिर अंबर को निहारने लगा, बारिश टल जाए तो अच्छा है। वह कई महीने से एक अंतिम कोशिश करने के लिए छटपटा रहा था। सरदारनी ने तो कहा भी था, ''क्यों व्यर्थ में हाथ पसारते फिरते हो, जहाँ इतनी निकल गई, बाकी भी निकल जाएगी।''

''तुम इसे हाथ पसारना कहती हो? कैसी कोख है तुम्हारी, तुम्हें जरा भी मोह नहीं? मेरा यू सिंह नं. 85767 न जाने कहाँ खो गया।'' वह भभक उठता। फिर अपनी ज्वाला में धीरे-धीरे स्वयं ही दग्ध हो जाता।

''लेकिन सुने, ज्यादा लंबी बात नहीं डालना। नेताओं के पास इतना समय नहीं होता। इन्होंने बहुतों को झाँसे देने होते हैं।''

''तुम मुझे बेवकूफ समझती हो। पच्चीस-तीस साल पुरानी घटना समझाने के लिए कुछ तो भूमिका बाँधनी ही पड़ती है।'' वह मायूस हो गया था। सरदारनी ठीक ही तो कहती है, जब तक भूमिका बाँध पाता हूँ, तब तक नेता से कोई और जा चिपकता है। उसका संवाद बीच में ही टूट जाता है।

फिर भी यू सिंह का सम्मोहन था। अमर सिंह बार-बार मरता था और फिर जी उठता था। यादों का मायाजाल मकड़ी के जाले सा उसे लपेट लेता। हवा में नमी और गहरा गई थी।

जब वह कागज-पत्र खोलकर बैठता है, तो सबसे पहले जल सेना मुख्यालय, बंबई से आया पत्र उछल पड़ता है। पूरे चार साल बाद···4 सितंबर, 1968 का पत्र पढ़कर, वह सन्न रह गया था। लिखा था, "यू सिंह, नं. 85767 लापता है···"

"नहीं···नहीं, वह भगोड़ा नहीं हो सकता। स्वतंत्रता सेनानी का बेटा भगोड़ा क्यों होगा? और फिर कोई कारण भी तो हो। यह हो ही नहीं सकता।" वह चिल्लाया था।

जस्सी भी गुमसुम हो गई थी। परंतु एक आशा की किरण थी कि वह एक न एक दिन आएगा जरूर। उसका बाप सारी दुनिया घूम आया। ब्रिटिश सेना का मेडल भी जीत लाया···और यू सिंह तो भारतीय जल सेना में ही था।

अमर सिंह अभी नवीं कक्षा में पढ़ता था, जब द्वितीय विश्वयुद्ध छिड़ गया था, और वह पालमपुर के भरती दफ्तर के सामने जा खड़ा हुआ था। छोटा कद, पतला शरीर परंतु लाल सूहा गाल। वैसे भी युद्ध छिड़ा हुआ हो, तो उन्नीस-इक्कीस को भी भरती कर लेते थे। अमर सिंह सिग्नल कोर में चला गया था।

पढ़ाई बीच में छूट गई। हाँ, उर्दू वह बहुत अच्छी लिख लेता था। अंग्रेजी फर्राटे से बोल लेता था, परंतु लिखने में दिक्कत होती थी। यू सिंह के लापता होने का समाचार आया तो चिट्ठी-पत्री का दौर चल पड़ा, लेकिन वह उर्दू में चिट्ठियाँ लिखता और इंतजार में बैठा रहता कि भारतीय जल सेना के अधिकारी ज्यादा सही सूचना देंगे, तथा यू सिंह आ जाएगा एक दिन।

कभी-कभार वह किसी से अंग्रेजी में चिट्ठियाँ लिखवा देता, तो उसका उत्तर आता—यू सिंह नं. 85767 लापता है। वह तिलमिला उठता।

छोटे गाँव में जन्म लेना भी एक अभिशाप है, जहाँ न सड़क, न डाकघर, न स्कूल। पहाड़ की चोटी पर टँगा हुआ गाँव। पता नहीं कब उसके पुरखे आकर यहाँ बस गए थे···और क्यों?

उसकी इच्छा होती कि वह उड़कर बंबई पहुँच जाए और पूछे उन अधिकारियों से···कहाँ गया मेरा यू सिंह? देखो यह चिट्ठी है उसकी, जिसमें उसने लिखा था, वह एक और साथी हसन मोहम्मद के साथ ट्रेनिंग के लिए कोचीन जाएगा। रेलवे वारंट उसके पास था, सब डाक्यूमेंट थे, पूना तक दोनों साथ थे। यू सिंह पूना से कोचीन नहीं पहुँचा। ठीक है नहीं पहुँचा, लेकिन हसन मोहम्मद ने बाद में बताया तो सही कि वह पूना रेलवे स्टेशन पर था।

कोई खोज-खबर नहीं ली सेना के अधिकारियों ने! ब्रिटिश अधिकारी होते

तो पाताल से भी सूचना निकाल लाते। वाह रे सेनानियो! लिख दिया, लापता।

पालमपुर तहसील काटटरोड़ा गाँव। वहाँ से बंबई जाना कौन सा सहज था? फिर जस्सी ने सुझाया था—"दारजी!" कुछ सोचते हुए कहा, "आप एम सिंह को क्यों नहीं लिखते? वह अपने बड़े भाई के बारे में पता कर सकता है।"

"हाँ, बात तो ठीक है, परंतु एम सिंह तो लड़ाकू जहाज पर है। पता नहीं, कहाँ गश्त पर होगा। फिर भी उसने अपने छोटे बेटे को पत्र लिख दिया था... परंतु तीन महीने बाद उसका भी वही जवाब आया था—यू सिंह लापता है, रिकॉर्ड में।"

कोई सूई है न! अमर सिंह ने मन-ही-मन में कहा था।

आदमी के विश्वास को हिलाने के लिए कोई भी घटना सक्षम हो सकती है और फिर एक बार कोई डाँवाँडोल हो जाए तो कोई विकल्प नहीं रहता।

अमर सिंह हर रोज एक पत्र लिखता, कभी राष्ट्रपति को, कभी प्रधानमंत्री को! वहाँ से कोई चिट्ठी आती, तो क्षण भर के लिए खुश हो जाता, परंतु जब पढ़ता कि उसका पत्र संबद्ध विभाग को कारवाई हेतु भेज दिया गया है तो पहले-पहले तो वह उन चिट्ठियों को फाइल में सहेज-सँभालकर रखता, परंतु बाद में उसे यह सब व्यर्थ लगने लगा।

पहली बार राष्ट्रपति कार्यालय से पत्र आया था, तो वह उछलता रहा था। गाँव में लोगों को बताता रहा कि देखो, राष्ट्रपति कितना महान् होता है। मेरी चिट्ठी का भी जवाब दिया है। वह बार-बार ऐसा ही उछलने लगा तो लोगों को महसूस हुआ कि कहीं कोई पुर्जा हिल गया है। फिर भी यू सिंह के न आने से दु:खी अवश्य थे।

गाँव में कोई भी नेता आता, साधु आता, अमर सिंह उसके आस-पास मँडराने लगता, लेकिन बोलता केवल अपने आप से था, नं. 85767 लापता है। मैं सन् 1955 में रिटायर होकर आया। उसे खुद नेवी में भरती करवा के आया, वह पूना से कोचीन नहीं पहुँचा, भला कोई पूछे वह ताउम्र लापता रहेगा? रिकॉर्ड में लापता लिखकर खारिज कर दिया मेरे बेटे को! यूनिट का कुछ नहीं लगता था वह?"

फिर वह जार-जार रोने लगता। कहता, "बच्चे बुढ़ापे की लाठी होते हैं। मैं और जस्सी कहीं खोजने जाएँ तुम्हें बेटा?"

जस्सी अपने पति को सहला कर ले जाती। कहती, "समझ लो, मैंने उसे जना ही नहीं, बाँझा ही नहीं।" लेकिन अमर सिंह कहता, "जस्सी, ऐसा न कहो। वाहे गुरु ने दो-दो बेटे दिए। शायद दूसरा ही सुध ले।"

वह हर रोज चिट्ठी लिखता था। एक सुकून मिलता था उसे। और कभी-

कभी वह घंटों जंगलों में घूमता रहता, बातें करता, कोई प्रतिवाद वहाँ नहीं होता था, जस्सी परेशान हो जाती तथा अँधेरा होते ही ढूँढ़ने निकल जाती।

अचानक भूकंप आ गया था। सबकुछ अस्त-व्यस्त हो गया। युद्ध-पोत डूब गया था। डूबा क्या शत्रु की पनडुब्बी ने डुबो दिया था। साथ ही डूब गए थे वे लोग, जो इस पर विचरते थे।

एम सिंह 95325 ने भी समाधि ले ली थी। जसबंत कौर ने कहा, ''हे वाहे गुरु, कौन सी करनी का फल दिया हमें ?''

''तुम्हीं तो कहती थी, बाँझ समझ लो। सच जस्सी, अब जीने का कोई तुक नहीं है।'' और वह जार-जार रोने लगा था, जैसे नदी का बाँध टूट गया हो।

''नहीं दारजी। यू सिंह नहीं रहा तो भी ढारस किया। परमात्मा जो भी करता है, अच्छा ही करता है। उसकी शादी नहीं की थी। नहीं तो उसकी पत्नी का क्या होता ?'' जस्सी की आवाज धँसने लगी थी।

कोई और वक्त होता तो अमर सिंह दूसरे विश्वयुद्ध के किस्से सुनाने लगता कि किस प्रकार वह उन पाँच हजार फौजियों में से एक था, जिन्होंने सन् '46 में ब्रिटिश कमांडरों की न मानकर महात्मा गांधी के भाषण को सुनना श्रेयस्कर समझा। या फिर वह किस्सा कि किस प्रकार उसने जान हथेली पर रख करके संदेश पहुँचाए थे। वह न जाता तो पूरी ब्रिगेड खत्म हो जाती। परंतु महिमा सिंह, जिसे वह प्यार से एम सिंह कहता था, भी ऐसे ही जल-समाधि ले लेगा, ऐसा कभी स्वप्न में भी नहीं सोचा था…उसे तो उजागर सिंह के लापता होने के समाचार ने पहले ही तोड़ दिया था।

वह दुबककर एक कमरे में बैठ गया था।

जस्सी ने ही कहा था, ''इस प्रकार अँधेरे में बैठने से क्या होगा ? बत्ती जला लो।''

''कहते हैं संतान चिराग का काम करती है। अब बत्तियाँ बुझ ही गई हैं, तो अँधेरा तो होगा ही।'' वह कसमसाया था।

''देखो, एम सिंह नहीं है तो अब उसकी पत्नी पामिला सिंह तथा बेटी रमणजीत कौर के लिए तो जीना ही पड़ेगा।''

''जस्सी, तुम किस मिट्टी की बनी हो ? मैं तो अब जीना ही नहीं चाहता। सब बत्तियाँ गुल हो गई हैं। यह तो ढाँचा है बस!'' फिर कहा, ''हम व्यर्थ ही महल खड़े करते हैं। क्षण भर के लिए जलजला आता है और सब धराशायी हो जाता है।''

"वो सब ठीक कर देगा!" जस्सी ने सांत्वना दी।

"खाक ठीक कर देगा? सब ढकोसला है। व्यर्थ में हम एक आशा लेकर बैठे रहते हैं। हाथ जोड़कर सजदे करते हैं। लेकिन जस्सी, यह सब व्यर्थ है। आशा के दीप कभी जला नहीं करते।" अमर सिंह विद्रूप हँसी हँसा।

वह जंगलों में भटकता रहता। गाँव में कोई कुछ सुनने के लिए तैयार नहीं था। एक लंबा सफर। पच्चीस-तीस वर्ष की यात्रा। चिट्ठियों का अंबार...वह लिखता रहा। पहले हर रोज एक चिट्ठी लिखता था, फिर एक सप्ताह में एक, फिर एक मास में एक, लिखता रहा एक नियम, एक धर्म मान कर। कभी तो कोई सुनेगा।

बहुत वर्षों से वह किसी से मिला नहीं था। परंतु आज अचानक मूड बना लिया। अंतिम कोशिश, मुख्यमंत्री आ रहे थे, उनके आगे अंतिम फरियाद करूँगा। सुना है, मुख्यमंत्री बड़े दयालु हैं, शायद बूढ़ी हड्डियों की सुन ही लें।

हवा में नमी गहराती जा रही थी, बस भी आ गई। अब वह समय से पहुँच जाएगा।

मुख्यमंत्री ने गदियाड़े पहुँचना था। कोई उद्घाटन था या फिर वोटरों को संबोधित करना था।

पहाड़ी गाँव में घूमता हुआ सरदार अजीब लग रहा था, लेकिन जब बोलता तो पता चलता कि वह तो ठेठ पहाड़ी है।

ग्यारह बज गए, फिर बारह। इंतजार करते-करते तीन बज गए, चावल पक गए थे। मुख्यमंत्री अभी तक नहीं पहुँचे थे। मिलने वाले आतुर थे।

अमर सिंह ने किसी से पूछा, "कहीं प्रोग्राम तो रद्द नहीं हो गया?"

"पता नहीं।" किसी उकताए हुए व्यक्ति ने संक्षेप में कहा।

"मुझे वापस जाना था।" वह अपने आप से बुदबुदाया।

"तो जाओ।" कोई दूसरा स्वर।

"मैंने मिलना भी चाहा था।" शब्दों में एक कसक थी। किसी प्रबुद्ध व्यक्ति का मन पिघल गया। वह प्रतीक्षा में बोर हो रहा था। बोला, "बाबा, आप क्यों मिलना चाहते हैं?"

जस्सी ने कहा था कि व्यर्थ के विस्तार में न पड़ो। नहीं तो कोई सुनेगा ही नहीं। तो उसने इतना भर कहा, 'यू सिंह नं. 85767 लापता है।"

"कब से?"

"पच्चीस-तीस साल से!" अमर सिंह का स्वर लड़खड़ाने लगा था।

"पच्चीस-तीस साल से?" प्रबुद्ध व्यक्ति ने आश्चर्य से दोहराया।

"हाँ, वह पूना से कोचीन के लिए चला, फिर पता नहीं कहाँ रह गया।" कुछ सोचकर फिर कहा, "न घर लौटा और न ही ट्रेनिंग कैंप पहुँचा।"

"ओह!" कहकर वह व्यक्ति खिसकने लगा। उसे लगा, शायद सरदारजी भटक रहे थे। उसे जाते देख सरदारजी ने कहा, "श्रीमानजी, मेरी बात तो सुनते। आपको विश्वास नहीं हुआ न? पर है यह सच। पहले मुझे भी विश्वास नहीं होता था कि यू सिंह ऐसे लापता हो सकता है! अब लौटता ही नहीं वापस तो···"

"यू सिंह से तुम्हारा क्या रिश्ता है?"

"यू स्टैंड्ज फार उजागर···उजागर सिंह मेरा बेटा था।"

तभी कोई जोर से चिल्लाया—"जरा सुनिए तो, एक सूचना है।"

सभी एक स्थान पर एकत्र हो गए। उस व्यक्ति ने कहा, "अभी-अभी सूचना मिली है कि मुख्यमंत्रीजी आज नहीं आ पाएँगे, मौसम खराब हो जाने की वजह से हेलिकॉप्टर उड़ ही नहीं सका। जो लोग अपने काम करवाने के लिए आए हैं, वे पंक्तिबद्ध होकर अपनी अर्जियाँ मेरे पास जमा करवा दें। बाद में मुख्यमंत्रीजी उन पर निर्णय लेंगे।"

एक लंबी कतार लग गई। सब जल्दी-जल्दी अपनी अर्जियाँ जमा करवा देना चाहते थे, ताकि जल्दी वापस लौट सकें।

अमर सिंह ने लंबी लाइन को देखा तो मुसकरा दिया। वह तो कुछ लिखकर लाया ही नहीं था। एक अंतिम आशा की किरण झिलमिला रही थी। उसने बस-स्टॉप की ओर मुँह किया और धीमे-धीमे चलने लगा। अचानक उसने महसूस किया कि जिसको उसने चिट्ठियाँ लिखी थीं, उनका भारी गट्ठर उसकी पीठ पर आकर चिपक गया है।

बादलों की गड़गड़ाहट जारी थी।

□

रिज पर फौजी

आड़ा-तिरछा चलते हुए उसने एक पीस हो गई अपनी टाँग को सीधा किया तथा बैसाखियों के सहारे बस से नीचे उतर गया। कंधे पर छोटा सा थैला लटका हुआ था, जिसमें कुछ कपड़े तथा आवश्यक कागज थे।

वह दधोल से दोपहर बारह बजे चला था। शिमला पहुँचते-पहुँचते उसे सात बज गए।

बस विक्टरी पर ही रुक गई है। मुख्य बस अड्डा यहाँ से कोई दो फर्लांग है। कोई भी पाँच-दस मिनट में वहाँ पहुँच जाता है। लेकिन डेढ़ टाँग के आदमी के लिए यह दुविधाजनक था।

खड्ग सिंह ने शिमला की धुँधलाती रोशनियों को निहारा। धुंध की दीवार लटकी हुई थी। वह बहुत बरसों बाद शिमला आया था। सबकुछ बदला-बदला, मौसम भी। मार्च का महीना और आकाश में गड़गड़। कहीं बारिश आ गई तो बहुत मुश्किल हो जाएगी, लेकिन वह फौजी था और फौजी में दृढता एवं धैर्य तो भरपूर होता ही है।

कार्ट रयोड़ पर ठक-ठक करती बैसाखियाँ अजीब सा संगीत पैदा कर रही थीं। अजीब-अजीब निगाहों से लोग उसे देख रहे थे, मानो वह शिमला में अजूबा था।

दो वर्ष तक अस्पताल में रहने के बाद वह अपने गाँव लौटा था। सामने तो कोई नहीं बोलता था, परंतु पीठ पीछे लोग फुसफुसाते—क्या लकदक करती देह थी! बेचारा लटा हो गया।

उसके कान में आवाज पड़ती तो वह दुःखी हो उठता कि सीमा का प्रहरी

भी व्यंग्य का भागी बन गया है। अपने साथी सैनिक को बचाने के प्रयास में वह स्वयं फँस गया था। रत्नांबर बड़ा मजाकिया था। लोग कहते हैं, जहाँ न जाए रवि, वहाँ जाए कवि। वह कहता, जहाँ न जाए कृति, वहीं जाए इन्फैंट्री। बढ़ना, आगे जाना, ठिकानों का पता लगाना और शत्रु पर पहला वार करना।

सीमा पर गोलियों की बौछार हो रही थी। वैसे भी जब से पंजाब एवं जम्मू-कश्मीर में उग्रवाद का शैतान अपनी आँत फैला रहा था, तब से पाक सैनिक ताक में रहते कि कहीं-न-कहीं कुछ भड़क जाए, तो आग जलती रहे। रत्नांबर से कहा—देखो, पटाखे चल रहे हैं सामने। हम भी फायर करेंगे। और वह आगे बढ़ गया था। अचानक सरसराती एक गोली उसके कंधे में लगी थी। खड्ग सिंह ने उसे गिरते देख लिया था, वह सरकता पड़ता वहाँ पहुँचा था। बहुत देर तक फायरिंग करता रहा, जब सामने से आग बरसनी बंद हुई तो उसने पीठ पर पीड़ित को उठाया और वापस लौट पड़ा।

''हाय, मर गया!'' अचानक उसके मुख से निकला। उसकी एक टाँग लड़खड़ा रही थी। रत्नांबर ने कहा, ''साले, पहले अपने आपको सँभाल। मुझे क्या उठाए जा रहा है।''

लेकिन वह चलता रहा और रत्नाबंर को कैंप में लाकर स्वयं लुढ़क गया था। बॉर्डर पर उसका अंतिम दिन था। फिर अस्पताल ही उसका घर बन गया था। घुटने में लगी गोली ने कुछ ऐसा कर दिया कि टाँग और जाँघ एक पीस हो गई। शायद अस्थिबंध नष्ट हो गया था। बैसाखियाँ उसके अंग-संग हो ली थीं। घुटने में गोली लगने से इतना बड़ा नुकसान हो सकता है, कोई मानने को तैयार ही नहीं था। और लकदक-लकदक करती देह अपंग हो गई थी।

सेना की भाषा में उसकी विकलांगता पचास प्रतिशत आँकी गई। मतलब यह कि पैंतीस वर्ष की उम्र में ही एक आधा आदमी रह गया था। वह डॉक्टर से बहस करता रहा, परंतु किसी ने उसकी नहीं सुनी। वह कसमसा उठता, परंतु बेबसी थी। अपने हाथ-पाँव चलते हों, तो सब ठीक। जरा सी भी गड़बड़ हो जाए तो सबकुछ बिगड़ जाता है।

किसी ने कंपनी में बात चला दी थी—खड्ग सिंह, तुम्हारा नाम शौर्य मेडल के लिए संस्तुति किया जा रहा है।

वह खिलखिला उठा था। कुरबानी दी है, तो कुछ तो पीठ थपथपानी ही चाहिए, तभी मनोबल बढ़ता है। भावी पीढ़ियों के लिए आदर्श स्थापित होता है। वह संभावित संस्तुति मात्र से ही प्रसन्न हो गया था।

वह आधा आदमी रह गया था।

अपने गाँव दधोल लौटा तो सहानुभूति की बौछारें होने लगीं। जो भी आता, कहता—"खड्ग सिंह, सैनिक तो पूज्य होते हैं। तुम भरी जवानी में जख्मी होकर आ गए, यह बड़ा जुल्म है। सरकार ने मुआवजा तो दिया ही होगा?"

"मुआवजा...पचास प्रतिशत विकलांगता, तो पचास प्रतिशत बीमे की राशि।"

"दो-तीन लाख तो मिला ही होगा?" कोई कुरेदता।

वह आग्नेय आँखों से उन्हें देखता और कहता—"हाँ, कुल मिलाकर अड़तीस हजार चार सौ नब्बे रुपए मिले थे, जो घर-बार ठीक करवाने में होम हो गए।...मेरे से ले लो सब वापस, ला दो मेरी टाँग।"

खड्ग सिंह सोचता, हर गाँववासी की नजर उसको मिली राशि पर है, परंतु कोई नहीं जानता कि घुटने का बेकार हो जाना कितना कष्टप्रद होता है। वह आधा आदमी रह गया है। उसकी बीवी ने भी एक बार तो उसे हिकारत भरी नजर से देखा था, भले ही बाद में वह सँभल गई थी। पति की पेंशन से ही सब घर-बार चलना था। हाँ, वह इतना जरूर बोली, "लोग तो कहते थे कि रिटायरमेंट पर बहुत पैसा मिलता है। यहाँ तो बस सत्तर-अस्सी हजार ही बना।"

"हूँ, लोग तो बहुत कुछ कहते हैं, परंतु जो मिला है, सब तुम्हारे सामने है।" उसकी पलकों में आँसू आ गए थे।

"मुरब्बे भी तो मिलते हैं। कोठी वालों के लड़के को मुकेरियाँ में मुरब्बे मिले थे।" पत्नी कहीं खो गई थी।

"हाँ, मिलते हैं, लेकिन बड़े-बड़े अफसरों को।"

"क्यों?"

"क्योंकि वे जोड़-तोड़ जानते हैं, लेकिन सैनिक के हाथ में कुछ भी नहीं होता।"

"लेकिन तुम तो कहते थे, असल में तो इन्फैंट्री ही सबसे आगे होती है, क्या अफसर उनसे भी आगे चलते हैं?" उसने भोलेपन से पूछा था।

"हाँ, नाकारा मैं हुआ और मेजर को शौर्य चक्र मिल गया। मेरा बापू भी बेवकूफ ही था। कहता था—सेना की नौकरी सर्वोत्तम। भर पेट खाना मिलता है। नाम-इनाम मिलता है। राष्ट्र सेवा के लिए यश मिलता है। परलोक सुधरता है।"

"अब बस भी करो न!"

"मेरा तो इहलोक ही बिगड़ गया। जीते जी मैं आधा मर गया। जब मैं लौट के आया था, तो तुम्हारी आँखें भी तो बदली हुई थीं।"

"फौजी शक में जीते हैं। मैंने कहाँ भागना है। तुम्हारे दोनों बच्चे जने हैं।"

वह चुप हो गया था। कुछ बातें ऐसी होती हैं, जो महसूस तो की जाती हैं, परंतु कही नहीं जातीं। कुछ बातें ऐसी होती हैं, जो महसूस तो की जाती हैं, परंतु कही नहीं जातीं। एक चिनगारी उसके तन-बदन में लगी हुई थी। सोचता—जमाना कितना बदल गया। सेवा कोई करे, मेवा कोई खाए। उसे लगा कि शौर्य मेडल उसके कंधे पर आकर चिपक गया है। वह अचानक खोखली हँसी हँसा।

पहाड़ में हैंडपंप एक नई चीज थी। जल ही अमृत है और अमृत बरसाता हैंडपंप देवता है। मुख्यमंत्री के चुनाव-क्षेत्र में था, यह अद्‌भुत जल-देवता। स्वाभाविक था कि विधि-विधान से पूजा की जाए तथा हैंडपंप का उद्‌घाटन हो।

खड्‌ग सिंह ने सुना था तो व्यंग्यपूर्वक हँस दिया था।

उद्‌घाटन की संस्कृति उसे सदा ही घिनौनी लगती थी। सेना में ऐसे तंत्र-मंत्र कम ही होते थे। परंतु आम जीवन में ये आडंबर प्रायः होते थे। किसी ने उसे बताया था—उद्‌घाटन तो बहाना होता है। वास्तव में अखबार की सुर्खियों में बने रहना जरूरी होता है। विकास की बात करो और नए-नए सपने दिखाओ, तभी जनता तुम्हें याद रखेगी।

ग्राम प्रधान ने कहा था—"खड्‌ग सिंह, यह अच्छा अवसर है। तुम मुख्यमंत्री से मिल लो। वह कोई-न-कोई नौकरी दे-दिलवा सकते हैं।"

"कैसे मिलूँ? मैं तो उन्हें जानता नहीं।" खड्‌ग सिंह ने कहा था।

"कहो तो दावत तुम्हारे घर पर ही रख दें। लेकिन दो-चार हजार रुपए लग जाएँगे खाने-पिलाने पर। फिर तुम आराम से बात भी कर सकोगे।"

वह असमंजस में पड़ गया था। फिर घर में सलाह करके बोला, "ठीक है, शाम का भोजन मेरे ही घर पर रहा।"

प्रधान प्रसन्न था। मुफ्त में पैसा मिल जाएगा। नाम तो उसी का होना था।

खड्ग सिंह ने चार हजार रुपया प्रधान को थमा दिया था। कहा था, "आप ही करवा दो सारा प्रबंध, मैं तो आधा आदमी ठहरा।"

"आप चिंता न करो।" प्रधान ने खीसे में पैसे डालते हुए कहा।

खड्ग सिंह अपने घर में बैठा था विचारमग्न कि देखो मुख्यमंत्री कितना अच्छा है, जो उस अपंग के घर भोजन पर आएगा। उसने अच्छे-अच्छे ताजा फूल इकट्ठे किए तथा एक भारी-भरकम हार बना लिया, ताकि वह मुख्यमंत्री का स्वागत कर सके। उसके अड़ोसी-पड़ोसी भी आस-पास ही थे।

उद्घाटन हो गया हैंडपंप का, भोजन बन रहा था। टाट वगैरह बिछ गए थे। मुख्यमंत्री तथा उनके साथी किसी भी समय भोजन के लिए आ सकते थे। गाँव में मुख्यमंत्री आया हो, तो स्वाभाविक है हर आदमी अपनी हाजिरी लगवाना चाहता है। पता नहीं कब जरूरत पड़ जाए।

सभी प्रार्थियों, मिलनार्थियों का ताँता लगा हुआ था। विश्राम-गृह से निकलने में उन्हें दिक्कत हो रही थी। वह खड्ग सिंह के घर ही जाकर बैठ जाएँगे तो लोग कैसे मिलेंगे। वोट की राजनीति प्रथम वरीयता होती है। लँगड़ा फौजी...जो चल-फिर भी नहीं सकता, वह क्या मदद करेगा। फिर उन्होंने प्रधान को बुलाकर कहा, "बलानंद, यदि भोजन का सारा प्रबंध यहीं हो जाता तो ज्यादा सुविधाजनक रहता।"

"सर, सारा आयोजन खड्ग सिंह का है। वह नाराज हो जाएगा।"

"नहीं, नाराज क्यों होगा। मैं अभी तुम्हारे साथ चलूँगा और उसके यहीं से आऊँगा। तुम इतने साल से प्रधान हो, क्या इतनी छोटी सी बात भी नहीं सँभाल सकते।" कहकर वह मुसकरा दिए।

खड्ग सिंह को हलचल से पता चला कि मुख्यमंत्री उसके घर पहुँचने ही वाले हैं। वह हार लेकर तैयार हो गया।

खड्ग सिंह ने मुख्यमंत्री के गले में हार डाल दिया। फोटोग्राफर से उन्होंने पहले ही कह रखा था कि फौजी की फोटो जरूर लें। मुख्यमंत्री तो उसका दुःख-सुख पूछने गए थे न। हालचाल पूछ लेने पर उन्होंने फौजी से कहा, "तुम्हारे पवित्र घर में मेरी हाजिरी लग गई है। यदि एतराज न हो तो

भोजन विश्राम-गृह में ही क्यों न कर लें।''

फौजी अवाक्! प्रधान ने कहा, ''भोजन बन तो गया ही है। जब परोसना भर है। परोसवा वहीं देते हैं, क्यों खड्ग सिंह?''

''सर, यदि यहीं सभी खा लेते तो मेरा आँगन पवित्र हो जाता। लेकिन जो सुविधाजनक लगे।''

''खड्ग सिंह, तुम अपनी बात तो कर लो। वहाँ तो लोग घेरे रखेंगे इन्हें।'' फिर प्रधान ने ही कहा—''सर, यह दरवेश आदमी है। साथी को बचाते हुए खुद अपंग हो गया। उम्र पैंतीस वर्ष है। दो बच्चे हैं। बीवी है। पेंशन नाम-मात्र की है। कोई नौकरी का जुगाड़ हो जाए तो ठीक रहेगा।''

''हाँ-हाँ, क्यों नहीं। पूर्व सैनिक के लिए तो सरकार के दरवाजे खुले हैं। मैं शिमला जाकर देखूँगा, खड्ग सिंह मेरा पत्र आने पर शिमला आना। सब ठीक हो जाएगा।'' फिर प्रधान से कहा, ''मेरे सचिव को नोट करवा दो।''

चार हजार रुपया होम हो गया। खाना फिर भी उसके घर पर नहीं हुआ। बना-बनाया भोजन उठवाकर, वे विश्राम गृह में ले गए।

टाट बिछ गए। सब लोग मुख्यमंत्री के संग बड़े मजे से भोजन कर रहे थे। परंतु खड्ग सिंह के मुँह में कौर ही नहीं जा रहा था।

बैसाखियों की टक-टक से अचानक लोगों का ध्यान भंग हो जाता। तेज रफ्तार गाड़ियाँ शूँ करके निकल रही थीं। बादल घरघरा रहे थे⋯और खड्ग सिंह और तेज-तेज चलने लगा।

बस अड्डे पर पहुँचकर उसने किसी से पूछा, ''भाई साहब, यह कैटरपिल्लर हॉस्टल किस तरफ है?''

''क्यों, किसी विधायक से मिलना है?''

''जी, मुख्यमंत्री से मिलना है।''

''मुख्यमंत्री कैटरपिल्लर हॉस्टल में नहीं रहते। वे तो दूर अलग कोठी में रहते हैं, वोट-ओवर में।''

''वहाँ जाने के लिए कौन सा रास्ता है?''

''जाना तो कैटरपिल्लर होकर ही पड़ेगा। लेकिन रात में⋯।'' अजनबी ने पूछा।

"कोई एक वर्ष पहले उन्होंने कहा था, मैं तुम्हें शिमला बुआऊँगा।" कुछ बेचैनी से फौजी की आँखें घूमने लगीं।

"तो कोई चिट्ठी है?"

"लेकिन चिट्ठी तो मुझे मिली नहीं। एक साल निकल गया। जानते हों मुख्यमंत्री मेरे घर भोजन पर आए थे, पचास-साठ लोगों के साथ। वहीं इन्होंने वायदा किया था, लेकिन चिट्ठी नहीं आई, तो मैंने सोचा मैं खुद ही जा आऊँ। मुख्यमंत्री तो बहुत व्यस्त होता है न।" वह भोलेपन से बोले जा रहा था।

आस-पास एकत्र हो गए लोगों में खुसुर-फुसुर हो रही थी। उसे इतना भर ही सुनाई दिया—बेचारा, राजनेताओं पर विश्वास करता है। जब लोग वहाँ से छँट गए तो एक सज्जन व्यक्ति ने उसे कहा—कैटरपिल्लर हॉस्टल में यदि कोई विधायक परिचित है तो बस पकड़कर वहाँ चले आओ। रात उसी के पास ठहरो। उसी के साथ मुख्यमंत्री से मिलो।

"सैनिक विश्राम गृह नहीं है यहाँ?" सैनिक ने पूछा।

"है, लेकिन यहाँ से पाँच किलोमीटर और एक किलोमीटर पैदल भी चलना पड़ेगा।"

"हूँ।" कहकर फौजी वहीं बैठ गया। सोचने लगा कि क्या वह रात भर बस अड्डे पर नहीं काट सकता। जम्मू-कश्मीर के बॉर्डर पर तो बीसियों बार वे रात-रात भर लेटे रहते थे। फिर उसने सोचा—या फिर लिफ्ट से माल रोड पहुँच जाऊँ...कैटरपिल्लर में पता नहीं विधायक मिले या न मिले, फिर उसका तो चुनाव क्षेत्र भी अलग है, मुख्यमंत्री से कल मिलना ही उचित होगा।

आधा आदमी वहाँ बैठे-बैठे ऊँघने लगा। धीमी-धीमी बारिश हो रही थी। हवा में ठंडक तैरने लगी थी।

अगली प्रात: उसने अखबारों में पढ़ा कि पूरा मंत्रिमंडल तथा सभी असंतुष्ट विधायक अचानक कहीं चले गए, शायद आज्ञातवास में या हाई कमान के सामने अपने दावे पेश करने के लिए।

खड्ग सिंह को लगा, वह रिज पर सिर के बल खड़ा है—अपनी डेढ़ टाँग को ऊपर किए...बैसाखियों से आकाश को थामता हुआ।

□

बसेरा

"चमारू, ओ चमारू! जरा जल्दी बाहर आओ।" चौकीदार पुकार रहा था।

वह बाहर निकला तो सेक्रेटरी को सामने देख अवाक् रह गया। फिर अपने आपको समेटते-सहेजते हुए उसने कहा, "मुझे संदेशा भिजवा देते तो मैं ही जा जाता।"

"तुम्हें तो चेक चाहिए था न, सो मिल गया। फिर क्यों देखोगे पीछे मुड़कर कि प्रधान बुला रहा है या सेक्रेटरी। बीसियों बार बुलाया, पर तू नहीं आया। यह जात ही ऐसी है।" स्थिति का जायजा लेते हुए फिर कहा, "दोबारा भी चेक कर लेना है या जमीन में ही घर छोड़ देना है ?" कहकर सेक्रेटरी ने बिदके हुए साँड़ की तरह देखा।

चमारू जानता है, उसे कोई संदेश नहीं मिला है अन्यथा वह दौड़ा-दौड़ा जाता। पंचायत ने उस पर इतना बड़ा उपकार किया है। वह इतना छिछला तो हो नहीं सकता कि पंचायत के बुलाने पर भी न पहुँचे। जब चेक नहीं भी मिला था, तो भी वह कई दिन तक लगातार प्रधान के घर काम करता रहा था। कोई एक किलोमीटर से मिट्टी की बोरियाँ भर-भरकर लाता रहा था। प्रधान का आँगन समतल करना था। कितने लोग आते हैं, हर रोज प्रधान से मिलने। घर का आगा-पीछा तो ठीक ही होना चाहिए। और चमारू ने कितने ही दिन बेगार में होम कर दिए थे। फिर भी संतुष्ट था कि चलो, मैं कुछ करूँगा, तो मेरा भी कुछ बनेगा!

वह कुछ नहीं बोला।

सेक्रेटरी तुनकू राम फुफकारा—"तुम्हारा तो नाम ही नहीं आ रहा था इस योजना में, यह तो बेघरों के लिए योजना थी। मैं चाहूँ तो अब भी नाम कटवा सकता हूँ। तुम्हें जो चेक मिला है न, उसके पैसे भी वापस जमा करवाने पड़ेंगे।"

"हाकिमजी, आप इतना नाराज क्यों होते हो? चमारू सीधा आदमी है। मैं इसे समझा दूँगा। इसे लेन-देन के पेंच नहीं आते।" चौकीदार मकौड़ी राम ने तुनकू को शांत करते हुए कहा।

साँप की फुफकार थम गई थी।

चमारू ने कृतज्ञ आँखों से मकौड़ी राम को देखा। वह भूकंप के विनाश से बच गया था।

शायद कहीं गणित गलत हो गया था, लेकिन उसने तो कभी दूर-पार की सोची ही नहीं थी। जैसा किसी ने कहा, वैसा मान लेता था। वे चार भाई थे, माँ को उसने कभी देखा नहीं था। सदा पिता के साथ चिपका रहता। और पिता था कि सुबह पाँच बजते ही 'घराट' के लिए निकल जाता। पानी बाँधता और पिसाई शुरू कर देता।

चमारू को याद है, वह भी लोगों के घरों से पीहन उठाकर लाता और पिस जाने पर वापस छोड़कर आता। गाँव की ढलान पर चढ़ने में उसे विशेष मजा आता। पीहन उठाकर वह धड़म-धड़म चढ़ जाता था और उसका बापू था कि हाँफता हुआ चलता। वह पूछता, "बापू, तुम्हारी साँस खराब घराट की तरह क्यों चलती है?"

"बेटा, यह पहाड़ की नियति है और फिर यह दालमपुर तो वास्तव में जालमपुर है। पहाड़ का इतना बेढव मौसम न कभी देखा, न कभी सुना। जिन्हें धौंकनी नहीं लगी, उनके फेफड़े गल जाते हैं।" चमारू राम का पिता कहता।

चमारू अविश्वास से उसकी ओर देखता और फुदकता हुआ गाँव की टिब्बी पर जा चढ़ता।

एक दिन कैंप से एक फौजी आया था। बोला, "साब को एक आदमी की जरूरत है। मुझे पता चला है कि तुम्हारा बेटा कुछ खास नहीं कर रहा।"

"फिर?" चमारू के पिता ने पूछा था।

"देखो साब, मेजर हैं आर्मी में, वह चाहे तो चमारू को भरती करवा सकता है।"

"लेकिन है तो गैवार। पाँच पढ़ा।"

"अपने आप सीख जाएगा सबकुछ। और साब को दया आ गई तो इसे पढ़ने भी डाल देंगे।" फौजी ने चमारू के पिता को ललचाना चाहा।

"बापू, मैं भी फौजी वरदी पहनूँगा?" चमारू ने चमत्कृत आँखों से पूछा।

"हाँ-हाँ, क्यों नहीं?" उत्तर फौजी ने दिया।

चमारू के तीन छोटे भाई स्कूल में पढ़ते थे। पिता ने सोचा, बड़ा भाई फौज में चला जाएगा तो घर पर काम-काज ठीक हो जाएगा। घराट का काम वह अकेला ही देख लेगा।

फौजी उसे अपने साथ ले गया था।

मेजर के घर में चमारू को सब सुख-आराम था। पहले ही दिन उसे पुरानी खाकी वरदी मिल गई थी, ठक-ठक करते बूट, परंतु घर में बूट पहनने पर मनाही थी, आवाज से मैडम के सिर में दर्द होने लगता था।

पंद्रह दिन बाद वह पहली बार घर जाने लगा तो मेजर भूपेंद्र सिंह ने कहा, "तुम कह रहे थे, तुम्हारा पिता बीमार रहता है, साँस की तकलीफ है। एक बोतल दवाई ले जाओ।"

"आप डॉक्टर भी हैं?"

"हाँ, विश्वास नहीं होता।"

मेजर सिंह भी हर रोज मैडम से कहते थे—जरा दवाई तो देना। और खाने से पहले दो-चार घूँट पी लेते थे।

चमारू के लिए यह शब्द नया था। फिर भी उसने कहा, "ठीक है सर, दे दो। बापू खुश हो जाएगा।"

और सचमुच बापू की तो बाँछें खिल गई थीं। मेजर ने तो कहा था कि एक-दो खुराक ही हर रोज ले, लेकिन चमारू के बापू ने कभी पहले ब्रांडी देखी नहीं थी तो ताबड़तोड़ खुराकें पी गया और हवा में उछलने लगा।

फिर तो जब भी चमारू आता तो उसका बाप उसका थैला टटोलने

लगता और कभी थैला खाली होता तो बेटे से झगड़ने लगता। पूरे घर को सिर पर उठा लेता।

जब मेजर का ट्रांसफर अमृतसर में हुआ तो चमारू ने सुख की साँस ली। पर सप्ताह आने की नौबत नहीं थी। ऐसा नहीं कि वह अपने पिता को दारू लेकर नहीं देना चाहता था, परंतु तभी लाता जब साब उसे खुद कहते और फिर अब समझने लगा था कि दारू कोई अच्छी चीज नहीं है। गाँव का रूलदू हर रोज पीकर आता था। एक दिन नाली में लुढ़क गया तो बोला था—"दारू गरीबों के लिए जहर होती है, एक बार मुँह से लगी, फिर नहीं छूटती।"

चमारू ने उसे उठाकर बिठा दिया था। फिर घर छोड़ आया था। अगली सुबह जब पता चला कि रूलदू मर गया तो चमारू दहाड़ मारकर रो पड़ा और जोर-जोर से चिल्लाने लगा—"दारू गरीबों के लिए जहर होती है···ओ लोगो···जहर होती है।"

वह भाग रहा था यहाँ-वहाँ। पागलों की तरह। तब चमारू के पिता ने उसे पकड़कर कहा था—तू तो ऐसे रो रहा है, जैसे तुम्हारा बाप मर गया है?

"हाँ, तुम भी मर जाओगे। दारू गरीबों के लिए जहर होता है।" वह फिर चिल्लाया।

"और अमीरों के लिए अमृत।" फिर अपने आपको धिक्कारते हुए बोला, "अमीर पिए तो टॉनिक, गरीब पिए तो जहर। सब लटके हैं अमीरों के। चमारू, तुम नहीं जानते, ये गरीबों को भरमाने के नुस्खे हैं।"

चमारू की आँखों में अविश्वास टपक रहा था। परंतु वह अपने आपको अपराधी भी महसूस कर रहा था। आखिर यह लटक लगाई भी तो उसी ने थी। मुफ्त में लाकर देता था और दवाई समझता था। शब्दों का हेर-फेर भी कभी अंधकूप में धकेल सकता है, वह जानने लगा था।

"भले ही यह सब ठीक नहीं है, परंतु तुम तो जानते ही हो···"

"क्या?" विस्मय से देखते हुए चमारू ने पूछा।

"कि प्रधान को कोई वेतन तो मिलता नहीं। यह तो जनसेवा में लीन रहता है।"

"मकोड़ी राम! झूठ तो न बोला। अगर वेतन नहीं मिलता है, तो प्रधान

बनते ही क्यों हैं ? बिना वेतन भी कोई काम करता है ?''

''हाँ, करता है। ग्राम प्रधान करता है।''

''तो खाता कहाँ से हैं ? कोई-न-कोई जुगाड़ तो करना ही पड़ता है। और फिर देखा, सौ-पचास आदमी हर रोज प्रधान के घर आता है। एक-एक कप भी चाय पिलाए तो चार-पाँच किलो दूध और आधा किलो शक्कर लग जाती होगी।''

''अब तो प्रधान दरवेश होता है।'' चमारू ने कहा।

''हाँ, दरवेश ही होता है।''

''फिर तुनकू राम इतनी धौंस क्यों दिखाता है ? क्या इसे भी वेतन नहीं मिलता ?''

''सेक्रेटरी को तो वेतन मिलता है, लेकिन यह तो वही बोलता है, जो प्रधान कहता है।''

''क्या दरवेश ऐसे होते हैं ?''

''तुम बेवकूफ हो। तुम्हें कुछ समझ नहीं आएगा।''

''आप नाराज क्यों हो गए ? मुझे बताओ न, मैंने क्या करना है ?'' चमारू ने गंभीरता से पूछा।

मकोड़ी राम सीधे-सीधे नहीं कहना चाहता था।

''तुम चार भाई हो ?''

''हाँ!''

''तो घर बनाने के लिए पैसा तुम्हें ही क्यों मिला है ?''

''क्योंकि चारों में से मैं ही ऐसा हूँ, जिसके पास घर नहीं है। और फिर वे तीनों तो खाते-कमाते हैं।''

''तुम्हें छोड़ भी तो सकते थे। यह पंचायत की कृपा होती है।''

''पंचायत की या गांधी बाबा की। मैंने सुना है, यह गांधी कुटीर योजना है। तो कृपा तो गांधी बाबा की हुई न।''

मकोड़ी राम भी तंग आ गया। बोला, ''तो अगला चेक लेने के लिए गांधी बाबा को बुला लाना। फिर बना लेना दीवारें और छत।''

''अच्छा!'' चमारू ने सिर हिलाया।

"तुम मुझे फिर मिलना।" मकोड़ी राम कहकर चला गया।

चमारू को यह गोरखधंधा समझ नहीं आ रहा था। उसे लगा कि वे लोग कुछ छिपा रहे हैं, कुछ चाह रहे हैं, परंतु बोल नहीं रहे हैं।

मेजर साहब के साथ ही चमारू अमृतसर चला गया था।

चमारू के लिए खाने-पाने की कमी नहीं थी और वे खुश था कि कोई काम तो मिला। वह भी लगभग सरकारी।

"तुम्हारी हाजरी तो पल्टन में लग रही है। काम तुम घर में ही करते रहो। चिंता नहीं करनी। तुम्हारी पेंशन पक्की है।"

चमारू मेजर की इन बातों से प्रसन्न हो जाता तथा खूब मन लगाकर तरकारियाँ बनाता। घर के दूसरे काम भी वह करता। हर महीने कुछ-न-कुछ पैसे बापू को भेजता और घर आता तो दवाई की बोतलें ले आता।

गाँव में चर्चा होती है कि चमारू तो सेना में भरती हो गया। कितना अच्छा रहा। छुट्टी आता तो सब बड़े-बूढ़े उससे शहर की कहानियाँ सुनते। वह बताता, अमृतसरी लोग खाने-पीने के शौकीन हैं। इसीलिए मोटे-ताजे होते हैं। मेजर साहब तो खूब खर्चीले हैं। खाने-पीने के रसिया। और चटकारे ले-लेकर नई-नई तरकारियों के नाम बताता।

ग्रामीण भाव-विभोर होकर उसकी बातें सुनते।

उन्नीस साल बाद वह अचानक गाँव लौट आया था, बेहद थका हुआ। गुमसुम। घरवाली ने पूछा, "तुम क्यों आ गए?"

"तुम्हें अच्छा नहीं लगता मेरा आना।" चमारू ने सहमे स्वर में कहा।

"अच्छा तो लगता है, परंतु कोई नौकरी छोड़ता है और वह भी सरकार की, सेना की, जहाँ भरपेट खाना मिलता है?"

"अच्छा तो मुझे भी नहीं लगता।"

"तो क्या पेंशन पा गए हो?"

"नहीं।"

"तो भगोड़े होकर आए हो?"

"नहीं-नहीं!" वह चीख उठा। कुछ बता भी नहीं पा रहा था। एक लावा फूट रहा था मन-ही-मन। कुछ साहस करके बोला, "सब चौपट हो

गया। बिगड़ गया मेरा भाग्य।''

''क्या बिगड़ गया?''

''पंजाब में ही सबकुछ बिगड़ गया। लोग एक-दूसरे को भय से देखते हैं और घरों में घुसे रहते हैं। तुम खबरें नहीं सुनती?'' चमारू चिल्लाया।

''मैं नहीं जानती खबरें क्या होती हैं। पर फौजियों को तो कोई कुछ नहीं कह सकता। वे तो दूसरों की रक्षा करते हैं।''

''पच्चीस-तीस साल वे वरदी पहनकर घूम रहे हो, और अब कहते हो कि फौजी हो ही नहीं। क्या मेरे बापू से झूठ बोला था?''

चमारू क्या कहे कि वह तो इतने वर्षों तक मेजर भूपेंद्र के घर में ही बरतन मलता रहा था। कभी दफ्तर गया ही नहीं था, मालिक ही कहता था कि उसकी हाजिरी वह खुद लगा देता है, लेकिन फिर एक दिन उसने ही कह दिया था—'पंजाब के हालात बिगड़ रहे हैं। पता नहीं क्या जुनून है लोगों में। चमारू, तुम भले आदमी हो। चुपचाप खिसक लो।'

''मेरी नौकरी का क्या होगा?'' उसने पूछा था।

''कौन सी नौकरी?''

''यही, जो मैं सेना में लंगरी हूँ।''

''सेना में? तुम सपने देख रहे हो। तुम्हारी गरीबी की वजह से मैंने तुम्हें अपने घर में रखा। पुरानी वरदी देता रहा—क्या इसी से तुम फौजी हो गए?''

चमारू एकदम चकरा गया। इतना बड़ा धोखा। छल-कपट के गोरखधंधे उस अबोध पहाड़ी को नहीं आते थे। वह रात भर आँसू बहाता रहा था...टप...टप।

सुबह जब भूपेंद्र सिंह ने उसे चाय के लिए आवाज दी तो कोई नहीं आया था। वह रात के अँधेरे में ही निकल पड़ा था।

गाँव में चारों ओर चर्चा थी। चमारू अचानक डरकर भाग आया। पंजाब में तनाव था न। शायद भगोड़ा होकर आ गया, परंतु चमारू चुपचुप हो गया था, कुछ नहीं बोलता था।

घरवालों ने सोचा, शायद वह सहम गया था। पहली बार जब बस में से मुसाफिरों को उतारा गया तो वह भी उसी बस में था। भला हो मेजर का,

जिसने उसे पगड़ी बाँधने के लिए कहा तथा दाढ़ी-मूँछ बढ़ाने की सलाह दी थी।

उसके भाइयों ने कहा, ''सनक गया है चमारू। बेवकूफ है, जो नौकरी छोड़कर आया। यहाँ बैठा ईंट बजाता रहे या करे पंचायत की बेगार।''

किसी ने कहा था, ''कोई कोठा बना लो और फिर काम ढूँढ़ो।''

''पैसा भी तो चाहिए।''

पुश्तैनी घर में जो कमरा उसके हिस्से आया था, उसकी ईंटें तक भाइयों ने उधेड़ दी थीं तथा जमीन सफाचट कर दी थी। चमारू की बीवी अपने मायके में ही रहती थी...उसने तो कभी अमृतसर भी नहीं देखा था।

गाँव के एक बुजुर्ग ने ही पंचायत को सलाह दी थी कि चमारू राम को बसेरे के लिए राहत दी जाए। बात प्रधान को जँच गई थी और वह दयालु हो गया था। उसने खुद ही चमारू से कागज-पत्र भरवाए थे तथा पंद्रह-सोलह हजार की राशि स्वीकृत करवा दी, जो किश्तों में दी जानी थी।

पहाड़ की बरसात घुमड़-घुमड़कर चढ़ी जा रही थी। चमारू चाहता था, सावन से पहले छत पड़ जाए, ताकि आराम से टिक सके। इसीलिए पहली किश्त से ही उसने नींव भी डाल दी थी, बल्कि छत की दीवारें भी उठा लीं। दिन-रात मिस्त्री के साथ मजदूरी करता रहा। सो एक किश्त में ही दो किश्तों का काम कर दिया। लकड़ी गाँव के किसी सज्जन से मुफ्त में मिल गई थी।

दूसरी किश्त मिलने से पहले काम का निरीक्षण सेक्रेटरी ने करना था। दीवारों को देख वह आग उगलने लगा—''तुम्हें तो अनुदान मिलना ही नहीं चाहिए था। तुम गांधी कुटीर योजना में फिट ही नहीं बैठते हो।''

''देखो, मैंने मजदूरी खुद करके पैसा बचाया है। उसी से दीवारें खड़ी हुई हैं।''

''अब तो दीवारें गिरानी पड़ेंगी, तभी दूसरी किश्त मिल सकती है। जो दीवार बन ही गई है, खिड़की लग ही गई है, उसके लिए कैसा अनुदान?'' वह फुफकार रहा था। फिर बोला, ''तुम्हें प्रधान ने कितनी बार बुलाया, तुम एक बार भी नहीं आए।''

''मैं अपने काम में लगा था।''

"हाँ, पैसा आसमान से टपकता है। जो दाता है, उसकी बात सुनने की भी तुम्हें फुरसत नहीं। बड़े फौजी बने-फिरते हो।"

मकोड़ी राम ने कहा, "हाकिमजी, नाराज क्यों होते हो? शहर से आया है। इसे गाँव के कायदे-कानून नहीं पता। अपने आप आने लगेगा आपके पास। एक किश्त तो निकाल ही दो।"

"हूँ, निकाल देंगे, लेकिन पहले दीवार गिरानी पड़ेगी। आखिर कानून तो सबके लिए एक सा है।" कहकर वह बिना कुछ देखे चला गया।

"तुम मालिक के पास अपनी बेटी को क्यों भेज देते?"

"बेटी को क्यों?"

"तुम नहीं समझोगे चमारू।" कहकर मकोड़ी राम खिसक लिया।

चमारू को लगा, दीवारों की ईंटें उखड़-उखड़कर नीचे गिरने लगी थीं तथा वह पहाड़ की ढलान पर बैठा था…मूसलधार बारिश में भीगता हुआ… बिना छत, बिना दीवार के बसेरे में।

□

अटकाव

उसने चिल्लाना चाहा, लेकिन वह चिल्लाई नहीं। मन हुआ कि दौड़ जाए, परंतु वह दौड़ी भी नहीं। जब भी वह अखिलेश के विषय में सोचती है, तो प्राय: उसे ऐसा महसूस होता है। उसने कितनी बार चाहा कि निर्वसन होकर ठंडे-ठंडे फर्श पर लेट जाए, परंतु एक···दो···तीन का भय उसे ऐसा करने से रोक देता था।

सुषमा ने मेज पर पड़ी पुस्तकों पर से मिट्टी झाड़ी-पोंछी। जब कभी वह इन पुस्तकों को देखती है, तो वह उन्हें उलटे-पलटे बिना न रह पाती। जाने उसे इन पुस्तकों से क्या संतुष्टि मिलने लगी है। अब भी उसका ध्यान एक पुस्तक पर अटक गया है—किसी चुंबकीय शक्ति से आकर्षित सा। उसके माथे पर रेखाएँ उभरने लगी हैं। वह विद्रूप हँसी हँसे जा रही है। समय की सलेट पर वह घटना उभर आई है।

अखिलेश की बहन उठकर चाय बनाने लगी। एकांत···पूर्ण एकांत। क्षण भर के लिए वातावरण घुटा सा था, उसी भाँति जैसे तूफान आने के पूर्व सागर शांत हो जाता है। मानसिक तनाव ढीला पड़ गया। अखिलेश बोले बिना नहीं रह सका था, ''सुषमा, आपको पढ़ने का बड़ा चाव है।'' इतना ही कह पाया था वह। ''है तो सही।'' प्रत्युत्तर दिया सुषमा ने। दोनों चुप। एक युग बीत गया। बात आगे बढ़ी। उपन्यास अधिक पसंद करती हो या कहानियाँ? यह भी कोई प्रश्न है—सोचा था सुषमा ने। प्रत्युत्तर में बोली—दोनों का अपना-अपना स्थान है। वैसे मुझे कहानियाँ अधिक पसंद हैं। फिर दूसरे ही दिन अखिलेश ने उसके हाथ में एक कहानी-संग्रह थमा दिया था। उसने दो शर्तें भी लगाई

थीं। एक तो यह कि सब कहानियों को पढ़े, दूसरे यह कि वह पुस्तक वापस नहीं लेगा। सुषमा मान गई थी। परिचय अभी नया था, इसलिए उसने तर्क करना उचित नहीं समझा। अखिलेश द्वारा लगाई गई शर्तों को सोच-सोचकर खूब हँसी आ गई थी।

शर्तों में बँधी गाँठें जब खुलीं तो सुषमा को आश्चर्य भी कम नहीं हुआ। उसने चाहा था कि वह वीणा से बात करे। अखिलेश की शरारत वह छुपाना नहीं चाहती थी। उसे दिखाएगी वह कहानी, जो अखिलेश द्वारा दी गई पुस्तक में प्रकाशित थी···नायक-नायिका का नाम अखिलेश-सुषमा ही था। संयोग मात्र ने अखिलेश को भावुक बना दिया था। कहानी की मुख्य पंक्तियाँ उसने रेखांकित कर रखी थीं। सुषमा ने बार-बार कहानी को पढ़ा था। पता नहीं क्यों, उसने वीणा को यह सब नहीं बताया। शायद इस आशंका से कि वीणा को यदि पता चला तो वह सचमुच ऐसा ही न समझ बैठे। शायद इसका कारण उसका संकोच था। मन-ही-मन उसे गुदगुदी हुई थी कि अखिलेश उसे चाहता है। इंजीनियरिंग का कोर्स पूरा कर आया है। शीघ्र ही बड़ी सी नौकरी पर लग जाएगा। देखने में सुंदर है। स्वस्थ है। सुशील है। फिर उसे यह जानकर हैरानी हुई थी कि अखिलेश को इतना पढ़-लिख लेने पर भी कोई नौकरी नहीं मिल पा रही थी। 'वास्तव में तुम नौकरी करना ही नहीं चाहते।' सुषमा ने कहा था। मैं तुम्हारी नौकरी करने को भी प्रस्तुत हूँ—सुशी, फिर यह बेकार इंजीनियरों के आँकड़े दिखा देता।

वह फफक-फफक कर रो पड़ी। दम घुटा-घुटा सा लगा था उसे। मन का गुबार निकल पड़ा था अश्रुजलधारा बनकर। किसी से कुछ न कहा, उसे अपने पिता को बता ही देना चाहिए था आज तक तो। तुम्हारा गला घोंट दूँगा, सुषमा तुम···तुम मेरी पुत्री नहीं—नागिन निकली। मैं तुम्हें जीवित नहीं रख सकता। तुम्हें जीवित रखता हूँ तो मैं नहीं रह सकता। उसका पिता पागलों की भाँति रो पड़ा। सुषमा ने अपने पिता के पैर पकड़ लिये। उसका पिता एकदम पीछे हट गया। सुषमा के हाथ से पुस्तक नीचे गिर पड़ी। वह चौंक गई। हकबकाई सी खड़ी रही क्षण भर के लिए। संयत हुई तो काम में लग गई, क्योंकि बेकार बैठती है तो सोचा करती है, कह नहीं पाती—भय जो है, एक··दो··तीन का।

"सुषमा, अभी तक कमरा साफ नहीं हो पाया।" सुषमा की माँ माया ने कहा, परंतु सुषमा ने अनसुना कर दिया। क्षण भर को चैन भी तो नहीं मिलता। किस-किस की बात सुने वह, मन की बातें समाप्त होने, नहीं आतीं, छिड़ जाएँ तो चींटियों के ढेर-सी बिखर जाती हैं। वह तो स्वयं भी बिखर-बिखर जाती है।

"सुषमा सुनाई नहीं दिया?" माँ फिर चिल्लाई।

सुषमा ने शून्य आँखों से अपनी माँ की ओर देखा, अपने आपको समेट लिया सुषमा ने। "माँ, जो आपने कहा, वह सुन तो लिया मैंने, परंतु उसमें ऐसी बात ही कौन सी थी, जिसका उत्तर दिया जाए।"

"तू तो मुँहफट होती चली जा रही है।" माया बुड़बुड़ाती रही। आजकल लड़कियों के नाक में जल्दी नकेल डाल देनी चाहिए, नहीं तो माँ-बाप को घूर-घूरकर देखा करती हैं—मानो कह रही हों, तुम हो हमारे दु:खों का कारण। दु:ख पूछो तो कहेंगी—मेरा दम घुटा जा रहा है। मैं मरी जा रही हूँ—घबराई सी, अजनबी सी। सब परिचित चेहरे धोखे हैं। माया का मन लैक्चर देने को हुआ, परंतु जानती थी कि सुषमा कड़ा उत्तर देगी।

"माँ जो बना दे, वही बन जाऊँगी।" अधिक नहीं बोली सुषमा। कुछ काम किया जाए। काम कोई हो भी न। माँ को ऐसे ही बोलने की आदत है। कुछ पढ़ा जाए। एक पत्रिका उठाई। ऊँ हूँ पढ़ने वाला है ही क्या? खिड़की में से देखा उसने—आकाश में बना हुआ इंद्रधनुष। स्वप्निल रंग। संध्या उतर रही थी। इंद्रधनुष पर कालिमा पुतती चली जा रही थी—रात्रि के आलिंगन-पाश की सूचक। धुँधियाया सा वायुमंडल। अनेक कीट-पतंग। वह सिहर गई। उसे भूलता नहीं वह समय, जब उसने अखिलेश से कहा था—अंधकार हम दोनों को समेट लेता है, भटकाने के लिए। अशांति की दीवार प्रतिदिन खड़ी हो जाती है। प्रकाश में मिल लेते हैं—हम दोनों निर्भय। प्रकाश-अंधकार। इन दोनों में एक खाई। यह खाई, अखिलेश, अभी और कितनी देर बनी रहेगी? तो उसने उत्तर दिया था, अंधकार पर प्रकाश हावी होने ही वाला है। प्रकाश होगा—हम दोनों के मिलन का, प्रभात फूटेगी नए सपने संजोकर...इसके लिए प्रतीक्षा अपेक्षित है।

वह बिस्तर पर फैल गई। उसे अपना शरीर अधिक स्थान घेरता हुआ लगा। थकी-थकी सी आँखें बंद होती जा रही थीं। वीणा पास होती तो हँसा-हँसाकर मार देती। उससे सारी बातें कहकर मन हल्का किया जा सकता था। परंतु वह जो यहाँ से ऐसे गई कि वापस ही न आना हो। फिर सुषमा को लगा कि वह ठीक से नहीं सोच पा रही। वीणा को गए अभी एक ही सप्ताह हुआ है। वह उसे तब भी बता सकती थी। बता देती तो अच्छा ही था। शायद वह बुरा मानती। बुरा मानना स्वाभाविक ही था। मैं जो फँस गई हूँ। इधर भय बना रहता है—एक··· दो··· तीन का। अखिलेश, मैं तुम्हें नहीं छोड़ सकती। किसी भी मूल्य पर नहीं छोड़ सकती। मैंने तुम्हें अपना सबकुछ, सबकुछ समझा है। तुम सबकुछ मेरे हो। जो तुम कहोगे, वैसा ही करूँगी, लेकिन उसका साथ छोड़ दो। मैं उसे सहन नहीं कर सकती—अखिलेश। माना वह मेरे से अधिक सुंदर है (क्योंकि तुम ऐसा कहते हो), उसके अंग मेरे से अधिक गठित हैं, परंतु···एक बात बताओगे? यदि तुम्हें कल इससे भी अधिक सुंदर स्त्री दिखाई पड़े तो क्या तुम इसे भी छोड़ दोगे? तुम्हारा ऐसा करना उचित होगा? तुम···तुम तो वही हो, जो कभी मुझे कहा करते थे—परमात्मा ने खूब बनाया है तुम्हें। तुम किसी कवि की कल्पना का साकार रूप हो—सच! तुम झूठ कहते हो, अखिलेश। सुषमा बोली। 'विश्वास से बड़ी कोई बात नहीं। तुम्हारे साथ इतने दिन घूमता रहा हूँ, कुछ घुटन सी अनुभव होने लगी थी। इसके साथ तो मैं शगल में घूमता रहा हूँ। मेरा मन तुम्हारा है। मन की शुद्धि से बड़ी होती है।' अखिलेश ऐसा कहकर चल दिया है। सुषमा का नारी-सुलभ हृदय तड़प उठा है—सर्प दंश समान। पुकारती है—अखिलेश? तुम··· तुम···मुझे क्यों छोड़ रहे हो। अखिलेश ऽऽऽऽ!

सुषमा इतने जोर से चिल्लाई कि नंबर दो दौड़ा आया। हरि ओम्! लड़कियों को अपने माँ-बाप की भी शर्म नहीं रही। माँ-बेटी को तरेरती हुई बोली, "अभी क्या बक रही थी, सारा घर सिर पर उठा दिया।" सुषमा ने कहा, "कुछ भी तो नहीं। मैं तो सो रही थी।" सपना याद करके वह घबरा गई। उसका मुख पीला पड़ गया। सहम गई—खरगोश की तरह।

नंबर एक—क्रोध सर्प फुफकार रहा था। "कौन है अखिलेश। बोलती

क्यों नहीं। नहीं बोलेगी? मैं पूछ रहा हूँ—तुमने किसका नाम लिया?"

नंबर तीन, बीच में ही बोल पड़ा—"इसे बंद रखो कमरे में, नहीं तो घर की इज्जत को चार चाँद लगा देगी। पहले ही बहुत कुछ सुन चुके हैं।"

सुषमा चुप, आज तीनों बरस पड़े। मन हुआ कि कह दे कि तुम्हें फुरसत हो तब न। उसने घूरकर इधर-उधर देखा। उसका पिता लाल-पीला हुआ जा रहा था। धप्प…धप्प। सुषमा सन्न रह गई। उसका बाप यहाँ तक पहुँच सकता है—नहीं सोचा सुषमा ने। इतने दिन से दबती-दबाती चली आ रही—सुषमा फूट पड़ी—तुम मुझे मारते हो। तुम कंजर-कंजरियाँ हो। तुम बाप नहीं दुश्मन हो। तुम्हारा हो जाए सबका सत्यानाश। मैं तुम्हारी जवान बेटी हूँ न। पूरे सत्ताईस वर्ष की। इतनी बड़ी को मारते तुम्हें शर्म नहीं आती। सुषमा हँसने लगी—एकाएक। अखिलेश की ही तो माया—कहीं धूप, कहीं छाया। उसने गाकर कहा। मूर्खों सुनो, मीरा के देवर ने उसे तंग करके घर से निकाल दिया था; शायद वह स्वयं बाहर निकल आई थी—लोकलाज को तिलांजलि देकर। वह तुम जैसों के मुँह पर थूकती थी। भगवान् ने उसे शरण दी। वह उसी में एकाकार हो गई। 'पग घुँघरू बाँध मीरा नाची रे—नाचीऽऽऽरे।'

"उठो बेटा!" माया ने कहा। सुषमा गाने से रुकती ही न थी।

बड़ी आई है बेटी वाली, कुलच्छनी कहीं की। मुझे कहते हैं—अखिलेश कौन है? वह तुम्हारा बाप है, बाप! तेरा खसम। हाँ, तुम्हारा ही नहीं मेरा भी खसम है, खसम!

नंबर एक और तीन तो दौड़े अपने कमरे की ओर। नंबर दो काँप गया। ऐसा भी हो सकता है—उसने नहीं सोचा था। सुषमा समझदार है। कभी आँख ऊँची करके नहीं देखती। तीनों की बैठक हुई। विचार-विमर्श हुआ। सुषमा को आपस में पागल घोषित कर दिया गया। नंबर एक ने तो कहा था—चरित्तर रचती है। कहो तो मरम्मत कर देता हूँ। न-न, पुकार उठे नंबर दो और तीन। तीनों में समझौता हो गया। परंतु किया क्या जाए? नंबर दो ने सुझाया—सुषमा का विवाह कर दो। नंबर तीन ने स्वीकृति में सिर हिलाया। नंबर एक ने प्रतिक्रिया व्यक्त की—"आजकल तो सभी देर से लड़कियों के विवाह करते हैं। और फिर कौन सी यह बूढ़ी हो गई।"

"विवाह समय पर कर दिया जाए, तभी उचित है।" माँ बोली।

"समय नहीं मिलता तो उस समय खयाल करना चाहिए था, जब एक के बाद दूसरा बच्चा पैदा करते चले गए।"

"कुदरत जो चाहती है, वही होता है।"

सुषमा को आती देख नंबर तीन तो भाग गया था।

"तो मैं तुम्हें प्रार्थना करने आई थी कि मुझे पैदा करो। मुझे दुनिया की रोशनी दिखाओ। तुम दोनों नरक के कीड़े हो, जो···जो और कीड़े पैदा किए जाते हो। फिर कीड़े तो स्वेच्छा से रेंग भी सकते हैं।" सुषमा बोली।

भयंकर जीव, सागर की गहराई। दो प्राणी सहम-सहम गए। उन्हें पता नहीं था कि सुषमा उनकी बातों को सुन रही है। कोहरे में दुनिया डूब गई। उन्हें अंधेपन की गरमी महसूस हुई।

एक रबड़ की गुड़िया को सहारा देकर बिठाया गया है। नई चूनर ओढ़ाई गई है। गोटा-तिल्ला मढ़ा हुआ। शरीर में उभार दिया है। तुम वीणा हो--हो न। कृष्ण की वीणा। ऐसी वीणा, जिसको चटखा दिया गया हो। नहीं, माधुरी हो। अरी बोलो भी। बोलती क्यों नहीं, बोलो। बोलेगा तेरा बाप भी। अखिलेश से तो आँख मटकाते अघाती नहीं थी। इधर बोलना भी छोड़ दिया है। अखिलेश तुम्हें गुदगुदाता है। क्या मैं नहीं गुदगुदा सकती। अरी, लेट तो सही। सुषमा ने गुड़िया को लिटा दिया और उसे अपने वक्ष से दबाने लगी। ओह! तुम्हारी तो साँस गरम हो गई है। ऐसा ही होता है बेटे। घबरा नहीं। तू माँ बनेगी। मैं इस बच्चे का बाप। कितना प्यारा होगा, वह बच्चा। फिर तुम मुझे उस बच्चे को पकड़ाकर कहा करोगे—जरा पकड़ो जी। मैं तो सारा दिन थक जाती हूँ इसके पोतड़े धोते-धोते। पता है, फिर मैं क्या कहूँगा—तो जन्म क्यों दिया था सरकार! ऐसा कहकर मैं उसे पकड़ भी लूँगा।

सुषमा जोर से हँस पड़ी। कमरा गूँज उठा।

"सुषमा।" नंबर तीन, यानी सुषमा का भाई जोर से चिल्लाया। वह बोली नहीं। फर्श पर कोहनी के बल अधलेटी सी पड़ी रही।

"बोलेगी या नहीं?।"

"नहीं, नहीं। नहीं।"

''सुषमा वीणा आई है।''

''तो तुम उससे विवाह रचा लो।'' उसका भाई आँखें फाड़-फाड़कर देख रहा था। सुषमा फिर बोली, ''तुमने प्यार किया है कभी?''

वह शर्म के मारे गड़ा जा रहा था। सुषमा को क्या हो गया। माँ-बाप के बुझे-बुझे, लटके चेहरों पर उसे तरस आया। शायद सुषमा पर भी। ''क्यों संकोच होता है? बहन का रिश्ता ही ऐसा है। तुम भी निरे बुद्धू ही रहे। बहन भी तो स्त्री होती है। नहीं होती क्या?''

''सुषमा होश से बात करो।'' नरेश से रहा न गया

''मैं होश में हूँ। शायद नहीं हूँ (क्योंकि तुम ऐसा कहते हो), तुम भी झूठ बोल सकते हो। सारी दुनिया के होश गुम हैं। प्यार का ढकोसला रचा जाता है। एक बात बताओ नरेश, क्या कभी तुम मेले में गए हो?''

संज्ञाहीन सा, बौखलाया सा नरेश उठकर चला गया। सुषमा बोलती ही रही—जानते हो मेले में लोग-बाग क्यों जाते हैं? बड़े भोले हो। तुम दूसरों की बहनों को छेड़ते हो और दूसरे...बहनें भी तो छेड़छाड़ पसंद करती हैं। उस दिन की बात याद है, जब माँ के साथ मैं सत्-संग मंदिर में गई थी। तुम शायद नहीं गए थे। शायद गए थे। नहीं गए थे। तुम साथ होते तो मैं नंग-धडंग कैसे नहाती। ऐसे घूमने में, पानी की धार के नीचे बैठने में कितना मजा आता है। विशेष बात तो बतानी मैं भूल ही गई। मैं भी कैसी होती जा रही हूँ।

सुषमा ने अतृप्त आँखों से देखा। उसकी माँ तनी खड़ी थी। ''बस भी करोगी या बकती ही जाओगी। किसी की तो परवाह करो।'' बहुत ही सँभलकर कह दिया है सुषमा की माँ ने।

गुड़िया को वक्ष से भींचकर सुषमा बोली, ''नौ सौ चूहे खाकर बिल्ली हज को चली, 'बिल्ली हज को चली'। माँ, तुम तो समझ सकती हो। इसलिए खास बात तुम्हें बताती हूँ। दुनिया की कोई औरत ऐसा किए बिना रह ही नहीं सकती। मैंने कहा न—मैं वहो सत्-संग मंदिर में नहा रही थी, पता है, उस पास वाले वृक्ष पर कौन बैठा था। वह था—अखिलेश। मुझे देख-देखकर वह हँस रहा था। मुझे बड़ा ही अच्छा लगा। मैं पानी में चुहलबाजी करने लगी। और कर भी क्या सकती थी? तुम मंदिर में बैठी पूजा में मग्न थीं।

शायद भगवान् के चरणों में नाक रगड़ रही थीं। रगड़ा कर नाक। तुम्हारे लिए यही उचित है। जिंदगी भर पाप करो और फिर···राख की ढेरी में शोला है, न चिनगारी।''

माँ उठकर जाने लगी तो खींच लिया सुषमा ने। माँ की स्थिति जाल-फँसे पक्षी जैसी थी। सुषमा के गोल-गोल मुख को देखकर उसकी माँ प्रसन्न होती थी, परंतु उसे लगता है कि उसकी बेटी का अंग-प्रत्यंग विद्रोह कर उठा है। वह अपनी बेटी की सहायता करना चाहती है, परंतु उपाय नहीं सोच पाती।

''माँ, तुम तो पत्थर हो, पत्थर। तुम्हारे पति क्लब में चले जाते हैं और तुम घर बैठे जम्हाइयाँ लिया करती हो। पतिदेव के गुण गाते नहीं अघातीं। वहाँ जो कुछ वे करते हैं—तुम नहीं जानतीं। नाचा करते हैं—बंदरों की भाँति। फिर अचानक बिजली चली जाती है। चली नहीं जाती, जान-बूझकर ऐसा किया जाता है। सब अँधेरे में अँधिया जाते हैं। कोई भी स्त्री किसी भी पुरुष की बाँहों में आ गिरती है—जैसे युगों-युगों से इसी क्षण की प्रतीक्षा करती आई हो। ऐ पत्थर! कभी तूने भी किसी की बाँहों में गिरकर देखा है। तुम्हारा पति अगर मेरा पति होता तो मैं उसे वहीं से घसीट लाती। तुम हो कि जी रही हो—किसी का नाम लेकर, उसके पैरों की मिट्टी तुम्हारे लिए सोना है। मैं सत्य कहती हूँ न?''

उसकी माँ ने चाहा कि जोर से कहे—सुषमा, परमात्मा के लिए चुप हो जाओ बेटी। परंतु आवाज गले में ही रुक गई। तरल होकर आँखों में फैल गई। सुषमा से कुछ भी कहा, तो सुनेगी नहीं। इतने में वीणा आती दिखाई दी। माँ ने संतोष की साँस ली। शायद उससे बातचीत करके इसका मन हल्का हो जाए। वीणा आई। सुषमा के चेहरे पर खुशी की लहर दौड़ गई। वह बहुत कुछ कहना चाहती थी वीणा से, परंतु क्या कहती।

''तुम वीणा हो।'' धीमे से सुषमा बोली और अपने मुँह को वीणा के मुँह के पास ले जाकर उसे पहचानने का प्रयत्न करने लगी।

''मैं वीणा ही हूँ, ऐसे क्यों घूरते हो?'' वीणा ने आश्चर्य से कहा।

''तुम वीणा नहीं हो। तुम तो माधुरी हो।''

वीणा घबराई क्षण भर के लिए, लेकिन समझते देर नहीं लगी। माधुरी

ने सचमुच अच्छा नहीं किया। उसे चाहिए था सुषमा का ध्यान रखती। ऐसे समय में, ऐसी स्थिति में ध्यान रखता भी कौन है। या फिर अखिलेश को सोचना चाहिए था। इसमें तो मैं भी दोषी ठहरती हूँ। न सुषमा मुझसे मिलने आती। न मैं उसे अपने भाई से मिलाती। और न ही ...परंतु जैसा हम विचारते हैं, सदा वैसा भी नहीं होता। उसने सुषमा की बुझी-बुझी आँखों की ओर देखा। फिर उसकी दृष्टि उस रबड़ की गुड़िया पर जा टिकी, जिसे सुषमा ने पकड़ रखा था। उसकी इच्छा हुई कि सुषमा को सांत्वना दे, परंतु ज्यों ही सुषमा की ओर देखती—वह काँप जाती।

वीणा, ओ माधुरी! तुम भी धोखे में न आ जाना। पुरुष तो अपने आपको पागल कुत्ते से कम नहीं समझता। डाँट-फटकार, दिन भर यही काम। अंधकार में पालतू जानवर।

गुड़िया को संबोधित करके बोली—माँ, तुम्हारा जमाना लद गया है। सोचती हूँ कि एक ऐसा नारी दल तैयार किया जाए, जो मर्द को नारी बना दे। उसके होश ठिकाने लगा दे। मैं अखिलेश जैसों की हड्डियाँ मरोड़ दूँगी। अब जो नारी पुरुष की इच्छा का भक्षण है। फिर नारी की इच्छा सुप्रीम होगी। नर विवश सा हड्डी के टुकड़े को तरसेगा। नारी के पंजों में, शिकंजे में फँसे मानव की अवस्था कैसी होगी?

माँ, तुम मेरी बात को तो सुनती ही नहीं। इतने दिनों से सोच रही हूँ, नारी-दल बनाने की। जो मर्द नारी बनकर रहेगा, उसे पालतू कुत्तों की भाँति रखा जाएगा। जो नर खूँखार बनने का प्रयत्न करेगा, उसकी खाल उधड़वाकर सूखने के लिए डाल दी जाएगी। फिर देखूँगी—साले कैसे धोखे देते हैं!

"सुषमा, तुम्हें क्या हो गया?" उदास वीणा ने पूछा।

"तुम्हें पता तो है।"

"तुम इतना बोलने क्यों लगी हो?"

"मैं कहाँ बोलती हूँ। चुप रहना मुझे बहुत अच्छा लगता है। तुम आई हो, क्या तुम्हारे साथ न बोलूँ। यह गुड़िया है मेरी। कहीं यह बोर न हो जाए, इसलिए इससे भी बातचीत करती हूँ। इसका प्रेमी आ जाएगा, तो इसे उसके हवाले कर दूँगी। फिर इसे कोई दुःख नहीं होगा। मैं ही इसकी माँ हूँ, मैं ही

इसका बाप।'' सुषमा ने बड़ी गंभीरता से समझाया वीणा को।

वीणा के आगे बिछ गया है अतीत। सुषमा का शरमीलापन। दोनों साथ पढ़ती थीं। एक दिन वीणा ने मजाक में पूछा था—तुम विवाह करवाओगी? छिह-छिह! मैं क्यों किसी की दासी बनने लगी—सुषमा बोली थी और फिर छुई-मुई सी हो गई थी। ''और तुम?'' मैं तो करवाऊँगी ही—वीणा ने हँसकर कहा था। फिर वीणा को पता चल गया था कि अखिलेश और सुषमा बँधे-बँधे से रहते हैं।

''सुषमा, तुम्हारे मन में प्रेम का देवता उग आया है?''

''यह भी कोई पौधा है, जो उग आया है।'' प्रत्युत्तर मिला। फिर तो सुषमा ने अखिलेश की प्रशंसा के पुल बाँध दिए थे।

''उससे मिला करती हो न।'' मजाक करना चाहा था सुषमा से।

''मिलना कोई बुरी बात थोड़े है। मेरा अर्थ है कि यदि घरवाले तुम्हें नहीं मिलने देते तो मैं प्रबंध कर सकती हूँ।'' दोनों के मुख से हँसी के फव्वारे छूट पड़े थे। वीणा ने सुषमा की ओर देखा। वह काँप उठी। यह सब उसके लिए कल्पनातीत था। भाई से भी कहती, लेकिन वह यहाँ था ही कहाँ?

सुषमा अभी सो रही थी। रात को बहुत देर बोलती रही थी। आजकल उसे चैन ही नहीं पड़ता। माँ चिंताग्रस्त रहने लगी है। दिन-रात उसे सुषमा का ध्यान रखना पड़ता है। रात को देर से सोती है। सुबह जल्दी उठती है। प्रात: उठते ही उसे लगता है, मानो थकान का पहाड़ टूटकर उस पर गिर पड़ा हो। नरेश को सामान सँभालते देखकर पूछा, ''बेटा, क्या कर रहे हो?'' ''माँ, मैं चला जाना चाहता हूँ।'' नरेश बोला। लेकिन क्यों? क्या यहाँ रहना अच्छा नहीं लगता। सुषमा की हालत तो देखो। मैं तो मर जाऊँगी। ऐसा कहना चाहा उसकी माँ ने, पर कह नहीं पाई। इतना ही बोली—अभी तो तुम्हें अवकाश है, कुछ दिन और रह लेते। माँ, मैं तो जाना चाहता ही नहीं था। परंतु माँ समझ गई। नहीं बोली। नरेश ने झुकी आर्द्र आँखों को पोंछा और चल दिया। एक शून्य दृष्टि उसका बहुत दूर तक पीछा करती रही।

माँ को लगा, घर की दीवारों पर से लिपी-पुती मिट्टी की परत गिर पड़ी हो। उसका मन रुआँसा सा हो गया। एक बेचैनी ने उसे आ दबोचा। वह एक

दम उठी और सुषमा के कमरे में गई। सुषमा सो रही थी। माँ का दिल धड़का। थोड़ा आगे बढ़ी। आहट हुई। चोरी पकड़ी गई। सुषमा की आँखें चमक रही थीं। माँ लौट पड़ी। सुषमा का विवाह कर देना चाहिए। अब उससे कौन विवाह करेगा? तब लड़के वाले स्वयं आकर रिश्ता माँगते थे, परंतु उन्हें कोई पसंद ही नहीं आता था। कहते थे—जो स्वयं चलकर रिश्ता माँगता है, वह या तो लालची है या उसके लड़के में कोई नुक्स है। माया को अपने विवाह की याद हो आई। मेरा विवाह चौदह वर्ष की आयु में हो गया था। तब मुझे कुछ भी पता नहीं था। सुषमा सत्ताईस वर्ष की हो गई है। अब तक विवाह हो जाना चाहिए था। फिर इतना कुछ न बोलती। विवाह लज्जाशील बनाता है नारी को। अपनी प्रथम भेंट को स्मरण करके हँस पड़ी।

जब भी वह अपने पति से मिलती है, तो उसका पहला प्रश्न सुषमा होती है। अब उसके पति ने स्वयं ही पूछ लिया, ''माया, सुषमा का क्या किया जाए?''

''हमारा दुर्भाग्य है।''

''पागल है।''

''बातें तो पूरे तर्क से करती है।''

''तर्क करती है, निरा बकवास करती है।''

''उसके साथ भी अंट-शंट बकेगी। बात सारे शहर में फैल जाएगी।''

दोनों चुप हो गए।

पति ने संकेत किया स्टोर की ओर। वह कुछ कहना चाहते थे। दोनों वहाँ खड़े रहे। फिर सुषमा की माँ बोली धीमे से—''क्या बात है? यों परेशान क्यों हो?''

''माया, सुषमा से मैं बहुत तंग आ गया हूँ। मैं और अधिक सहन नहीं कर सकता।'' उसने फिर अपनी पत्नी की ओर ध्यान दिया, मानो पूछ रहा हो कि अर्थ समझ गई या नहीं।

''नहीं, नहीं? ऐसा नहीं हो सकता। मैं उसकी माँ हूँ। उसे डॉक्टर के पास ले जाऊँगी। उसका उपचार करवाऊँगी।'' भयभीत माँ का हृदय दहल उठा था।

सुषमा अपनी माँ की आवाज सुनकर आ गई थी। उसने अपनी माँ का अंतिम वाक्य सुन लिया था।

"देखा न माँ, मैंने तुम्हें कहा था न कि ये पति जल्लाद होते हैं। सारी उमर औरत को दबाते रहते हैं। औरत न दबे तो हर प्रकार का ढंग अपनाते हैं। उसके स्वाभिमान को मिटाने के लिए। बंदर घुड़की देंगे—मैं जा मरता हूँ, फिर तुम सुखी होकर रहना। जिस यार से चाहो गुलछर्रे उड़ाना, उसको इतना कहना कि तुम जैसी औरतें पैर पकड़ लेती हैं। "प्राणनाथ! मेरे से भूल हो गई। मैंने ऐसे शब्द क्यों कहे? मेरी जल जाए जवानी।" फिर पतिदेव और चौड़े हो जाते हैं।

"जूते का जवाब जूते से दिया जाए तो ठीक रहते हैं। नारी दल की व्यवस्था हो जाए तो मैं भी अखिलेश की खाल उधड़वा दूँगी। उससे अन्याय नहीं न्याय होगा। उसे कठघरे में खड़ा किया जाएगा। उससे बोलने के लिए कहा जाएगा, तो वह सिर झुकाएगा। झूठा आदमी कभी बोल नहीं सकता है। दो-दो, तीन-तीन से प्रेम करना सिखलाऊँगी। उसकी औरत को उसी के सामने किसी और मर्द के साथ, फिर देखूँ क्या करता है। बोलेगा कुछ-न-कुछ। इलाज वही किया जाएगा, जो तुम्हें बता चुकी हूँ। तुम तो पत्थर हो माँ। तुम्हें तो कुछ समझ में ही नहीं आता।"

"सुषमा! सुषमा! चलो अपने कमरे में।" क्रोध में उसका पिता बोला।

"दीवार मुझको बाँध सकती है आज, क्योंकर···" गाती हुई सुषमा चल दी अपने कमरे की ओर। उसका ध्यान कमरे में लगे कलेंडर पर चला गया है। हैरान हुई कि उसका ध्यान पहले वहाँ क्यों नहीं गया। कितना सुंदर चित्र है! मत्स्य जीवी औरत मछली पकड़ रही है। एक मछली पानी के बाहर तड़प रही है। स्त्री के हाव-भाव बतलाते हैं कि मछली तथा उसकी अपनी मन:स्थिति में साम्य है। स्त्री जवान है।

सुषमा ध्यानपूर्वक देखती रही। फिर आचानक बोलने लगी—"तुम्हारा शरीर शीघ्र ही थुलथुल हो जाएगा। शरीर का गठन सदा एक सा नहीं रहता। तुम दमयंती जो नहीं। हाँ, वही हो सकती हो। परमात्मा ने तुम्हें कितना सुंदर बनाया है। 'छोड़ गया नल सा निष्ठुर कोई' तुम्हारा भला चाहता होगा। ये

लोग भलाई का ढोंग मात्र रचते हैं। मुझे भी छोड़ गया जालिम। एक दिन उसने कहा था—सुषमा, मैं तुम्हारे बिना जी नहीं सकता। तुम मेरी जान हो। दुनिया इधर की उधर हो जाए, परंतु मैं तुम्हारे साथ हूँ। हर औरत जानती है कि उसे फुसलाने के लिए लोग बीसियों बातें करते हैं। फिर भी वह मृग-मरीचिका को सच मान लेती है। फिर जानती हो क्या हुआ? मैंने उसे अन्य लड़की के साथ देखा। फिर किसी और के साथ। मुझे विश्वास नहीं होता था। मैं काँप-काँप गई। एक दिन मैंने पूछ ही लिया—उन लड़कियों से तुम्हारा क्या संबंध है? 'जो तुम्हारे से।' गंभीर हो गई। 'नहीं बाबा नहीं। तुम कहाँ, वह कहाँ?' तुम्हें तो मैंने चाहा है। उनके साथ तो शुगल मात्र है। केवल मन-बहलाव है। अखिलेश ने कहा था। लेकिन जानती हो उसने अपने आपको भी, मुझे तथा पता नहीं और किस-किस को धोखा दिया। अरे, जहाँ तुम मन-बहलाव करते हो, वहीं प्रेम करते हो। प्रेम तो बहाना मात्र है। भूख तो तुम्हें शरीर की है। फिर जानती हो क्या हुआ—एक उसे ले गई अपने साथ। शायद वह गर्भवती हो गई थी। इसलिए भागना ही उन्होंने उचित समझा। दौड़कर कहाँ अपने बाप के घर बैठ जाते। पुलिस पकड़ लाई थी—ऐसा मेरा विश्वास है। उसकी पिटाई भी हुई होगी। साले को नानी याद आई होगी। अभी तो नारी दल बन जाए, फिर देखना क्या दंड देती हूँ। इसका भी दिल तोड़ा जाएगा। इसकी अग्नि बढ़ा दी जाएगी। तड़पेगा। मर जाएगा, दम घुट-घुटकर अपनी ही आग में। सुषमा ने पेंसिल से कलेंडर पर बनी औरत में छेद करते हुए कहा—शर्म नहीं आती इस प्रकार शरीर को उघाड़ते हुए। पुरुष बड़ा मक्कार है। नारी···" वह गाती-गाती एक दम रुक गई। नारी पर पुरुष के शासन की बात को मुख से निकालना तक नहीं चाहती थी।

सुषमा ने रबड़ की गुड़िया को सहलाया। कहने लगी—"घबरा नहीं बेटे, तुझे तुम्हारा सबकुछ मिलेगा। मैं जो हूँ तुम्हारे साथ। पुरुष लाख कोशिश करे—हम अपनी जिद से नहीं हटेंगी। अच्छा बेटे, देखना, तुम भी किसी के साथ न भाग जाना।"

सुषमा को याद आया वह दिन, जब उसका जीजा आया हुआ था। झेंपते हुए उसने कहा था—सुषमा, तुम्हें क्या दुःख है? दुःख? जीजाजी आप क्या

बातें करते हैं? दुःख पूछना है तो जीजी से पूछो, मैं कौन हूँ, जिससे दुःख पूछते हो। कँवर लाल चुप था। कहता तो क्या कहता। साहस बटोरकर, फिर बोला—तुम्हारा विवाह करवा दें। 'किससे? तुम्हारे साथ चलूँ।' तुम्हें शर्म नहीं आती। एक लड़की से विवाह करवा लिया—थोड़ा है। 'देख, कैसे घूर रहा है जैसे चील रोटी को। आँखें निकाल दूँगी।' सोचकर मन-ही-मन घटना को दोहराकर वह पुलकित हो उठी। उसकी विजय जो निहित थी।

कँवर लाल ने ससुर से कह दिया था कि सुषमा का कुछ नहीं बन सकता। वह तो बातें ही ऐसी करती है, जो सुनी नहीं जा सकतीं। उसका उपचार करवाया जाना चाहिए। उसका ससुर बोला नहीं था। सास भी चुप रही थी। उन्हें पहले से ही सब पता था। सोचा था, शायद कँवर लाल से कुछ कहे।

रबड़ की गुड़िया सजी-सँवरी पड़ी थी। लाल चूनर डाल दी थी सुषमा ने। कई दिनों से सुषमा की दुनिया केवल गुड़िया तक ही सीमित रह गई थी। वीणा भी मिलने नहीं आती थी। एक दिन घर आई थी, लेकिन माँ से मिलकर लौट गई। मेरी बड़ी बहन को आए भी एक अरसा हो गया है। चलो, उनकी इच्छा! सब अपने-अपने प्रेम में मस्त हैं। गंड़िया में ही सभी के चरित्र आरोपित करके सुषमा उससे बातें करती रहती है। कई बार उसे लगता है कि वह स्वयं भी तो गुड़िया है—रबड़ की गुड़िया। जो तोड़ी-मरोड़ी जा सकती है। जो चुपचाप सहन कर लेती है प्रहारों को। किसी से शिकायत नहीं करती। शिकायत कर ही नहीं पाती। करे भी तो किस से?

तुम जवान हो गई हो, सत्ताईस की। माँ का कहना है कि विवाह कर देना चाहिए। पिता कहते हैं—कर ही देना चाहिए। डॉक्टर ने परामर्श दिया है—विवाह नहीं करोगे तो परिणाम कुछ भी हो सकता है। सुषमा हँस दी। अरी, तुम भी हँसो। विवाह नहीं करवाना चाहती! एक बार कहो तो सही। मैं तुम्हारी इच्छा के विरुद्ध नहीं जा सकती। तुम्हारी भावनाओं को मैं सब समझती हूँ। मैंने भी प्रेम किया था। मुझे कहते थे—तुम्हारा विवाह कर देते हैं। लेकिन उससे नहीं कहते थे, वैसे तो वह भी ऐसा ही निकला। दोष इनका भी नहीं है? कहीं तुम्हारा दिल टूटा हुआ तो नहीं, जो रोने लगी हो। अरे, संकोच क्यों करती हो। बड़ी मुश्किल से इन्हें ध्यान आया है, तुम्हारा विवाह

करने का। अब यदि तुम चुप हो गई तो फिर ऐसा अवसर आएगा नहीं। खुश हो गई न विवाह की बात से। मैंने तो सोचा था, तुम मेरे पास से जाना नहीं चाहती होगी। तुम्हारा प्रेम मैं भूल नहीं सकती। तुम न होती तो मैं पागल हो जाती। वहाँ तो जाओगी। एक बात मेरी भी मानो। अपने पति का दिल अवश्य तोड़ देना।

सुषमा ने इधर-उधर देखा। घुटन के मारे बुरा हाल था। मन में लपटें भड़क रही थीं। मैं भाँप गई हूँ। बारात आएगी। दूल्हा आएगा, गुड़िया! ओह हो! तुम पति को देखना चाहती हो? अब क्या लाभ? अब तो सबकुछ होनेवाला है। दूल्हा होगा, ऐसा-वैसा टी.वी. का मरीज। अखिलेश···को एक नहीं कई लड़कियाँ मिल सकती हैं···मिली हैं···क्या मुझे कोई लड़का न मिले, शुगल तो हम भी कर सकती हैं, लेकिन···?

सुषमा ने तिमंजले मकान की छत से नीचे तारकोल की चौड़ी सड़क पर जाते हुए प्राणियों को देखा। दूरी एक बार बढ़ी, फिर कम हो गई। गुड़िया को छाती से सहलाया। फिर एक दम नीचे सड़क पर फेंक दिया। सुषमा की हँसी बंद नहीं हो रही थी—कहीं कोई अटकाव आ गया था।

□

अनुपस्थित

सें री के टिड्डे की गीत-लहरियाँ वायु में कंपन उत्पन्न कर रही थीं। बस उसे उतारकर सर्पाकार सड़क पर आगे बढ़ गई है। छह घंटे की यात्रा ही कट गई। उसे यह जानकर प्रसन्नता हुई कि पठानकोट से जैसिंहपुर तक सीधी बस चलने लगी है। रास्ते में आलमपुर से थोड़ा आगे उसका गाँव पड़ता है। अब उसे एक कंधे पर एयर बैग लटकाकर तथा दूसरे हाथ में अटैची केस पकड़कर एक के बाद दूसरी खड्ड पार नहीं करनी पड़ेगी। फिर कहीं अंदर से आवाज आई थी—बिना पुल के खड्ड पार करने में जिस प्रकार की आत्मीयता की अनुभूति होती है, वह बस में बैठकर फुर्र से खड्ड पार करने में कहाँ!

वह क्षण भर के लिए ठिठक गया है। धान के पके हुए खेत चिर-परिचित से लगे। मन होता है कि दौड़कर चील के जंगल में खो जाए। नीचे मौल खड्ड के किनारे पर पापकॉर्न की भाँति बिखरे हुए घर अच्छे लगे। संगतरे का बगीचा। उसके पास ही तीन कमरों का छोटा सा घर। उसी में वह रहती है।

शैलजा उस दिन बहुत गंभीर थी। यों तो गाँव में युवक-युवतियों का बातचीत के लिए अवसर जुटा पाना कठिन ही होता है, उस दिन तो वह उसके घर ही पहुँच गई थी। माँ के सामने उसे आया देख प्रीतम को संकोच हुआ था।

वह चुप बैठी थी।

माँ ने ही मौन भंग किया था, ''शैल, तुम उदास क्यों हो?''

''प्रीतम जा रहा है?'' माँ की बात को अनसुनी करते हुए उसने अपने मन की बात कह दी थी।

उसे उसकी उद्विग्नता अच्छी लगी थी, लेकिन अभी वह बोला कुछ नहीं था।

"वह पढ़-लिखकर जल्दी ही लौट आएगा। तुम्हें तो खुश होना चाहिए। इन गाँवों में से पहली बार कोई इतनी दूर पढ़ने जा रहा है।" फिर सहज स्वभाव माँ ने कहा था, "प्रीतम, लौटते समय इसके लिए भी कोई बढ़िया सी चीज लेते आना।"

"लेकिन मेरी मुरगियों का क्या होगा? "अनमनी शैलजा ने पूछा था।

तब वह बी.एस-सी. (कृषि) में पढ़ता था। कॉलेज के मुरगी-पालन केंद्र से उसने कुछ चूजे तथा मुरगियाँ हकीमजी के कहने पर लाकर दी थीं। मुरगियों को बीमारी से कैसे बचाया जाए, खुराक में कौन-कौन से अंश आवश्यक हैं, आदि बातों के लिए वह परामर्श लिया करती थी।

"तुम्हारी मुरगियाँ मेरे जाने के बाद भी अंडे देती रहेंगी।" इस बार वह बोला था।

सभी खिलखिलाकर हँस पड़े थे।

आकाश में छिटपुट पक्षी तेजी से अपने घोंसलों की ओर दौड़ रहे हैं।

उसका मन हुआ कि वह दौड़कर शैलजा को देख आए। अब वह पतली-दुबली नहीं होगी। उसका शरीर भर गया होगा—ठीक वैसे ही जैसे जुलाई मास में मौल खड्ड ठाठें मारने लगती है। पतली-दुबली शैलजा जब बौड़ी से पानी भरने आती थी, तो दो-दो घड़े उठाए चढ़ाई चढ़ती हुई कितनी सुंदर लगती थी! मोटी औरत दो-दो घड़े उठाकर उस फुरती से ऊपर नहीं पहुँच सकती। उसका साँस फूल जाएगा।

संगतरे के बगीचे के पास वाला घर उभरने लगा है।

उसका मन हुआ कि जोर से उसका नाम लेकर पुकारे, परंतु वह झेंप गया। इस समय शैलजा क्या कर रही होगी? शायद खाना बना रही हो। उसके हाथ के बने ऐंकलू कितने स्वादिष्ट होते हैं। सोचकर उसकी लार टपकने लगी। कभी-कभी वह चिढ़ाने के लिए घमीरड़ियाँ तोड़कर फेंक देती थी। वह उठाकर चख लेता था। कैसा अजीब खट्टा होता है। उसे लगा, दाँत खट्टे हो गए हैं।

शायद वह अपनी माँ की पीठ दबा रही होगी। अजीब हकीम है उसका पिता, जो अपनी पत्नी का उपचार नहीं कर सकता। शायद अब तक वह स्वस्थ हो गई होगी। उसे अपनी बुद्धि पर हँसी आई। वह पाँच साल पहले

की बात को उसी दृष्टि से देखता है।

यदि वह अभी चला जाए तो वह कितनी प्रसन्न होगी, परंतु अपनी पुरानी आदत को छोड़ देगी। वही मौन अभिवादन होगा, मौन संकेत कि चुपचाप चले जाओ, नहीं तो ये लोग कुछ और ही समझ लेंगे। सोचकर वह हँस दिया।

मौल खड्ड के उस पार वाली ऊँची पहाड़ी के ऊबड़-खाबड़ रास्तों पर दिन भर चरने के बाद भेड़ें मोतियों की लड़ी सी बनाती हुई नीचे सरकती चली आ रही हैं।

'हुआँ-हुआँ' की ध्वनि करते हुए सियार उसके पास से गुजर गए।

अपना अटैची केस तथा एयर बैग उठाकर वह तेजी से चलने लगा है। सेठ झौंपी अपनी दुकान पर बैठा सिगरेट पी रहा है। पहले वह हुक्का गुड़गुड़ाया करता था और घंटों उसके अनुभव सुना करता था—किस प्रकार एक अंग्रेज उसका दोस्त बन गया था, कैसे उसने अकेले ही चीते को मार गिराया था आदि। जिस आदमी का जीवन घर से दुकान से घर तक सिमटकर रह गया हो, उसके मुख से शिकार की बातें सुनकर उसे हँसी आती थी, परंतु झौंपी की बातचीत इतनी रोचक होती थी कि कम आयु के लड़के उसकी बातों को सच मान लेते थे।

लेकिन अब वह आँख बचाकर उसकी दुकान के पास से निकल गया है। उसे अजीब प्रकार का संकोच होने लगा है। वह बाईं ओर पत्थर की पगडंडी पर मुड़ गया है। नंग-धड़ंग बच्चे खेल रहे हैं। इन्हें ठंड नहीं महसूस होती, वह सोचता है।

इधर-उधर के घरों से कुछ आँखें उसे घूरने लगी हैं। वह आँखें नीची किए चुपचाप आगे बढ़ गया है। अब पत्थर की बनी सीढ़ियाँ उतरने लगा है।

चंपा अब भी खूँटे पर बँधी है। उसने आगंतुक की ओर देखा है। उसकी आँखें सिकुड़ गई हैं। प्रीतम को उस पर दया आती है। यह भी कोई बात है कि निरीह पशु को स्वार्थ के लिए सारी उमर खूँटे पर बाँधे रखो। उसका मन हुआ कि वह चंपा को मुक्त कर दे, परंतु नहीं, वह मुक्त कर भी देगा तो भी वह खूँटे से ही बँधी रहेगी, कोई और बाँध लेगा।

समय के आवारण को भेदकर घर की प्रत्येक वस्तु से एकाकार हो जाने के लिए वह लालायित हो उठा है। धीमे से अपना सामान रखकर वह रसोई

में झाँकने लगा है।

माँ रसोई में बैठी कुछ सोच रही है। शायद मेरे विषय में ही। मुझे कल यहाँ पहुँचना था। आज महेश के पास दिल्ली ठहरने का विचार था, परंतु ठहर नहीं सका, ठहर ही नहीं सकता था। मन तो कुलाँचे भरता था घर पहुँचने के लिए, माँ से लिपटने के लिए और···और महेश तो आने ही नहीं देता था। कहता था—मान लिया तुम उद्यान-विज्ञान में डॉक्टरेट कर आए हो, ओटावा हो आए हो, परंतु हमें भी वहाँ की सैर करवाओ। सचमुच न सही, कम-से-कम बातों में तो करवा ही डालो। बात तो उसकी भी ठीक ही थी, परंतु यहाँ आने की आतुरता, माँ को चौंकाने की इच्छा। दिल्ली कौन सी दूर है—कभी फिर हो जाऊँगा।

उसकी आँखों के आगे किसी गद्दिन का चित्र तैर गया है, जो यौवन में डटकर काम करती रही हो और अब उसके गालों पर सलवटें चमकने लगी हों। माँ ने पाँच वर्ष में बीस यात्रा तय कर ली हैं।

कोयला तिड़क गया है। चिनगारी माँ के कपड़ों पर जा गिरी है। माँ का ध्यान टूट गया है।

प्रीतम को अचानक आया देखकर उनकी आँखें खुशी से फैल गई हैं।

''माँ, चरण वंदना!'' कहकर वह माँ के चरणों में झुक गया है।

''क्यों रे, कितनी देर से खड़ा है यहाँ?''

''बस दो-चार मिनट से। मैं तुम्हें सहज मुद्रा में जी भर देख लेना चाहता था।'' थोड़ा रुककर मुसकराते हुए उसने फिर कहा, ''माँ, तुम समाधि कब से लगाने लगी हो?''

''जिस दिन से तुम्हारा पत्र मिला है, मैं तो उसी दिन से तुम्हारी प्रतीक्षा कर रही हूँ। अच्छा हुआ तुम आ गए।''

प्रीतम माँ को अपनी आँखों में समेट लेना चाहता है।

''सत्या, ओ सत्या! प्रीतम आ गया है।''

उसने महसूस किया कि सत्या को पुकारते हुए माँ की आवाज धँसती जा रही थी।

अंदर से कोई आवाज नहीं आई।

उसे यह जानकर खुशी हुई कि सत्या आई हुई है। वह कितनी खुश होगी!

माँ ने उसे गले नहीं लगाया। उसे दुःख हुआ। कहीं कुछ गड़बड़ हो गई है। शायद मेरा ही भ्रम है। अब तो माँ को चिंतामुक्त होना चाहिए। खुश ही होंगी। शायद सारा दिन काम करते थक गई हैं। जब वह माँ को चैक-बुक देगा तो माँ कहेगी—यह भी कोई चीज है। फिर मुझे हँसी आएगी और मैं कहूँगा—'माँ, इससे जो चाहो खरीद सकती हो। चाहो तो नया सा बँगला बनवा लो। चाहो तो सोने की चूड़ियाँ ही बनवा लो। तुम्हारी चूड़ियाँ ही तो थीं, जिन्होंने मुझे उच्च शिक्षा के लिए विदेश भिजवा दिया।"

माँ चुप बैठी है। अँगीठी पर चाय के लिए पानी रख दिया है।

प्रीतम को मौन अच्छा नहीं लगता। रसोई में इधर-उधर नजर दौड़ाता है। शिवजी की मूर्ति अब भी वहीं है। धूप जल रही है। माँ की गंभीरता को तोड़ने के लिए उसने कहा, "माँ, तुम अभी तक शिवजी की पूजा करती हो?"

"क्यों रे, तू अपने भगवान् को भी भूल गया। जाने से पहले तो तू भी यहीं माथा टेका करता था।"

वह हँस दिया है। उसे याद है, वह कहा करता था—माँ, तेरे शंकर भगवान् मुझे विदेश भिजवा दें तो देखना, यहाँ कितनी बड़ी, सुंदर सी मूर्ति रखवा दूँगा। उसे अपनी ही बात पर संकोच होता है। माँ प्रायः कहा करती थी—विश्वास के बिना जीवन में है ही क्या। जीने के लिए कोई-न-कोई आधार तो आवश्यक है।

माँ अधिक पढ़ी-लिखी नहीं, परंतु मंत्र आदि सब याद हैं। शायद यह संस्कार परंपरा के रूप में उसे मिले हैं। माँ के विश्वास को नकारा नहीं जा सकता—वह सोचता है।

उसे याद आया वह दिन, जब भारतीय साध्वियों की वेश-भूषा में कुछ एक पश्चिमी लड़कियाँ उसके पास आई थीं। वे कितनी भोली तथा भली लग रही थीं। बड़े श्रद्धा-भाव से उनमें से एक ने पूछा था, 'आप भारत से आए हैं?'

'जी हाँ।'

'किस प्रांत से?'

'हिमाचल से।'

'जिसे देवभूमि भी कहते हैं।'

'समग्र भारत ही देवभूमि है, एक इकाई में बँधा हुआ।' उसे उनके ज्ञान पर आश्चर्य हुआ था। साथ ही इस बात पर दुःख भी कि वह स्वयं इस विषय में अधिक स्पष्ट नहीं था। परंतु शीघ्र ही उसके मन ने उसकी बात का समर्थन कर दिया था।

'आपने देख लिया है कि यहाँ धन की कमी नहीं, परंतु फिर भी हमारा मन शांत नहीं रहता। हमें अपने अस्तित्व की व्यर्थता, उद्देश्यहीनता सदा कचोटती रहती है। भारत का धर्म हमारे लिए आशा की किरण है। हम भगवान् राम तथा कृष्ण के विषय में जानना चाहती हैं।' बड़े ही भाव-भीने स्वर में उन्होंने कहा था।

धर्म में इतना विश्वास न होते हुए भी उसने उन्हें विस्तार से राम तथा कृष्ण की जीवन-गाथाएँ सुनाई थीं। अधिक जोर उसने इस पक्ष पर दिया था कि वे महापुरुष थे, उनका जीवन आदर्श था, वे परमार्थ के लिए अवतरित हुए थे।

फिर तो वे लड़कियाँ प्रायः उसके पास आतीं। धर्म-चर्चा करतीं और संतुष्ट होकर लौटतीं। प्रीतम को कुछ कचोटने लगता। वह आत्म-विश्लेषण करने पर विवश हो जाता। भगवान् है भी या नहीं, कौन जाने? पश्चिम के लोग पूर्व से शांति ढूँढ़ते हैं, किंतु पूर्व वाले कहाँ जाएँ? विज्ञान में नया विश्वास नहीं दिया, परंतु जो विश्वास का आधार था, उसे छिन्न-भिन्न अवश्य कर दिया है। माँ कहती है—जीवन में विश्वास के बिना है ही क्या! शायद ठीक ही कहती है। ऐसा सोचता है तो संशय का ज्वार-भाटा क्षण भर के लिए शांत हो जाता है।

माँ उसकी ओर देख रही है। वह अपने विचारों में खो गया है। माँ ही बोलती है, "बेटा, चाय पी ले।"

"मैं सत्या को बुला लाऊँ।" कहकर उसने अपना सामान उठाया तथा अंदर चला गया।

सत्या चारपाई पर लेटी शून्य आँखों से छत को घूर रही है। पास ही बच्ची दुबकी पड़ी है।

प्रीतम के निकट पहुँचने पर भी सत्या ने उसकी ओर नहीं देखा। उसे

अपनी अनुपस्थिति का एहसास हुआ।

"उठो बहनजी! अभी से सोकर रात कैसे निकलेगी?" प्रीतम ने कहा।

"डैडी!" बच्ची ने पुकारा।

"डैडी तेरा भाड़ में।" सत्या ने अपनी पुत्री को डाँटा।

प्रीतम ने बच्ची को उठा लिया। बच्ची ने घूरकर अपने मामा की ओर देखा। वह अपनत्व पाकर शीघ्र ही सहज हो गई।

"माँ तो कहती है, मैं गंदी हूँ।" भोलेपन से बच्ची ने कहा।

सत्या ने पहले बच्ची की ओर देखा, फिर प्रीतम की ओर देखकर बोली, "तो मेरा आना तुम्हें अच्छा नहीं लगा।"

"कोई आए या जाए, मुझे क्या?"

"चल बेटा। तू थका हुआ है। चाय पी ले। यह तो पगली है।" माँ ने प्रीतम के कंधे पर हाथ रखते हुए कहा।

सत्या की आँखें अग्नि बरसाने लगीं।

प्रीतम चाय की चुस्कियाँ ले रहा है, परंतु रस नहीं आ रहा। कहता है, "माँ, बस सूखी चाय!"

"चाय भी कभी सूखी होती है। मैं जानती हूँ, तुम्हारा मन ऐंकलू खाने को हो रहा होगा। इधर बहुत दिनों से कभी कुछ बनाया ही नहीं। बनाती भी किसलिए? अब जो तू कहेगा, बनाऊँगी।"

"माँ, विदेश में तो मैं तरस गया तुम्हारे हाथ की बनी चीजें खाने के लिए। एक बार हम ऐंकलू बनाने लगे थे, परंतु बने ही नहीं। बन भी जाते तो भी क्या मजा आता। वहाँ प्राय: ठंडा दूध पीते हैं, बिना मीठा डाले।"

"तब तो तुम्हें बड़ी कठिनाई हुई होगी?"

"नहीं, धीरे-धीरे वैसी ही आदत बन गई।"

बच्ची बैठी मामा की बातें सुन रही है।

गाय रँभाने लगी है। माँ उठकर बाहर चली गई है।

वह माँ से शैलजा के विषय में पूछना चाहता है, परंतु बात करने के लिए कोई सूत्र ही नहीं मिलता। सीधे बात पूछने में उसे संकोच होता है। मन तो है कि अभी दौड़कर उससे मिल आए, किंतु माँ क्या सोचेगी।

वह उपस्थित होकर भी अनुपस्थित महसूस करता है।

उस दिन वह मौल खड्ड में हनुमानजी के मंचाकार पत्थर पर बैठा था।

शैलजा खड्ड में बैठकर कपड़े धो रही थी। प्रीतम उसके रूप-वैभव को निरख रहा था। वह भी कभी-कभी आँख बचाकर उसकी ओर देख लेती थी। प्रीतम उसे चिढ़ाने के लिए गुनगुना उठता—'अगाडुआ पछाडुआ तू कजो झाकदी।'

वह गुस्सा होने का अभिनय करती। उसके गाल कोटगढ़ के सेब की तरह रक्तिम हो उठते। फिर वह प्रीतम को दिखाकर अपने छोटे भाई की ओर संकेत करती।

'तुम उठो जी। मैंने यहाँ कपड़े फैलाने हैं। पत्थर कोई तुम्हारे घरवालों ने लाकर नहीं रखा है।' वह बोली थी।

'तो हकीमजी ने लाकर रखा है?'

फिर वह धीमे स्वर में बोली थी, 'कोई आ गया तो गाँव में यों ही चर्चा होने लगेगी।'

चर्चा की बात से प्रीतम को गुदगुदी हुई थी। वह भी चाहती तो है। कहीं यों ही तो उल्लू नहीं बना रही। मन ने कहा—नहीं, उसके मौन संकेत झूठे नहीं हो सकते। उसे आत्मीयता अनुभव हुई थी।

वह वहाँ से उठकर चला गया था। थोड़ी दूर पर खड्ड के किनारे एक चील के वृक्ष के नीचे बैठा शैलजा को निहारता रहा था।

'बेटा तुम कपड़े बदल लो। इतनी देर में मैं रोटियाँ सेंक लूँ।'

'पकाती रहो रोटियाँ। कुछ और भी सीखा है?' सत्या बोल रही थी।

'साग की भुज्जी बना ली है। थोड़े पत्तरोड़े भी पड़े हैं। कुछ और खाना हो तो बोलो।'' माँ ने सत्या की ओर ध्यान न देकर प्रीतम से पूछा।

''ठीक है माँ।''

''क्या ठीक है? यहाँ कुछ ठीक नहीं होता। दुनिया को आग क्यों नहीं लग जाती। ये इतने जंगल खड़े हैं, कभी आग नहीं लगती। जिस दिन आग लगेगी, मैं उस दिन नहीं नाचूँगी।'' सत्या कह रही थी।

''तू भी मर जाएगी, फिर।''

"मैं तो उस दिन मर गई थी, जिस दिन उस 'मुए' के साथ भेज दिया था मुझे···अब तो एक ही इलाज है, आग। जितने भी पुरुष दूसरों के कानों से सुनते हैं, उन सब का स्वाहा हो जाएगा। मैं उन लोगों की राख को इकट्ठी करके न्युगल तथा मौल खड्ड के संगम में बहा आऊँगी।"

प्रीतम ने गहरा नि:श्वास लिया।

सत्या ने चंपा को पुचकारा तथा कहने लगी, "वह मुझे छोड़ गया। कहता है, तुम पतित हो चुकी हो। भला पति के बिना भी कोई पतित हो सकता है। बड़ा मेजर बना फिरता है। तीन साल के बाद घर आया। मैंने आँखों का तेल डाल मन का दीप जलाया। हाँ-हाँ आँखों का तेल डालकर··· जानती हो, उसने क्या कहा। कहता है—तुम जुल्फी को जानती हो? मैंने कह दिया—हाँ, जानती हूँ। गाँव के सब लोगों को जानती हूँ। फिर बोला—हूँ, तुम जुल्फी को जानती हो। पागल कहीं का। बड़ा बना फिरता है। जो किसी ने कह दिया सो मान लिया।"

"अरी चंपा! तू तो बोलती ही नहीं। बोल भी न। तुम्हारे साथ कभी ऐसा हुआ है? जरूर हुआ होगा। कोई बच सकता है भला? आग लग जाए, तब ठीक होगा। प्रीतम को तो कुछ पता नहीं, यों ही हर बात को ठीक कह देता है।"

माँ असहाय दृष्टि से प्रीतम की ओर देखती है। प्रीतम के मस्तिष्क में अस्तबाजियाँ चलने लगी हैं।

यहाँ विवाह हो जाता है, परंतु जरा सी गड़बड़ हुई नहीं कि दांपत्य जीवन क्षण भर में बिखर जाता है। समझने की कोई कोशिश नहीं करता। यहाँ एड-जस्टमेंट को झुकना समझा जाता है। विदेश में पति-पत्नी की न बने तो दोनों एक-दूसरे से दूर हो जाते हैं। कोई बखेड़ा नहीं करता। शायद मैं गलत सोच रहा हूँ। वहाँ और बुराइयाँ हैं। पैसा ही सबकुछ है। प्रेम···प्रेम तो शायद होगा ही। उसकी आँखों के आगे डेजी का चित्र उभर आया है।

तब वह ओटावा में था। वह डेजी के घर 'पेइंग गेस्ट' बनकर रह रहा था। वह उसे प्राय: कहा करती थी—तुम बहुत सुंदर हो। भावकुता में बहकर वह और भी बहुत कुछ कह जाती थी, परंतु प्रीतम को सदा संकोच होता था।

फिर एक दिन डेजी ने ही प्रस्ताव रखा था—डेटिंग का प्रोग्राम।

वह झेंप गया था। परंतु अनुभव मात्र के लिए उसने हाँ कर दी थी। वह कई घंटे तक उसके साथ रहा था।

'तुम्हारी राशि 'विरगो' (कन्या) है न। तुम बहुत भाग्यशाली हो। मैं राशि में बहुत विश्वास रखती हूँ। क्यों न हम दोनों शादी कर लें।'

'मैं?' वह चौंक पड़ा था।

'मैं देश-विदेश नहीं मानती।' प्रीतम को चुप देखकर वह फिर बोली थी, 'क्या मैं अच्छी नहीं हूँ?'

'डेजी, मैं किसी और से प्रेम करता हूँ। वह दूर भारत में मेरी प्रतीक्षा कर रही होगी।' अपराध भावना महसूस करते हुए उसने कहा था।

'तो तुम्हें मेरे साथ 'डेटिंग' का प्रोग्राम नहीं बनाना चाहिए था।' उसने शिथिल स्वर में कहा था।

सैरी के टिड्डे की ट्रीं-ट्रीं अब भी सुनाई दे रही है।

सत्या चुप लेटी है। प्रीतम खाना खा रहा है। छोटी बच्ची भी छोटे-छोटे ग्रास मुँह में डालने लगी है। थोड़े चावल मिल जाते, अरहर की खट्टी दाल होती और पलदा होता तो कितनी अच्छी बात थी। उसका मन बहुत सी चीजें खाने को हुआ—जैसे पहले कभी कुछ देखा ही न हो।

माँ गुमसुम बैठी है।

उसने एक ग्रास तोड़कर माँ के मुख में डाल दिया है। माँ के चेहरे पर हँसी बिखर गई है।

''आज तो तू खिला रहा है, कल तू नौकरी पर चला जाएगा। फिर कौन इतने प्यार से मेरे मुख में ग्रास डालेगा?'' माँ की आँखें सजल हो आई हैं।

''माँ, मैं अब कहीं नहीं जाने का।''

प्रीतम ने अपनी माँ के चेहरे पर आए भावों को पढ़ लिया है। उसके पिता की आकृति उसकी आँखों के आगे तैर गई। वह काँप-काँप गया।

शैलजा से प्रथम मिलन जिन परिस्थितियों में हुआ, उन्हें वह कभी नहीं भूल सकता।

तब वह दसवीं में पढ़ता था। उस साल बहुत बारिश हुई थी—लोग

कहते थे—इस बार 'कुरला-कुरली' उठने का नाम ही नहीं लेते। उसका मन हुआ था कि 'कुरला-कुरली' को देखे, परंतु प्रयत्न करने पर भी देख नहीं पाया था। फिर सोचा था—शायद ये कल्पित पक्षी हैं, जो बारी-बारी नौ-नौ दिन बैठते हैं। उतने ही दिन लगातार बारिश होती रहती है।

उस दिन उसके पिताजी बारिश में खेतों में काम करते रहे थे। कहीं बाँध लगाना था, जो कहीं पानी को निकालने के लिए रास्ता बनाना था। थके-हारे, जब सायं घर लौटे तो आते ही पशुओं के चारे का प्रबंध करने लगे। कमरे में दीपक की मंद रोशनी थी, बिजली अभी तक गाँव में नहीं पहुँची थी। अचानक उसकी चीख निकल गई थी।

वैसे तो खेतों में अनेक बार साँप निकलते थे, मिलते थे, उन्हें उसके पिता आसानी से मार देते थे, परंतु आज कोई गलसाट नहीं थी, बल्कि खड़पा था और फिर आज उन्हें दो-दो हाथ होने का अवसर ही नहीं मिला था। उनका पाँव साँप पर टिक गया था।

माँ ने कसकर घाव से थोड़ा ऊपर रस्सी बाँध दी थी। उनका रंग नीला पड़ता जा रहा था।

तब वह दौड़ा-दौड़ा गया था बसोंटी वाले हकीमजी के पास। बड़ी ही मुश्किल से वह सारी बात हकीमजी को बता पाया था। उसकी आँखों में आँसू देखकर हकीमजी ने ढाढ़स बँधाया था।

शैलजा ने सारी बात सुन ली थी। उसने प्रीतम को दयार्द्र आँखों से देखा था।

शायद उसी समय दोनों में आकर्षण का सूत्रपात हुआ था, परंतु नहीं—वह तो दया का भाव था, सहानुभूति थी। मृत्यु सब को निकट ला देती है।

जड़ी-बूटियाँ तथा दवाई लेकर हकीमजी चलने लगे तो शैलजा ने कहा, 'पिताजी, मैं भी साथ चलती हूँ। वापसी पर आपको देर हो सकती है।' हकीमजी ने उसके प्रस्ताव का विरोध नहीं किया था।

प्रीतम की निगाह उड़-उड़कर अपने गाँव पहुँच जाती।

शैलजा ने कहा था—'घबराइए नहीं। भगवान् सब ठीक करेगा।'

प्रीतम ने कृतज्ञता भरी दृष्टि से शैलजा की ओर देखा था।

थोड़ी दवाई देने के बाद हकीमजी उसके पिता को थोड़ी-थोड़ी बूटी खिलाने लगे थे। साथ-ही-साथ वह उसका स्वाद भी पूछते जाते थे। परंतु कड़वी जड़ी-बूटियाँ मीठा ही स्वाद देती रहीं।

अनेक प्रयत्न करने के बाद भी हकीमजी प्रीतम के पिता को नहीं बचा सके।

याद आते ही प्रीतम काँप उठा है। माँ वैसे ही चुप बैठी है। आज पिताजी जीवित होते तो कितने खुश होते! गाँव भर में मिठाइयाँ बाँटते और बार-बार सबको बतलाते—मेरा बेटा कनाडा हो आया है। पी-एच.डी. की डिग्री लेकर आया है। इतना योग्य है कि सरकार ने विदेश में ही नियुक्ति-पत्र भेज दिया। ऐसी बड़ी नौकरी मिल गई है।

उसे पता ही नहीं चला कि कब उसने खाना खाकर हाथ धो लिये। सत्या अभी लेटी हुई है। माँ भी किसी चिंता में डूबी बैठी है। अपने ही घर में अपने आपको अजनबी महसूस करता है।

माँ की आँख बचाकर उसने कच्ची मिट्टी की दीवार को स्पर्श किया है। उसके हाथ में बुढ़िया सी मिट्टी आ गई, छत के स्लेट भुरभुरे जान पड़े। कहीं-कहीं छत से तारे झाँक रहे हैं। कहीं से सीलन की बू आई और उसके नथुनों से चिपक गई।

उसने घुटन को कम करने के लिए लंबे-लंबे साँस लेने शुरू कर दिए। फिर एकदम उठा तथा अटैची-केस खोलकर बैठ गया। वह अभी अपने साथ अटैची-केस तथा एयर बैग ही लाया है। बाकी सामान समुद्री जहाज से आ रहा है। फिर कस्टम के लिए उसे जाना होगा। शायद तब तक वह नौकरी पर चला जाए, परंतु···

'बेटा' धीमे स्वर में उसकी माँ बोली।

'हाँ माँ?'

'सत्या की बिटिया के लिए कुछ लाए हो?'' माँ नहीं चाहती थी कि सत्या को उसकी बात सुनाई पड़े।

''हाँ माँ! उसके लिए भक्-भक् कर दौड़ने वाली गाड़ी लाया हूँ। कुछ रंग-बिरंगी फ्रॉकें भी।''

माँ की आँखों में चमक आ गई। बच्ची गाड़ी से खेलने लगी है।

"खेल बेटे, खेल। गाड़ी तुम्हें गढ़े में ले जाएगी। खड्ड में धड़ाम गिरना..." सत्या अपने आप से कहे जा रही है।

बच्ची ने अपनी माँ की बात को नहीं सुना है।

प्रीतम का मन हुआ कि माँ से शैलजा के बारे में पूछे। शैल इस समय तक सो गई होगी। शायद बुनाई का काम कर रही हो। उसे उसकी मुरगियों का खयाल हो आया। परंतु मेरी मुरगियों का तो बहाना था। शायद उसने अपने विषय में ही चिंता प्रकट की थी।

स्पष्ट रूप से वह कह भी कैसे सकती थी। जाने से पहले भी वह एक दिन मिली थी—मेले में देहरू के पीपल के नीचे। उसने मुँह दूसरी तरफ घुमा लिया था। मैंने ही उसे बुलाया था, 'शैल, तुम मुझसे नाराज हो?'

"मैं क्यों होने लगी नाराज।"

"तो फिर बात क्यों नहीं करती?"

"मेरी बात अब तुम्हें कहाँ अच्छी लगेगी। मैं तो गाँव की रहनेवाली और तुम्हारे मन में अब फुर्र-फुर्र अंग्रेजी बोलने वाली गोरी-चिट्टी मेमें घूमती हैं। इसीलिए अब तुम कभी दिखाई नहीं देते।"

"मेरी मेम तो तुम ही हो।" प्रीतम ने धीमे से उसे कहा था। सुनते ही वह वहाँ से गायब हो गई थी।

उसने एक गुलाबी रंग की साड़ी निकाली तथा माँ को थमा दी।

"अरे यह रंग बूढ़ों के पहनने का है।" माँ ने खुलकर कहा।

"माँ, कोई बूढ़ा नहीं होता। यह तो मन की बात है।"

"बूढ़ा कोई नहीं होता, परंतु दुनिया सभी को बूढ़ा कर देती है। देखो, मैं माँ से पहले बूढ़ी हो गई हूँ।" सत्या उठ आई थी।

प्रीतम ने ध्यान से अपनी बहन को देखा। नाम वही है, शक्ल वही, परंतु यह पाँच वर्ष पहले वाली सत्या नहीं। उसे अजीबपन का एहसास होता है।

उसने माँ के हाथ में ढेर से नोट पकड़ा दिए और हँसकर कहा, "माँ, अब जो चाहो खरीद सकती हो।"

"तू लौट आया है, मेरे लिए यही नोट हैं। अब मैं अकेली नहीं हूँ।"

माँ फिर किसी सोच में डूब गई है। वह शैलजा के बारे में पूछना चाहता

है। उसने अटैची-केस से एक डिबिया निकाली है। उसमें एक सुंदर सी अंगूठी है, शैलजा के लिए। उसे संकोच होता है। वह डिबिया को छिपाने का प्रयत्न करता है।

''माँ!'' उसने कहना चाहा, परंतु उसका स्वर दब गया है।

''अंगूठी लाए हो।'' वाक्य लटका कर सत्या ने कहा। उसने प्रीतम को पकड़ लिया था।

''क्या?'' माँ पूछती है।

''अंगूठी।'' सत्या ही बोलती है।

''किसके लिए?'' थोड़ा-थोड़ा समझते हुए भी माँ पूछ ही लेती है।

''माँ उसी के लिए।'' हर्षातिरेक के कारण वह वाक्य पूरा नहीं कर पाया, फिर माँ की ओर देखकर बोला, 'जिसके लिए तुमने सिफारिश की थी।'

माँ चौंक पड़ी है।

'सोने की अंगूठी है न। कोई भी ले लेगी। रोनी सी सूरत बनाने की क्या जरूरत है?'' सत्या ने अपनी दार्शनिकता बघार दी।

किसी पत्थर के लुढ़ककर खड्ड में गिरने की आवाज हुई।

''माँ देखो भी न। शैलजा कैसी है?'' प्रीतम से अब रहा न गया।

''बेटा, वह तो चली गई।'' माँ ने संकेत भर कर देना उचित समझा।

''कहाँ चली गई? क्यों चली गई?'' उसने चिल्लाना चाहा, परंतु स्वर उसका साथ नहीं दे रहा। तो शैलजा चली गई, उसे नहीं जाना चाहिए था, परंतु उसकी सुनी भी किसने होगी।

''यह भी कोई नई बात है। अंगूठी आती किसी के लिए है और ले कोई और जाता है।'' थोड़ा रुककर सत्या फिर बोली, ''क्यों पागल बनते हो? वह नहीं तो कोई और सही।''

वह अपने आपको अजनबी महसूस करता है। शैलजा की अनुपस्थिति बसोंटी गाँव के धुँधियाए चित्र में से उभर-उभर जाती है।

किसी पत्थर के लुढ़ककर खड्ड में गिरने की गड़गड़ाहट सियारों की 'हुआँ-हुआँ' की ध्वनि में विलीन हो गई है।

□

प्रेम का अंतरराष्ट्रीय संस्करण

इस बार उसका पत्र लंबे अंतराल के बाद आया है। संदर्भ वही रहते हुए मात्र एक-आध पात्र के बदल जाने से इतना बड़ा परिवर्तन हो सकता है, यह जानकर आश्चर्य हुआ। लगता है कि उसका दृष्टिकोण एवं विचारधारा एकाएक धुँधला गई है।

कॉलेज के दिनों में वह मेरा सहपाठी था। सभी उसे 'किताबी कीड़ा' करके जानते थे। उसने भी कभी इस जनमत का विशेष विरोध अथवा खंडन नहीं किया था, परंतु मैं भली-भाँति जानता था कि वह केवल पुस्तकों में ही नहीं खोया रहता था, अपितु राष्ट्रीय एवं अंतराष्ट्रीय समस्याओं एवं घटनाओं के प्रति जागरूक रहता। उसका विश्वास था कि दो-चार वर्ष तक किताबी कीड़ा बनकर यदि अच्छी डिग्रियाँ प्राप्त कर ली जाएँ, तो कोई बुराई नहीं। बल्कि ऐसा करने से सारे रास्ते खुल जाते हैं। वह प्रायः कहा करता था—हमें गाँव या राष्ट्र के ऊपर उठकर अंतरराष्ट्रीय-स्तर पर जीना चाहिए।

अंतरराष्ट्रीय-स्तर पर उसके जीने का अभिप्राय यही था कि मनुष्य को अपने ही देश के इतर जाकर भी रहना चाहिए। ऐसा करने से दृष्टि-विस्तार होता है। उसके दृष्टि-विस्तार को मैं प्रायः ध्यानाकर्षण का पर्याय मानता था या फिर जब मैं उसे महत्त्वाकांक्षी कहकर बुलाता, तो वह मुसकराकर इस विशेषण को स्वीकारता हुआ जान पड़ता।

हम सभी मित्र डॉक्टरी की डिग्रियाँ लेकर यहाँ-वहाँ फैल गए थे, परंतु कोई भी संतुष्ट नहीं जान पड़ता था। किसी को वेतन कम मिलता था, तो कोई गाँव में होने के कारण दुःखी था। मि. जैन दिल्ली के कई चक्कर लगा आया था। एक बार मैंने पूछा, कोई विशेष प्रोग्राम लगता है ?

"डॉ. जैन आदमी विशिष्ट है।" उसने मुसकराते हुए बात टाल दी थी।

फिर एक दिन उसी ने बताया था कि वह एक सप्ताह के भीतर ही अमरीका के लिए प्रस्थान कर देगा। मुझे आश्चर्य हुआ था, थोड़ी कुढ़न भी। इतनी मैत्री होने पर भी उसने मुझे इस संदर्भ में कुछ भी बताना उचित नहीं समझा था। मैंने अपनी प्रतिक्रिया व्यक्त करते हुए उससे कहा था—मुझे तुम से ऐसी आशा नहीं थी।

"कैसी? मेरे जाने की?" वह हँसी दबाकर बोला।

"डालरों के आकर्षण से मित्र जा रहा है, यह प्रसन्नता की बात है। मैं सोचता था, तुम मुझ से कुछ नहीं छिपाते। खैर···।"

"मैं यहीं ठीक हूँ। मुझे डालर खरीद नहीं सकते। और फिर अपने-अपने सिद्धांत की बात है।"

डॉ. जैन चला गया था। वहाँ पहुँचते ही उसने मुझे पत्र लिखा। पत्र संक्षिप्त था, परंतु बोलता बहुत कुछ था। पत्र पाकर मैं बड़ा प्रसन्न था। लिखा था—

न्यूयॉर्क,
20-9-57

माई डियर बड्डी,

नरक से स्वर्ग में, धरती से आकाश पर, पृथ्वी से चंद्रमा पर, मृत्युलोक से परलोक में पहुँचने पर जो सुख, जो आनंद मिलता है, उससे भी अधिक सुख एवं आनंद वहाँ से यहाँ आने पर मिला है। प्यारे लाल, शब्द कितना भी जोर लगाएँ···सुख का सही वर्णन नहीं कर सकते। सच यार, जन्म कहीं भी लो, परंतु विश्वभ्रमण परमावश्यक है। काश! तुम भी आज यहाँ होते।

मधुर चुंबन। शेष फिर,

आपका
जैनेश्वर जैन

मैं उस की प्रसन्नता का अनुमान सहज ही लगा सकता था। घुटन एवं आर्थिक कठिनाइयों के वातावरण से निकलकर अचानक ही वैभव-संपन्न परिवेश में पहुँच जाना निश्चय ही किसी के लिए भी अद्भुत आनंदाभूति

प्रदान करनेवाला हो सकता है। और फिर जैनेश्वर तो वैसे भी अर्थ को विशेष महत्त्व देता रहा है। मैंने अभी उसके पत्र का उत्तर नहीं दिया था कि उसका दूसरा पत्र भी आ गया।

लिखा था—

न्यूयॉर्क
17-10-57

मेरा 20-9 का पत्र मिला होगा। इन दिनों तुम्हारे पत्र की प्रतीक्षा रही है, परंतु तुम तो गाँव-गाँव में जन-सेवार्थ भ्रमण कर रहे होगे। जानता हूँ, तुम्हारा आदर्शवाद तुम्हें कहीं नहीं पहुँचने देगा। स्वयं पीड़ित रहकर पीड़ित जनता की सेवा करना मुझे विरोधाभास के अतिरिक्त और कुछ नहीं लगता। खैर।

कामेश्वर प्यारे, काम के ईश्वर बने फिरते हो, कभी काम की दुनिया देखी भी है। काम-पिपासा का तांडव-नृत्य देखना हो तो यहाँ आओ। कामेश्वर या काम देवता या मदन आदि नाम रखने से भी कोई सचमुच सेक्स की दुनिया का प्रतिनिधि नहीं हो जाता। यहाँ सभी युवक-युवतियाँ मुझे कामदेवता एवं कामदेवियाँ लगते हैं। कोई सामाजिक प्रतिबंध नहीं। कोई हिचक नहीं। माँ-बाप की ओर से भी कोई रोक-टोक नहीं। लड़कियाँ स्वयं अपने वर चुनती हैं। भारत से एकदम अलग परंपराएँ। विवाह के रोचक प्रसंग।

बेटा, डेंटिग सुनी है कभी। वही जिसके विषय में हम कभी हॉस्टल में बैठकर अनुमान लगाया करते थे। नंग-धड़ंग गोरी-चिट्टी देह वाली परियाँ, जब अपने चहेते युवकों के साथ सटकर लोटती है, चुंबनों का आदान-प्रदान करती हैं···ऐसे दृश्य देखकर हम तो मंत्रमुग्ध से देखते ही रह जाते हैं। पश्चिमी जगत् वालों के लिए यह दृश्य सहज-स्वाभाविक है, इनमें कुछ भी चौंकाने वाला नहीं। वे संभवतः इस बात में बहुत विश्वास रखते हैं कि शारीरिक भूख की तृप्ति नैसर्गिक प्रवृत्ति है, इस में संकोच की क्या बात है। मैं जानता हूँ कि तुम भी इस मत का समर्थन करोगे, परंतु फिर भी भारतीय संस्कार स्वच्छंद कामतृप्ति के आड़े आते हैं। काम काम के लिए नहीं, संतानोत्पत्ति के धर्म के रूप में लिया जाना चाहिए—ऐसे कितने ही भारतीय संस्कार उभर आते हैं, परंतु सच तो सच ही है। काम जीवन का आधार है, काम के बिना पुरुष

एवं नारी अधूरे हैं। काम की महिमा अपरंपार है। काम की शक्ति असीम है!

यार, एक बात मुझे यहाँ की बहुत अच्छी लगती है। आप किसी युवती के साथ जा रहे हैं या बैठे हैं। उसका कोई संबंधी अथवा माता-पिता भी मिल जाएँ, तो वे हरगिज भी लड़की के काम में दखल नहीं देते। कोई लड़की किसी लड़के के साथ डेटिंग पर जाती है, जरा भी नहीं चिढ़ते। है न वंडर-लैंड, स्वर्णपुरी… परलोक। सब अपने में मस्त एवं व्यस्त।

डियर कंदर्पसेनजी, मैं इन दिनों डेटिंग का आनंद लेने के चक्कर में हूँ। तुम भी आ जाओ तो इकट्ठे चलेंगे।

ढेरों सामग्री है लिखने को। क्या लिखूँ, क्या लिखूँ, धीरे-धीरे सब लिखूँगा। लिखने से अजीब प्रकार का आनंद मिलता है।

अच्छा, शेष फिर सही।

आपका
जैनेश्वर जैन

मैंने लगभग एक-डेढ़ महीने के बाद पत्र दे दिया था। फिर थोड़े विलंब से उसका पत्र आया था।

न्यूयॉर्क
25-3-59

डियर कामू,

तुम्हारा पत्र दिसंबर के अंतिम सप्ताह में मिला था। अनेक धन्यवाद। तुम्हारी शैली निश्चय ही बहुत अच्छी लगी। प्रत्युत्तर में मुझे आवश्यकता से अधिक विलंब हो गया है, क्षमा प्रार्थी हूँ।

तुमने अपने पत्र में फिर अपने थोथे आदर्शवाद की दुहाई दी है कि हमें अपने ही देश में रहकर जनता की सेवा करनी चाहिए। ऐसा करने के लिए चाहे हमें अपने संभावित सुखों का हनन ही क्यों न करना पड़े। भाई, मैं कूपमंडूक बने रहने में विश्वास नहीं रखता। जनता की सेवा, कामू डियर, तुम्हें मुबारक। तुम्हारा दृष्टिकोण वास्तव में बहुत ही संकुचित है। तुम तो मानो वैभव को ठुकराने पर तुले हो। किसी दिन मैं भारत आया तो तुम मेरे

धन-दौलत को देखते रह जाओगे। तुम तो निरे सिद्धांतवादी हो। ऐसा जीना भी क्या जीना है। मनुष्य को महत्त्वाकांक्षी होना चाहिए। कुछ विशिष्ट कर गुजरना चाहिए। देश नहीं तो कम-से-कम अपने परिवार की आनेवाली पीढ़ियाँ तो गौरव से हमारा स्मरण करेंगी। मैं फिर यही कहूँगा कि यदि तुम्हारी जरा भी इच्छा यहाँ आने की हो तो मैं सारा प्रबंध कुछ ही दिनों में कर दूँगा। यहाँ के नग्नता में डूबे नाच-गाने देखोगे तो सचमुच 'कामेश्वर' शब्द को सार्थक करते हुए जान पड़ेंगे। यथा नाम तथा काम।

तुम्हारे लिए खुशखबरी—मैं डेटिंग पर हो आया हूँ। यार, क्या नाम है। क्लाइडा की देह की गरमी···प्यार में सराबोर चुंबन···मुझे उसे गुदगुदाने में जरा संकोच हो रहा था, परंतु उसने तो चुंबनों की बौछार ही कर दी। खैर, इस पक्ष को तो छोड़ो···तुम स्वयं कल्पना द्वारा इसे समझ सकते हो···मेरे वर्णन की आवश्यकता नहीं।

जानते हो क्लाइडा मुझे क्यों चाहती है, क्यों पसंद करती है ? तुम हैरान हो जाओगे। वह मुझे इसके लिए नहीं चाहती कि मैं सुंदर हूँ, हृष्ट-पुष्ट हूँ। न ही इसलिए कि मैं अच्छा वेतन पाता हूँ, बल्कि इसलिए, उसी के शब्दों में—'इंडियनज आर वल्गर टु दि एक्सटेंट आव लवलीनेस।' क्लाइडा की यह बात सुनकर मैं हँस दिया था। उसे वल्गेरिटी पसंद है···वाह क्या चीज है ?

क्या और···क्लाइडा का मैं सातवाँ इंडियन लवर हूँ। सातवाँ···कोई फर्क नहीं पड़ता। कितना उन्मुक्त समाज। कोई अनावश्यक प्रतिबंध नहीं। काश, भारत में भी ऐसा ही हो पाता···बिल्कुल ऐसा ही, तो समाज की सड़न ही निकल जाती।

कामेश्वर। मेरी माँ की चिट्ठी आई है। लिखा है—अब अच्छा वेतन लेने लगे हो, शादी करवा लो। उन्होंने मेरे लिए लड़की भी देख रखी है। यार, मैं अभी शादी नहीं करना चाहता। नई सोसाइटी में मैं शादी को कोई आवश्यक भी नहीं समझता, लेकिन माँ-बाप भी मानने वाली मिट्टी के नहीं बने हैं। बताओ क्या करूँ। मैं तुम्हारे पत्र की प्रतीक्षा करूँगा।

घर में सब को यथायोग्य अभिवादन।

आपका,

जैनेश्वर जैन

जैनेश्वर जैन के इस पत्र के बाद घटनाओं ने बड़ी तेजी से मोड़ लिया। वह अभी विवाह करना नहीं चाहता था। माँ-बाप अपनी जिद पर अड़े हुए थे। वे बार-बार लिख रहे थे कि या तो वह जल्दी भारत आकर विवाह कर ले या फिर वे कोई और उपाय सोचेंगे। पत्र-व्यवहार में कई मास और निकल गए।

जैनेश्वर नहीं आया था। उसके माँ-बाप ने और अधिक प्रतीक्षा व्यर्थ समझी थी। घर में अमरीका से कोई जैनेश्वर की रंगीन फोटो थी। उस फोटो को जैनेश्वर के स्थान पर बिठाकर एक लड़की से विवाह करवा दिया गया। मैंने उसके माँ-बाप को समझाना चाहा था, परंतु कोई प्रभाव नहीं हुआ। मैंने सीधा-सादा तर्क दिया था, यदि लड़के को लड़की पसंद नहीं आई तो बुरा होगा। जैनेश्वर के पिता ने एक वाक्य में ही सब समाप्त कर दिया था—जैनेश्वर का बाप भी ऐसी हिमाकत नहीं कर सकता।

लड़की भी उत्साही एवं साहसिक थी। वह अकेली ही अमरीका पहुँच गई थी। जैनेश्वर की प्रारंभिक प्रतिक्रिया कोई विशेष अनुकूल नहीं थी, परंतु कपिला ने उसे अपने व्यवहार, शक्ल-सूरत के आकर्षण एवं प्रेम के आधार पर जीत लिया था। अधिकांश भारतीयों की भाँति जैनेश्वर ने भी यह सोचकर संतोष कर लिया था कि परमात्मा जो भी करता है, ठीक ही करता है। और फिर एक न एक दिन तो उसे शादी करनी ही थी। इस संदर्भ में उसने मुझे एक पत्र लिखा था, जिससे लगता था कि वह अपनी हार को स्वीकारने के मूड में कम-से-कम पत्र लिखने के समय तो नहीं था। उसने लिखा था—

न्यूयॉर्क
7-8-60

डियर कामेश्वरजी,

मेरे विवाह पर प्रेषित आपकी बधाइयाँ यथासमय मिल गई थीं। हार्दिक धन्यवाद। विलंब से प्रत्युत्तर देना मानो मेरी नियति ही बन गई है, अतः इस संदर्भ में खेद-प्रकाश व्यर्थ ही होगा।

तुम तो जानते ही हो कि मैं अभी विवाह करने के पक्ष में ही नहीं था, परंतु बिरादरी एवं माता-पिता ने बरबस मुझे झुका ही दिया। उन्होंने वास्तव में कपिला को मुझ पर थोप दिया है। पहले मैं इस मूड में था कि भले ही

यहाँ भेज दी जाए, मैं उसे अपने साथ नहीं रखूँगा। परंतु कपिला मुझे भोली लड़की लगी। जरा भी अहं भाव नहीं। डाँटने पर भी मुसकराने वाली। ऐसी स्थिति में भला कौन उसे अस्वीकार करता।

तुम्हें जानकर प्रसन्नता ही होगी कि हमारे घर कन्या-रत्न ने जन्म लिया है। कपिला ने प्यार से उसका नाम 'गोल्डी' रखा है। गोल्डी बहुत प्यारी लड़की है।...

जैनेश्वर जैन।

उसने और भी बहुत कुछ लिखा था। इस पत्र के बाद भी कभी-कभार उसका पत्र आता रहता है। अभिप्राय यह है कि इन पंद्रह वर्षों में हमारा संपर्क बराबर बना रहा है। यद्यपि सात समुद्रों के पार रहनेवाला व्यक्ति भला कब तक अपने भारतीय मित्रों की औपचारिकता का निर्वाह कर सकता है, यह कोई भी सोच सकता है। जैनेश्वर अपवाद ही था।

उसे वहाँ गए सोलह-सत्रह वर्ष हो गए हैं। इस बार उसका जो पत्र मुझे मिला है, वह निश्चय ही चौंका देने वाला है। इतने वर्षों में ऐसा पत्र उसने पहले कभी नहीं लिखा, बल्कि वह सदा अंतरराष्ट्रीयता का ही गुणगान करता रहा है। मानो हर बात को वह अंतरराष्ट्रीय स्तर पर ही तौलने लगा है। मैं आपको उसके उक्त पत्र से और अधिक वंचित नहीं रखना चाहता, आप स्वयं ही पढ़कर मत बना लें।

न्यूयॉर्क
25 अगस्त, 1975

प्रिय श्री कामेश्वर प्रसादजी,

आशा है आप सपरिवार सकुशल एवं सानंद होंगे। क्षमाप्रार्थी हूँ कि इतने दिनों बाद पत्र दे रहा हूँ, तीन-चार वर्षों से पत्र नहीं लिख सका, परंतु तुमने भी तो जैसे सौगंध ही खा ली हो।

मैं तुरंत भारत लौटना चाहता हूँ। मेरे लिए जो भी प्रबंध कर सको, कर दो। मैं एक क्षण भी यहाँ नहीं रहना चाहता। मेरा क्लीनिक बहुत बड़ा है, बहुत नाम है, पैसा है, परंतु कई बार सबकुछ ठुकराना पड़ जाता है। सिद्धांत की

बात है। पैसा ही सबकुछ नहीं। मैं जब यहाँ आया था तो सोचता था, रोमांस की दुनिया से गया, वैभव की दुनिया में आ गया। बात भी ठीक ही थी। इतने वर्षों में मैंने दो कारें, एक बड़ा भवन, एक पूरा क्लीनिक बना लिया और तुम हो कि अभी तक इन सारी सुविधाओं से वंचित हो, न ही निकट भविष्य में शायद तुम ऐसी आशा कर सको।

यहाँ सबकुछ है यार। बिल्कुल ठीक है। लेकिन आजकल मैं बहुत परेशान हूँ। कामेश्वर भाई, आप से मेरा कोई परदा नहीं। शायद आप मेरी मन:स्थिति को समझ सकेंगे, लेकिन बेटे, मजाक नहीं उड़ाना। कहीं मुझे ही भाषण देने लगो। इस विषय पर लिखते हुए मेरा दिल बहुत बुरी तरह से धड़क रहा है।

तुम जानते ही हो कि मेरी बेटी पंद्रहवें वर्ष में है। गोल्डी सुंदर है, स्वस्थ है। पाश्चात्य वातावरण एवं सभ्यता में जन्मी-पली है। वह एक बार भी भारत नहीं गई। हमें यहाँ रहते लगभग सत्रह वर्ष हो गए हैं, लेकिन यार, मैं सोचता हूँ कि मेरे भारतीय संस्कार वैसे-के-वैसे हैं या फिर हो सकता है, नई परिस्थितियों के कारण वे पुन: उभर आए हैं।

गत रविवार की बात है। गोल्डी का एक अंग्रेज दोस्त आया। उसका नाम वाल्टरमैन है। लंबा-चौड़ा युवक। वह हमारे घर पहली बार आया था। बाहर वह एक-दूसरे से मिलते रहे होंगे। उसने आते ही गोल्डी को हमारे सामने चूम लिया। हम तो जमीन में गड़े जा रहे थे। थोड़ी तो शर्म होनी चाहिए थी। गोल्डी ने भी निस्संकोच उसे चूम लिया था। वे कुछ देर बैठे बातचीत करते रहे। मैंने गोल्डी को संकेत से अपने कमरे में बुलाया और कहा—गोल्डी, यह क्या कर रही हो ? तुम्हारी माँ क्या कहेगी ? हम भारतीय हैं, हमें ये बातें शोभा नहीं देतीं।

''फारगेट एबाउट इंडिया, डैड। वी आर इन अमेरिका, दि लेंड आव रोमांस ऐंड एडवेंचर।'' फिर रुककर बोली, ''मम्मी क्यों नाराज होंगी ? उन्हें तो खुश होना चाहिए।''

''शट-अप गोल्डी।'' मैं चिल्लाया।

''डैडी, यू आर एन आर्थोडॉक्स। आई एम गोइंग फॉर डेटिंग विद

हिम। आई रियली लव हिम, अंडरस्टैंड! मोर ओवर यू हैव नो राइट टू इंटरफियर।''

वाल्टरमैन तथा गोल्डी चले गए थे। मैं और मेरी पत्नी अवाक् खड़े थे।

कामेश्वर, तुम्हीं बताओ, ऐसी स्थिति में मैं यहाँ कैसे रुक सकता हूँ। गोल्डी कुछ भी कर सकती है। मैं बहुत परेशान हूँ। मैं तुरंत उसे भारत भेजना चाहता हूँ। उसके लिए हम सभी भारत लौट आएँगे। मैं यह सब नहीं देख सकूँगा। जल्दी-से-जल्दी कोई घर आदि ढूँढ़ दो। नौकरी भी तुम्हारे सहारे मिल जाएगी शायद।

कहीं तुम मेरी मन:स्थिति पर हँस ही न देना। मैं, मैं जानता हूँ कि जीवन की स्वच्छंदता सब के लिए समान होनी चाहिए, परंतु मैं··· इस बात को गले नहीं उतार पाता कि मेरी लड़की वाल्टरमैन या किसी भी युवक के साथ घूमती रहे। लड़कों की बात कुछ और है। वे कुछ कर भी बैठें, तो भी उनका कुछ नहीं बिगड़ता। इस सिलसिले में भारतीय रीति-रिवाज अधिक अच्छे लगते हैं मुझे। तुम फिर मेरा इसे आदर्शवाद कहोगे।

हम कभी भी भारत लौट सकते हैं। मेरे घर भी बता देना। बहुत दिन हो गए माँ-बाप से मिले हुए। कहीं पिताजी से गोल्डी की बात न कह देना। संभव हो तो अपने लड़के राजेश के लिए गोल्डी को स्वीकार कर लो। मेरा बेड़ा पार हो जाएगा। ठीक है न दोस्त!

भाभीजी को नमस्कार। बच्चों को प्यार।

तुम्हारे पत्र की ही प्रतीक्षा में,

तुम्हारा,
जैनेश्वर जैन।

जैनेश्वर का पत्र मैंने कई बार पढ़ा है। मेरे सामने बार-बार जैनेश्वर एवं क्लाइडा तथा गोल्डी और वाल्टरमैन दो जोड़े उभर आते हैं। दोनों अंतरराष्ट्रीय स्तर के। दोनों भारत से बहुत हटकर।

समझ नहीं आता, जैनेश्वर की सहायता किस प्रकार और कैसे करूँ!

□

अपने-अपने दुःख

लालाजी छिटककर एक ओर जा बैठे। क्षण भर सोचने के बाद फिर उठे चिलम भरकर हुक्का गुड़गुड़ाने लगे। हुक्के के श्वास-निश्वास की धमाचौकड़ी से स्पष्ट झलकता था कि लालाजी के मन में कोई बहुत बड़ा तूफान उठ खड़ा हुआ था, जिसे वे नियंत्रण में नहीं ला पा रहे थे। अस्तित्व की नपुंसकता ने उन्हें बुरी तरह झकझोर दिया था।

यह संयोग मात्र ही था कि उनके तीनों लड़के आज अचानक उनसे मिलने आ गए थे। लगभग ग्यारह बजे होंगे, जब मझला लड़का अशांत अपनी पत्नी सहित आ पहुँचा था, पिता के चेहरे पर उदासी के चिह्न देखकर उसे दुःख हुआ, परंतु फिर स्थिति की गंभीरता एवं संबंधों की तरलता को समझता हुआ वह चुप ही रहा। माँ ने तुरंत चाय के लिए पानी रख दिया, फिर अपने पति से बोली, ''कुछ नमकीन ले आओ।''

लालाजी ने आग्नेय नेत्रों से अपनी पत्नी की ओर देखा। फिर बोले, ''नमकीन? अपना सिर देकर ले आऊँ? आज पंद्रह हो गई है, परंतु साहिबजादों में से किसी को भी ध्यान नहीं आया कि पैसे भेज दें। जैसे इनके बाप ने रोकड़ें जमा कर रखी हों।''

''तो कर लेते रोकड़ें जमा। किसी ने रोका था क्या? मुझे भी तुम्हारी वजह से ही लड़कों को मुँह ताकना पड़ता है।'' माँ के स्वर में खीझ थी।

''अशांत से बहुत आशाएँ थीं, परंतु इसने सबकुछ गड़बड़ कर दिया। यौवन मैं मैंने जो भविष्य का सपना संजोया था, वह चकनाचूर कर दिया। पति-पत्नी दोनों लगभग दो हजार रुपए प्रति माह कमाते हैं, परंतु माँ-बाप के लिए पचास रुपए से ज्यादा कभी एक कौड़ी नहीं निकालते।'' लालाजी

का अभी मूड था भाषण देने का, परंतु उनकी पत्नी ने स्थिति को भाँपते हुए दो का नोट निकालकर दे दिया।

लालाजी के चेहरे पर क्षण भर के लिए संतोष फैल गया और वे नमकीन लेने बाजार चले गए। माँ ने स्थिति की गंभीरता को हल्का करने के लिए कहा, "बेटा, अपने पिता की बातों का बुरा नहीं मानना। इनको तो ऐसी आदत ही लग गई है। किसी भी बात से संतुष्ट नहीं होते। जरा-जरा बात पर झगड़ा। यह तो मैं ही हूँ, जो काट रही हूँ। कोई और होती तो कब की चली गई होती।"

अशांत अपनी माँ की दार्शनिक मुद्रा पर मुसकरा दिया। उसने यही वार्त्तालाप माँ से पिछले पंद्रह साल में कई बार सुना था। बहू की भी हँसने की मुद्रा बनी, परंतु वह हँसी को टाल गई।

अभी चाय बनी ही थी कि अशांत का छोटा भाई आ पहुँचा। सुभाष के आगमन से लालाजी का चेहरा खिल उठा। वही तो है तीनों में से, जो माँ-बाप के खान-पान पर अधिकांश खर्च करता है। उसके आने से वैसे भी घर चहकने लगता है।

भाभी ने देवर से कहा, "तुम्हें लड़की पसंद आ गई, हमें आश्चर्य हुआ, बधाई हो!"

सुभाष ठहाका लगाकर हँसा। फिर गंभीर होता हुआ बोला, "मुझे तो अब भी लड़की पसंद नहीं। हाँ, पिताजी को पसंद है।"

"अरे, विवाह तुम कर रहे हो, पिताजी नहीं।" अशांत ने तीर छोड़ा।

"अपनी लड़कियों जैसी तो है।" माँ ने बीच-बचाव किया।

"पता नहीं आजकल के लड़के अपने आपको क्या समझते हैं, पाँच सौ रुपए क्या मिलने लगता है, बस दिमाग ही आसमान पर चढ़ जाता है। इतने नखरे! इस सुभाष ने कोई चालीस-पैंतालीस लड़कियाँ देखी होंगी और पसंद कोई नहीं। लड़की का कद इतना होना चाहिए, रंग-रूप ऐसा हो, नाक इतनी लंबी हो, कान बाहर निकले हुए न हों, मुख पर कोई दाग न हों, रंग गुलाब की तरह दहकना चाहिए···और न जाने क्या-क्या! जैसे लड़की ऑर्डर देकर बनबानी हो। अशांत, इसे कहो यह शीशे में अपनी शक्ल तो देख ले।" लालाजी ने फुफकारते हुए कहा।

सुभाष ने चीरती नजर से अपने पिता को देखा तथा कुछ सोचते हुए कहा, ''पिताजी, आप पढ़े-लिखे होकर भी अनपढ़ों सी बातें करते हैं। वक्त को भी पहचानना चाहिए।''

''बेटा, मैं वक्त से पिछड़ गया हूँ। क्योंकि मेरी गाँठ में पैसे नहीं, इसलिए मैं अनपढ़ हो गया हूँ। वाह बेटा! इसी दिन की प्रतीक्षा में तो मैं बूढ़ा हो गया। जानते हो सन् अट्ठाईस में सारे क्षेत्र में मैं ही केवल बी.ए. पास था। रामनाथ के लड़के को मैंने ही इंग्लैंड जाने की सलाह दी थी। अब देखो, रामनाथ के पुत्र एवं उसके पौत्र कितना धन कमाकर लाए हैं। कई पीढ़ियाँ बिना कमाएँ आराम से बैठी खा सकती हैं। और आज यह छोकरा ही मुझे वक्त को पहचानने का उपदेश दे रहा है।''

''तो ठीक ही तो कहता है। रामनाथ के बेटे को इंग्लैंड भिजवा दिया और अपना बना बनाया पासपोर्ट भी रद्द करवा दिया, क्योंकि समुद्र पार जाने में तुम्हें डर लगता था। कहीं जहाज डूब गया...फिर सारे यात्री घुट-घुटकर मर जाएँगे। वाह रे कल्पना के पंखों पर उड़ने वाले! न अपना कुछ बनाया और न ही मेरा।'' कहकर माँ रुआँसी होकर उठ गई।

''मेरी तो कई बार इच्छा होती है कि सिर में राख डालकर संन्यासी बन जाऊँ...खो जाऊँ...इसकी शक्ल भी न देखूँ।'' लालाजी ने आहत स्वर में कहा।

दोनों बेटे शांत बैठे थे।

माँ ने लालाजी की बात सुन ली थी। उनके पास जाकर बोली, ''चलो, राख मैं दे देती हूँ। ये धमकियाँ सौ बार सुन चुकी हूँ।''

''हाँ-हाँ, तू तो यही चाहती है कि मैं घर-बार छोड़कर चला जाऊँ, ताकि तुझे मंदिरों में घूमने, नाचने-गाने को स्वतंत्रता मिल जाए। मैं कहता हूँ, घर मैं बैठकर ही पूजा क्यों नहीं कर लेती। भगवान् का वास मन में होता है। नाचने-गाने से वह ज्यादा प्रसन्न नहीं होंगे।''

''तुम तो नास्तिक हो। सत्तर साल के हो गए हो, कभी परमात्मा का नाम लिया, कभी मंदिर नहीं गए। सारा दिन हुक्का गुड़गुड़ाते रहते हो।''

''तो तुम्हें मेरा हुक्का भी बुरा लगता है। सारे दिन में दस पैसे का तंबाकू खत्म नहीं होता। पैसे की वजह से तो मैं सिगरेट नहीं पीता। अब यह हुक्का

भी तुम्हें भारी लगने लगा। मैंने कब सोचा था कि मेरा बुढ़ापा ऐसा निकलेगा··· पता होता तो भविष्य का गला पहले ही घोंट देता।''

''पिताजी, जब भी हम घर आते हैं, तभी आप व्यर्थ की बातें ले बैठते हैं। इसीलिए···'' कहता कहता अशांत चुप हो गया।

''इसीलिए तुम यहाँ नहीं आते, यही न? लेकिन मैं सब जानता हूँ, ये सब बहाने हैं। तुम अपने ससुराल में पंद्रह दिन पड़े रह सकते हो, परंतु अपने माँ-बाप के पास एक रात नहीं काट सकते। तुम्हें कमरे में दुर्गंध आती है, यहाँ जगह की तंगी लगती है···मैं पूछता हूँ, जब तुम तीनों भाई तथा चारों बहनें यहीं रहते थे, तब भी तो यही घर था···और अब···'' कहते-कहते लालाजी रुक गए।

अशांत ने जब कहा कि दुनिया भर के लोगों ने अपने-अपने मकान बना लिये हैं, लेकिन लालाजी ने दो कमरे भी नहीं बनवाए तो लालाजी कराह उठे—''मैंने अपनी सब कमाई तुम्हें खिला दी। तुम्हें देखूँगा, जब बड़ी बिल्डिंग बना लोगे।''

घर में शांति व्याप गई थी। कहीं कुछ भी शेष नहीं था कहने को। सबकुछ बाँध तोड़कर पहले ही बह निकला था। हाँ, लालाजी ड्योढ़ी में चले गए थे। हुक्का गुड़गुड़ा रहे थे तथा बीच-बीच में कुछ अस्पष्ट स्वरों में बड़बड़ा रहे थे···जवानी यों ही काट ली। व्यर्थ में सारे पैसे इनके लिए खर्च कर दिए। सोचा कुछ और ही था। हुआ कुछ और ही। बुढ़ापा। हाय, बुढ़ापे में बेटे भी साथ छोड़ जाएँगे···कभी कल्पना भी न की थी।

शायद दोनों भाई अंदर बैठे पिता की अस्फुट बड़बड़ाहट को सुन रहे थे। अशांत ने सुभाष से कहा, ''जब भी आओ, पैसों के लिए झगड़ा। आज तक इन्होंने कभी भी यह नहीं कहा कि सब ठीक है, अच्छा है।''

सुभाष ने गहरी आँखों से अपने भाई की ओर देखा, फिर कहा, ''लेकिन आप पैसे भी तो नाम-मात्र को ही भेजते हैं। फिर ऐसी स्थिति में सारा बोझ मुझे उठाना पड़ता है। मैं तो थक गया हूँ, क्या करूँ, एक नया पैसा नहीं बचता।''

अशांत ने विस्मय से अपने छोटे भाई की ओर देखा, परंतु वह बोला नहीं।

माँ ने तीनों की ओर दीन-हीन नजरों से देखा।

दोपहर तक तीसरा भाई आ गया। माँ ने वर्षों बाद अपने तीनों बेटों को

एक साथ देखा था। वह क्षण भर के लिए खिल गई, सब अभाव भूल गई, परंतु लालाजी की निराशा बढ़ गई लगती थी।

जब सब ने खाना खा लिया तथा बातचीत के लिए सभी लालाजी के आस-पास बैठ गए तो लालाजी ने सबसे बड़े पुत्र रमेश की ओर देखते हुए पूछा, ''कोई फैसला हुआ?''

''कैसा फैसला?'' रमेश ने आश्चर्य व्यक्त किया।

''रिइंसटेट हो गए या अभी नहीं?''

''...रिइंसटेट का अभी कहाँ प्रश्न है। अभी चार्जशीट भी नहीं हुआ।'' रमेश ने कहा।

''चार्जशीट? क्यों क्या बात हो गई? पहेलियाँ क्यों डालते हो, साफ बताओ।'' अशांत ने अधीर स्वर में पूछा।

सुभाष भी मानो आसमान से नीचे गिरा। उसने कुछ भी न पूछना ही उचित समझा।

लालाजी ने फिर कहा, ''जो आज तक किसी ने नहीं किया, वह तूने कर दिखाया। भला नौकरी में भी कभी नखरे चले हैं।''

''तो मैं चुपचाप मार खा लेता।'' रमेश गुर्राया।

''तुमने उसे कुछ-न-कुछ कहा होगा, अन्यथा वह मूर्ख तो है नहीं, जो व्यर्थ में इतना फसाद खड़ा करता।'' लालाजी को रमेश पर विश्वास नहीं हो रहा था।

''उसने मुझे चोर कहा। जब कि स्वयं वह चोर है। कॉपियाँ दो-गुने दाम पर बेचना चाहता था, मैंने कहा, मैं अपनी कक्षा को तुम्हारे लिए लूट नहीं सकता, और...फिर...''

लालाजी अंदर-ही-अंदर प्रसन्न हो गए। सिद्धांत के लिए डट जाना निश्चित ही नैतिक विजय होती है, भले ही उसके लिए थोड़ी-बहुत हानि भी हो जाए। टूट जाना कहाँ बेहतर है, परंतु झुक जाना नहीं, मरण है—ऐसा उनका अपना विश्वास था। बेटे की बात सुनकर छाती फूल गई, परंतु उन्हें थोड़ा दुःख भी हुआ। आर्थिक संकट की भयावहता के कारण। अभाव के सामने सब सिद्धांत चरमरा जाते हैं, परंतु वे उसे स्वीकार नहीं करना चाहते थे।

अशांत और सुभाष को इस घटना का पता चला कि रमेश ने अपने स्कूल

के प्रिंसीपल को पीट दिया है तथा इसी सिलसिले में प्रिंसीपल ने उसे सस्पैंड करवा दिया है, तो वे चिंतित हो उठे। रमेश, रमेश की बीवी तथा चार बच्चे। पहले ही उनका निर्वाह नहीं होता, अब क्या होगा। कैसे खर्च चलेगा। अशांत ने तो कह दिया—''भाई साहब, यह तो बड़ा बुरा हुआ।''

''मैंने कब कहा कि अच्छा हुआ।'' रमेश के स्वर में खीझ थी।

''कई मास तक वेतन अटका रहेगा।'' सुभाष बोला।

''तो तुम्हें क्या चिंता है ? तुम नहीं दे सकते, न सही।''

''फिर भी विपत्ति में सहायता करना तो हमारा फर्ज है, लेकिन मुसीबत तो यह है कि पिताजी ने सुभाष की शादी भी जल्दी ही रखी है। ऐसी स्थिति में...'' अशांत अटक-अटककर अपनी स्थिति साफ कर रहा था।

''तो ठीक है। विवाह धूमधाम से करो। मैं अपने आप देख लूँगा।''

''तुम क्या खाक देखोगे। तुम्हें चार हजार रुपए एरियर मिला था, परंतु तुमने सब के सब यों ही उजाड़ दिए। मैं तो सोचता था, तुम दोनों सुभाष के विवाह पर पैसे दोगे।'' लालाजी ने कहा।

''मैं तो खुद फँसा हूँ।'' रमेश बोला।

''तो फँसने से पहले सोच लेना चाहिए था।'' अशांत ने कहा।

''आपके पास भविष्य की आँखें होंगी, मेरे पास तो वर्तमान समझने-देखने की क्षमता नहीं। इतना छल, इतना कपट...मैं कभी कल्पना भी नहीं कर सकता था।'' रमेश आहत स्वर में कह गया।

''पिताजी, हमने अब तक के सभी विवाह उधार ले-लेकर किए हैं। कई-कई वर्ष उधार चुकाने में ही दबे रहे हैं। इस बार हमें उधार नहीं लेना चाहिए।''

''एक मास का वेतन। आठ सौ रुपए या एक हजार। इससे क्या होगा, बैंक से लोन ले दो। बहू के लिए हाथ-कान तो बनवाने ही पड़ेंगे।'' लालाजी बोले।

''मैं उधार के हक में नहीं।'' अशांत फिर बोला।

''तो विवाह कैसे होगा ?''

''जैसे आजकल के सभी विवाह होते हैं। लड़के के साथ दो आदमी चले जाएँ। लड़की ले आएँ। बस आडंबर की जरूरत नहीं।'' रमेश ने व्याख्या की।

''अपनी शादी भूल गए। तब जब मैंने यही परामर्श दिया था तो जनाब

ने कहा था—यह कोई गुड्डे-गुड़ियों का विवाह नहीं, तो बस…'' लालाजी ने कच्चा चिट्ठा खोलकर रख दिया।

''अब जमाना बदल गया है।'' रमेश का धीमा स्वर।

''अच्छा ऽऽ।'' अब की बार सुभाष बोला।

''तीनों जने कम-से-कम दो-दो हजार रुपया दो। इससे कम नहीं चलेंगे।'' लालाजी ने आदेशपूर्ण स्वर में कहा।

''दो-दो हजार। मेरे पास तो है नहीं।'' अशांत ने कहा।

''मेरे पास भी नहीं हैं मैं तो सस्पैंड हुआ हूँ। मुझे ही पैसे दे दो। तभी कुछ बनेगा।'' रमेश बोला।

''मुझे तुमसे ऐसी आशा नहीं थी। मैं…खुद ही सारा प्रबंध कर लूँगा। मुझे तुम्हारे पैसों की जरूरत नहीं।'' फिर रुककर बोले, ''मैं सारी प्रापर्टी बेच दूँगा, मकान गिरवी रख दूँगा।''

''बिल्कुल ठीक। टूटा-फूटा मकान है। उसे बेच ही दें।'' रमेश ने मुक्ति का साँस लिया।

घर में सायं तक फिर कोई नहीं बोला। सभी अपने आप में उलझ गए थे। तीनों भाई जाने की तैयारी करने लगे थे।

अशांत ने चुपचाप सौ रुपए का नोट निकालकर पिता की ओर बढ़ा दिया तथा दस रुपए का नोट माँ की ओर। सुभाष ने भी सौ रुपए का नोट पिता के हाथ में थमा दिया।

रमेश सब देख रहा था, लेकिन बोला कुछ नहीं। लालाजी ने उसकी ओर पचास रुपए बढ़ाते हुए कहा, ''बेटा, चार्जशीट का जबाव सोच-समझकर देना। गरमी खाने से काम नहीं बनते।''

फिर लालाजी ने धीमे से सुभाष तथा अशांत से कहा, ''अच्छा, जितने-जितने पैसे इकट्ठे कर सकते हो करो तथा जल्दी-जल्दी मुझे भेज देना। दो-दो हजार तो फिर भी जैसे-तैसे इकट्ठे करने ही होंगे। तभी सुभाष का विवाह हो पाएगा। हाँ, इतने तो कर ही लेना।''

इस बार लालाजी के कहने पर उसकी पत्नी भी हँस दी।

□

फासला

वह पहली बस से चला था सुबह पाँच बजे। टिकट लेते हुए क्षण भर के लिए वह हिचकिचा गया। सीधा शिमला का टिकट ले ले यार, फिर आज बिलासपुर ही रुक जाएँ। उन्हें देख भी लेगा। परंतु फिर उसने एकाएक कहा था—एक सीट शिमला।

उसे अपनी मन:स्थिति पर क्षोभ हुआ था। जब उसने लिखा ही नहीं, न ही कभी कोई उत्सुकता दिखाई है, वह क्यों बिना बुलाए चला जाए। भाई हुआ तो क्या है? उसने कौन सा भाई का धर्म निभाया है। वह नहीं रुकेगा, कभी नहीं। वह पैसे वाला होगा तो अपने लिए। कौन किसी को कुछ देता है। सब अपने-अपने परिवार में लीन हो जाते हैं। सब रिश्ते-नाते पीछे छूट जाते हैं। गृहणी घर आई नहीं कि बस माँ-बाप, भाई-बहन सब व्यर्थ हो जाते हैं। अपना ही खून पानी हो जाता है। गलती तो मेरी है, उसने सोचा।

वह खिड़की में से उभरते-सरकते फैले पहाड़ों की शृंखलाओं को निहार रहा था। भले-भले से, मासूम से पहाड़, जिसमें कोई छल-कपट नहीं, कोई घृणा नहीं। सब को स्वीकार लेना ही मानो इसका धर्म है। अपनी छाती पर नए-नए पेड़-पौधों को उगते देख लहलहाना, हर्षित होना, पर्वतों का नाचना-झूमना···कितना भला लगता है। मैंने भी तो पर्वत की भाँति अपने नन्हे-मुन्ने बहन-भाइयों को आगे बढ़ते देखने का स्वप्न सँजोया था, माधव ने सोचा। हाँ, और इस ध्येय में कुछ सीमा तक सफलता भी मिली। राघव की ही बात ले लो। गाँव की जमीन बेचकर इसे इतना पढ़ाया-लिखाया। अब बिलासपुर में इंजीनियर लगा है। खूब पैसे कमाता है। ठाठ से रहता है, ठाठ से रहे, यह

तो अच्छा ही है, परंतु एकाएक सब को विस्मृत कर दे, यह कहाँ का बड़प्पन हुआ। बिना संबंधों के भी कोई बात होती है। माँ-बाप तो माँ-बाप ही होते हैं। विवाह से पहले बूढ़े माँ-बाप तो मंदिर के भगवान् हैं। इन की जितनी भी सेवा करूँ, थोड़ी है। बस मेरी शादी हो जाए, फिर मैं इन्हें गदियाड़ा में नहीं रहने दूँगा। न खाने का ढंग, न रहने का ढंग। कोई बीमार हो जाए तो··· तो कितनी मुसीबत होगी।

माधव हर्षित हो गया था। भाव-विभोर! आज के युग में माँ-बाप के प्रति ऐसा स्वस्थ दृष्टिकोण पाकर माधव अपने छोटे भाई राघव को देखता ही रह गया था। फिर बोला था—'क्या भाई और भावज को नहीं रखोगे अपने पास?'

'वाह! क्या खूब कही। यदि माँ-बाप मंदिर के भगवान् हैं, तो भाई-भाभी भगवान् के साथ रहनेवाले देवी-देवता हैं।' राघव ने आस्थावादी स्वर में कहा था।

माधव सारे गाँव में अपने भाई के सद-विचारों का ढिंढोरा पीटता रहा था, गुणगान करता रहा था।

पहली बार राघव घर आया था, तो परिवार के सब सदस्यों के लिए कुछ-न-कुछ उपहार लाया था। अपने भाई के लिए बढ़िया साट्टु भी। वह सब को दिखाता फिरा था। वह पट्टु अब भी बैग में है। शिमला में ठंड अधिक है न। और क्या पता, राम मिले या न मिले। फिर कहीं इधर-उधर टिकना पड़ेगा। वैसे राम दूर के रिश्ते में भाई लगता है। जब भी शिमला जाओ, तो उसके पास ही ठहरना पड़ता है। वह कहीं और जाने ही नहीं देता। माधव पहुँचा नहीं कि राम चाय बनाएगा, दाल-चावल तैयार करेगा। और फिर माल रोड पर घुमाने ले जाएगा। कितना अच्छा है वह!

ऐसे ही एक बार शिमला जाते हुए वह बिलासपुर रुक गया था। राघव के घर मेहमान देखकर उसे कुछ अजीब सा लगा था। अभी शादी हुई नहीं कि साली साहिबा पहले ही आ धमकीं। और राघव को भी कुछ अच्छा नहीं लगा था। दुबके-दुबके बोला था, 'आपने आना ही था, तो पहले तो लिख दिया होता।'

'घर के लिए भी क्या पहले लिखना जरूरी होता है। तुम गदियाड़ा आते

हो तो पहले लिखकर आते हो?' माधव को गुस्सा आया था।

"वहाँ तो माँ-बाप··· ।" राघव ने कहा था।

"तो यहाँ मेरा कोई नहीं है? घबराओ नहीं, मैं तुम्हारे पास नहीं टिकूँगा।" और माधव ने अपना थैला उठाया था तथा धनीराम गद्दी के घर की ओर चल दिया था।

राघव की साली खड़ी मुसकरा रही थी। राघव ने इतना भर कहा था, "भइया! आप यहीं रुकते न। वहाँ जगह तंग है।"

राघव ने रुककर कहा था, "जगह की तंगी की कोई बात नहीं, दिल तंग नहीं होना चाहिए।"

खिसियानी सी, मरी सी हँसी हँसते हुए रघू इतना ही बोल पाया, "भाई सुबह आ जाना।"

"तुम अपना काम करो, भइया की चिंता छोड़ दो।" कहकर वह चला गया था।

वह दिन और आज का दिन, वह कभी उसके घर नहीं गया। लेकिन अब तो बात दूसरी है। राघव के पुत्र ने जन्म लिया है। सोचकर वह फिर गद्‌गद हो गया।

बस टेढ़े-मेढ़े पहाड़ों को चीरती हुई घूम रही थी। फासला कम होता जा रहा था। वह सोचने लगा, शायद बस अड्डे पर कहीं मिल जाए। शायद किसी को मिलने पर चढ़ाने आया हो। यदि आया हो तो अच्छा ही है। वह उसे देख भर लेगा। उससे बोले या नहीं। ऐसा भी क्या कि भाई को पत्र भी न दो। पैसा नहीं तो क्या है? भाई-भाई प्रेम तो है। प्रेम के बिना है भी क्या? एकाएक उसकी आँखों में चमक आ गई।

बस मंडी से बहुत आगे निकल गई थी। कब सुंदरनगर आया, उसे पता ही न चला। बस अब थोड़ी देर में बिलासपुर आ जाएगा। यदि मिल गया तो···तो मैं उसे ही पाँच रुपए का शगुन उसके पुत्र के लिए पकड़ा दूँगा। घर तो जा नहीं पाऊँगा। अजीब आदमी है। बुलाया ही नहीं। सालियाँ कब की होकर चली गईं···ये चीज ही ऐसी है। आदमी को उल्लू जो बनाती हैं। उसने अपनी जेबें टटोलीं। हाँ, पाँच का एक नोट तो था जेब में। वह प्रसन्न हो गया।

अभी बिलासपुर पाँच छह किलोमीटर था। उसने बस की खिड़की खोल ली ठंडी हवा चल रही थी, अत: बाकी सवारियों ने उसे बंद करवाना चाहा। माधव ने बहाना बनाया—मुझे उल्टियाँ आती हैं। और उसने वैसा ही अभिनय भी किया। लेकिन वह बड़ी बेसब्री से बाहर देख रहा था। बिलासपुर का पुलिस-स्टेशन निकल गया, डाकघर भी···बाजार भी, किंतु वह दिखाई नहीं दिया। बस अड्डे पर जा लगी। वह बहुत बैचेन हो उठा। इधर-उधर टटोलने लगा···भीड़ में कोई परिचित चेहरा उसे दिखाई नहीं दिया। उसने पाँच का नोट बाहर निकाला, बड़े ध्यान से देखा। फिर हाथ में ही पकड़ लिया। अपने भतीजे को देगा।

तभी उसे भीड़ में घूमता पाँच-छह साल का एक छोटा बच्चा दिखाई दिया। जिसके शरीर पर कम-से-कम आधा इंच मैल जमी हुई थी, पैर नंगे, वस्त्र फटे हुए और गंदगी में चीकट, लेकिन आँखों में एक चमक···एक जिजीविषा···माधव की इच्छा हुई कि वह नोट अपने भतीजे के स्थान पर उसे दे दे···भतीजे के नाम पर, वह खिल उठा। उसने ज्यों ही नोट उस बच्चे की ओर बढ़ाया, तभी एक पेंटधारी, परंतु फटी कमीज वाले व्यक्ति ने वह नोट छीनकर अट्टाहस किया तथा बड़ी-बड़ी आँखों से घूरता हुआ, उस पर मुसकराता रहा—हा···हा···हा···माधव डर गया···फासला घटा नहीं, बल्कि बढ़ता ही गया, बढ़ता ही गया।

□

ककून

कुत्तों के सरपट दौड़ने तथा बीच-बीच में भौंकने की आवाज छन-छनकर उस तक पहुँचने लगी तथा धीरे-धीरे दहशत का कोहरा उसकी नसों में जमने लगा। उसने चढ़यार रोड के तीनों तरफ अपनी दृष्टि घुमाई। नीचे को उतर गई। सड़क के दोनों ओर घटाटोप झाड़-झंखाड़ों में से अनेक अजगर चिर उठाए उसे दबोचने के लिए तैयार खड़े थे। इस स्थिति से उबरने के लिए उसने धौलाधार पर्वत-शृंखला को निहारना चाहा, परंतु काले स्याह जंगलों में से उभरती हुई चिंदियों में से भुतहा सायं-सायं का ही अभास हुआ।

दहशत का कोहरा उसकी नसों में निरंतर नीचे उतर रहा था। सरपट दौड़ते कुत्तों की भों-भों उसके और नजदीक आ रही थी। झाड़ी में से फुदककर बेचने के लिए प्रयास में कोई खरगोश कुत्तों की लपेट में आ गया था, उसके कीं-कीं कर शांत हो जाने का एहसास उसे लिजलिजा-सा लगा।

वह स्वयं खरगोश बन गया था। वह कब तक भागता रहेगा। कुत्तों की लार बढ़ती ही जा रही थी और फुदकता हुआ वह कई बार थका-हारा यह सोचने पर विवश हो जाता कि इस भागमभाग से तो पहले ही बार धराशायी हो जाना कहीं अच्छा है। फिर उसके संस्कार जोर मारते—ऐसा करना कायरता है। जूझना कहीं बेहतर है। चुपचाप अपने सिद्धांतों को ताक पर रख देना या अजगर के मुँह में धकेल देना हार का पर्याय है। उससे तो खरगोश ही अच्छे हैं, जो छलाँगते-छलाँगते कहाँ से कहाँ जा निकलते हैं, लेकिन उसे खरगोशों का रोशनी के आगे दुबककर बैठ जाना तथा आत्म-समर्पण कर देना कुछ

अटपटा सा लगता है, शायद वह भी तो खरगोश सा एक दिन दुबककर शांत हो जाएगा। यह भी कोई जिंदगी हुई। घास-पात की तरह उगो और कट जाओ। कोई प्रतिरोध नहीं, कोई विरोध नहीं। हूँ···

कुत्ते सरपट दौड़े आ रहे थे और उसकी नसों में दहशत का विष निरंतर फैल रहा था। स्कूटर को भी यहीं खराब होना था। चढ़यार रोड पर रात के अंधकार में बिच्छुओं के झुंड खलबली मचा रहे थे।

कोई गाड़ी ही आ जाए, परंतु शायद किसी तांत्रिक ने सड़क को कील दिया था। कहीं से कोई रोशनी नहीं, कोई आता-जाता नहीं। सरयू प्रसाद को जंगलों से सदा मोह रहा है। उसने बहुत से ऐसे पौधे खोज निकाले हैं, जो रात में प्रकाश-रश्मियाँ विकीर्ण करते हैं, परंतु आज किसी पौधे से प्रकाश नहीं निकल रहा था। ठंड में जुगनू भी शायद कहीं विलुप्त हो गए थे।

कुत्ते सरपट दौड़ रहे थे।

वह एकाएक काँप गया। उसने एक ओर हट जाना चाहा। शायद वे निकल जाएँ। लेकिन वह आ गए थे। बड़े-बड़े ओवरकोट पहने तथा हाथों में टॉर्च लिये हुए। एक के पास बंदूक भी थी। वह पहले तो घबराया, लेकिन फिर सँभलकर बोला, "आप लोग?"

वे कुछ नहीं बोले। उन्होंने केवल ही···ही···ही···हे···हे···का स्वर किया।

"लेकिन इस वक्त शिकार···?"

"शिकार का कोई टाइम होता है क्या?" उसमें से एक चिंघाड़ा।

"फिर भी।"

"फिर भी क्या?" पहले ने ही पूछा।

"तुम यहाँ क्या कर रहे हो? अपनी बहन को ढूँढ़ने आए हो?" दूसरे ने प्रश्न उछाला।

"देखो ढंग से बात करो। नहीं तो अपना रास्ता नापो।"

उनमें से एक ने बंदूक उसकी ओर तान दी। उसे लगा, वह गलत आदमियों में फँस गया है। शिकारियों पर उसे शुरू से ही संदेह रहा है। न जाने किस की आड़ में वे क्या कर बैठें। विश्वास की एक महीन दीवार ही तो होती है।

कुत्ते सरपट दौड़ रहे थे।

उस दिन वे तीनों रात दो बजे ही धौलाधार जंगलों की तरफ चल दिए थे। घने जंगल, ऊबड़-खाबड़ पगडंडियाँ, पेचदार उतराई-चढ़ाई; लेकिन फत्तू तो तूफानी चाल से दौड़ा जा रहा था। उसका दोस्त रमिया बहुत वर्षों के बाद उसके पास आया था। आया क्या, फत्तू ने ही उसे आमंत्रित किया था, वैसे उनकी भेंट तो प्रायः होती रहती थी। रमिया दिल्ली के जिस कॉलेज में पढ़ाता था, वहीं फत्तू की पत्नी सुनहरी भी गृह-विज्ञान पढ़ाया करती थी। जब भी फत्तू की छुट्टियाँ होतीं, तो वह प्रायः दिल्ली चला जाया करता था, परंतु सुनहरी तो अपनी छुट्टियाँ भी दिल्ली में ही व्यतीत कर देती थी। कभी उसका पति प्रोफेसर नाराज भी होता, तो वह प्यार से घुड़क देती—माई डियर फत्तू! दिल्ली और पालमपुर की दूरी तुम क्या जानो, लेकिन सच मानो तो कहूँ। मैं कल्पना में हर रोज पालमपुर आया करती हूँ। जिंदगी क्या है ? बस एक भगम को पालना एवं ढोना है। अपने ही कवच में सिमटकर अपने ही रंगों का इंद्रधनुषी ककून बुनना कितना प्रिय लगता है।

"ककून बुनने का अर्थ मृत्यु को आमंत्रित करना है, सुनहरी।"

"मैंने कहा न, मृत्यु को टालने का भ्रम ही जीवन है। तुम अपने कंधे पर भ्रम की लाशें ढो रहे हो—लाश को स्वप्न मानकर चलना भ्रम नहीं तो और क्या है ?"

"तो कल्पना में तुम्हारा पालमपुर आगमन भी एक छलावा है।"

"मेरे प्यारे फत्तुआ, छलावा है, वह सत्य कैसे हो सकता है ?"

"तो तुम छलावा हो ?"

"फत्तू रामजी, तुम तो निरे तोताराम हो, एकदम भोले-भाले। औरत छलावा नहीं तो और क्या है ?"

"यह तुम कहती हो सुनह··· ?" वह अवाक् रह गया था।

"हाँ, मैं कहती हूँ, जिसके हाड़-मांस में भी रक्त प्रवाहित होता है।"

"क्या कभी तुमने मेरे दिल की धड़कन सुनी है ?" सुनहरी ने पूछा।

"क्या कभी तुमने कुत्तों के सरपट दौड़ने का संगीत सुना है ?"

"तुम्हारे दिल-दिमाग पर शिकार छाया रहता है। मेरे दिल की धड़कन

तथा कुत्तों के सरपट दौड़ने में तुम्हें कोई अंतर नहीं आता। तुम जानवर हो, जानवर!''

''हाँ, मैं जानवर हूँ; लेकिन मेरे अंदर का जानवर अभी पगलाया नहीं। जब वह पगला उठेगा तो तुम्हें रौंदकर रख देगा।''

''वह दिन कभी नहीं आएगा। तुम्हारा जानवर मर चुका है। तुम्हारा आदमी भी मर चुका है।''

फत्तू को सुनहरी की बातों पर विश्वास नहीं होता था। वह इतनी दबंग हो सकती है, यह उसकी कल्पना से बाहर था। उसके मन में नारी की मूर्ति थी मुलायम सी, लाजवंती सी, लाजवंती के पौधे सी छुईमुई हो जानेवाली, बर्फ का पिघलना या मोम का तरल हो उठना, उसे नारी का पर्याय लगता था; परंतु जब उसे सुनहरी में देह की फुफकार तथा कच्ची लस्सी की डकार सुनाई दी तो वह चौंक उठा था। अचानक पालमपुर तथा दिल्ली की दूरी कम हो गई थी। वह सुनहरी पर छा जाना चाहता था। दिल्ली नगर लिजलिजा एवं बेतहाशा तेज जिंदगी को न चाहता हुआ भी अब वह पालमपुर से दिल्ली तक की सड़कों की लंबाई में फैल जाता। सुनहरी ने एक बार कहा भी—क्यों व्यर्थ में अपने आपको तोड़ते हो?

''तुम उसे तोड़ना कहती हो?''

''और क्या, तुम इसे जुड़ जाना कहोगे?''

''किससे?''

''किसी से भी। क्या जुड़ जाना किसी एक पुरुष से ही होता है? तोड़कर, फिर जुड़ना तो भावनात्मक संधि पर आधारित होता है।''

''तुम में क्रूर जानवर है और तुम जानती हो, मैं शिकार का शौकीन हूँ। जानवर और शिकारी का भावनात्मक संधि-स्थल दोनों में से किसी एक की मौत होती है।''

''होती होगी।''

दोनों एक-दूसरे की बातें समझते थे। परंतु दोनों अपने अस्तित्व को, अपनी पहचान को बनाए रखना चाहते थे। फिर पालमपुर और दिल्ली में दूरी बढ़ती ही गई। सड़कें और लंबी हो गईं। हाँ, पत्र-व्यवहार बराबर बना हुआ

था। सुनहरी प्रायः अपने पत्रों में जीवन के नए क्षितिज देखने का उल्लेख करती। निरंतर विस्तार…विस्तार ही, विस्तार और अपनी दार्शनिक मुद्राओं द्वारा वह फतहचंद 'अफलातून' को कीलकर रखना चाहती थी। फिर एक पत्र में उसने अपने पति को लिखा था—क्या आत्मा को कभी बाँधा जा सकता है? और फिर यह व्यर्थ के सामाजिक अंकुश, क्या कभी तुमने सोचा है कि ये सब अव्यावहारिक एवं अवांछित हैं। शायद तुमने कभी देश-धर्म की तरलता एवं स्निग्धता को महसूस नहीं किया। तुम कर ही नहीं सकते। जो आदमी दिल की धड़कन को कुत्तों के सरपट दौड़ने से मिलाता हो, क्या वह आदमी कहलवाने का हकदार है। फिर भी फत्तू, मैं एक बात की कायल हूँ—तुम हो महान्। तुम्हारा शिकारी जब जानवर हो उठता है न, तो मुझे बड़ा आनंद आता है। तुम पता नहीं धौलाधार के आँचल में सिकुड़े-सिमटे क्या करते हो, मैं तो आजकल तुम्हारे दोस्त रमिया से योग सीख रही हूँ। आह! कितनी आनंददायक घड़ियाँ होती हैं। बस, इन्हीं क्रियाओं में अपना समय व्यतीत हो जाता है।

कुत्तों का सरपट दौड़ना युद्ध-भूमि में टैंकों के दहाड़ने सी ध्वनि पैदा करने लगा।

फत्तू को चिट्ठी मिली थी या वह बौखला उठा था। साले रमिया से योग सीखती है। रामनाथ को रमिया लिखती है। लोक-लज्जा की भी कोई हद होती है। उसके सामने योग करती होगी, उल्टी-सीधी टँगती होगी या फिर रमिया उसे पकड़-पकड़कर टाँगें ऊँची करके हवा में उल्टे लटकना तथा अंग-संचालन सिखाता होगा। बड़ा शिकारी आया है। जानवर कहीं का। और वह दिल्ली पहुँच गया।

बस सुबह पाँच बजे इंटर-स्टेट बस-अड्डे पर जा लगी थी। और घंटे में फत्तु अपने घर था। घर के बरामदे में सुनहरी वृश्चिक-आसन कर रही थी और रमियाजी उसे सब सिखा रहे थे।

"अरे अफलातून! तुम…"

"हाँ, मैं।"

"फत्तू, पहले लिखा तो होता।"

"क्यों, क्या पत्नी के पास आने के लिए पहले डेट लेनी होती है?"

''तुम तो जानवर ही रहे।''

''हूँ, अब मैं तुम दोनों को जानवर दिखाई देता हूँ।''

''हूँ, अब मैं तुम दोनों को जानवर दिखाई देता हूँ। और तुम दोनों शायद शिकारी हो गए हो।'' उसकी आँखों में खून उतर आया था।

रमिया स्थिति को भाँप गया। वहाँ से गायब हो गया था। फत्तू ने अपने अंदर के जानवर को अस्थायी तौर पर दबा लिया था, वह शांत दिखाई देने लगा था। वह एक-दो दिन दिल्ली रहकर लौट आया था।

सरयू प्रसाद को याद है कि फत्तू ने उसे विशेष रूप से आमंत्रित किया था। रमिया को भी दिल्ली से बुलाया था। धौलाधार पर बर्फ की परतें जम गई थीं और शिकार की संभावना बढ़ गई थी। फत्तू ने सरयू प्रसाद से कहा था—तुम भी साथ चलना। तुम्हारा मन बहल जाएगा।

''अगर दहल गया तो?''

''नहीं···तुम तो व्यर्थ में परेशान रहते हो। अच्छी नौकरी है। गऊ सी बीवी तुम्हारे पास है, पुत्र है, पुत्री है, तुम्हारा अपना मकान है। फिर भी परेशान रहते हो।''

''परेशान क्यों रहता हूँ, यह तो तुम जानती ही हो। सच को सच कहना भी आजकल गुनाह है। मैंने यही तो कहा था कि विभाग का सीमेंट, लकड़ी आदि न जाने कहाँ गायब हो गया!''

''सबको पता होता है कि कहाँ जाता है, परंतु सब चुप रहते हैं। परंतु तुम नौकरी का अर्थ नहीं जानते क्या?''

''अब थोड़ा-थोड़ा समझ में आने लगा है।''

''क्या?''

''यही कि जितना बड़ा अधिकारी, सुविधाओं के प्रति उतना ही बलात्कारी। सब अधिकारियों की कुंडली एक सी होती है।''

''तुम महात्मा गांधी हो क्या? बुद्ध हो या ईसा? तुम सरासर बेवकूफ हो। क्यों व्यर्थ में सलीब पर गड़ जाना चाहते हो।''

''हाँ, मैं सलीब पर गड़ जाना चाहता हूँ। सच्चाई के लिए मैं ईसा हो जाना चाहता हूँ।''

"बातों में तुम्हें कौन जीत सका है। शायद तुम्हारे पीतल के दाँत ने तुम्हें कानूनी बना दिया है। जंगल में जाओगे तो सब भूल जाओगे, वहाँ जंगल का कानून चलता है।"

"मैंने कभी शिकार नहीं खेला है।"

"यह सब झूठ है। हर आदमी जिंदगी भर शिकार की तलाश में रहता है और पता नहीं क्या-क्या दाँव-पेंच अपनाता है।" थोड़ा रुककर वह बोला था, "मुझे प्राय: लगता है कि मेरा भी शिकार किया जा रहा है। मैं धीरे-धीरे शिकारी के मुँह में धँसता जाता हूँ।"

सरयू प्रसाद को लगा था, फत्तू ने उसकी मन:स्थिति का बिल्कुल सही चित्रण कर दिया था। उसका अपना सिर भी तो शेर के जबड़ों में फँसा हुआ है। सिर बाहर खींचता है तो लहूलुहान हो जाने का भय है और यदि अंदर जाने देता है, तो उसका अंत है।

खरगोश का कुत्ते के मुँह में लटक जाना···अजगर की जीव को लपक जाना···छिपकली का मुँहबाए दीवार पर लटके रहना या फिर बड़ी मछली का छोटी मछली को निगल जाना···क्या विधान है? शायद आदमी ने शिकार खेलना जीव-जंतुओं से ही सीखा है—जीव-जंतु जो निरीह होते हैं, सीधे-सादे···आदमी बहुमुखी जानवर है, जो रूप बदल-बदलकर हर प्रकार का शिकार करता है—जीवन भर घात लगाए बैठा रहता है। सर्पिणी की तरह अपनों को खा जाता है। सोचकर सरयू प्रसाद चौंक उठा था।

रात के दो बजे वे धौलाधार पर्वत-शृंखला पर चढ़ रहे थे। फत्तू, रमिया तथा सरयू प्रसाद। कड़कड़ाती ठंड। थोड़ी दूर जाकर फत्तू ने कहा था—"अरे भई, वाटरमैन लाओ तो घूँट-घूँट।" सरयू प्रसाद ने पालमपुरी तोड़ की ड्रमी आगे कर दी थी। फत्तू मुँह लगाकर दो-चार घूँट पी गया था। फिर उसने ड्रमी रमिया की ओर बढ़ा दी थी। रमिया बोला था, "फत्तू! मैं ऐसे नहीं पी सकता। मुझे उबकाई आती है।"

"हूँ, मैं तुझे बार में ले चलूँगा। वहाँ कच्चे पनीर की लंबी-लंबी टुकड़ियाँ होंगी, कलेजी होगी और फिर तुम मजे से बैठकर चढ़ा लेना।"

रमिया ने अविश्वास से उसकी ओर देखा। सरयू प्रसाद ने मुसकराते हुए

कहा था, ''बातों ही बातों में फत्तू महल खड़े कर देता है।''

''क्या अपनी बात को सच कर दूँ।''

''कैसे?''

''जानते नहीं, अभी तो हम पहली धार पर ही हैं। यहाँ से नीचे धक्का दूँ तो रमिया 'न्यूगल कैफ' में जा घुसेगा।''

रमिया ने लुढ़कते हुए पत्थर की कल्पना की तथा वह दहल गया। गड्र-गड्र-गड्-गड्। फिर उसने धीमे से सरयू प्रसाद से कहा था, ''मुझे जंगल भयावना लगता है।''

फत्तू ने सुन लिया था। जंगल तो सदा सुहावना होता है। मुझे तो शहरी जानवर ज्यादा भयावने लगते हैं।

''अच्छा!'' रमिया संकेत पा गया था।

जंगल में किसी जानवर के 'रड़ाने' (कातर हो चिल्लाने) की आवाज से रमिया दहल उठा। उसे कुत्ते के मुँह में लटकता हुआ खरगोश दिखाई दिया, जो कोई आवाज नहीं कर पा रहा था, परंतु किसी जानवर के रड़ाने की आवाज ने उसे बेचैन कर दिया।

फत्तू भागा जा रहा था। अब वह बिल्कुल चुप था। वे आवा-खड्ड के निकास स्थल के नजदीक थे। सात फुहारे एक स्थान पर आकर गिरते थे। पहाड़ की ऊँचाई कुछ ज्यादा ही टेड़ी-तिरछी हो गई थी।

पिज का पीछा करते-करते वे पर्वत-शिखर पर पहुँच गए थे। फिर वे सरपट दौड़ रहे थे। सरयू प्रसाद पीछे रह गया था···वह बुरी तरह से हाँफ गया था। वह पहली बार शिकार के लिए गया था···और वह भी वाटरमैन के रूप में। फिर भी वह प्रसन्न था। वह क्षण भर के लिए रुका। तभी धड़ाम् से किसी के नीचे खड्ड में लुढ़कने की आवाज सुनाई दी। वह पथरा गया था। शायद फत्तू का पाँव फिसल गया था। वह चीख रहा था।

लेकिन फत्तू तो नीचे उतर रहा था और चिल्ला रहा था—''सरयू, हम लुट गए। रमिया नीचे जा गिरा खड्ड में। उसका पाँव फिसल गया। बेचारा!''

''चलो नीचे उतरें।''

''तुम बेवकूफ हो।''

''क्यों?''

''जो गया, सो गया।''

''क्या?'' सरयू प्रसाद लगभग रो पड़ा।

''हाँ, यह जंगल है। शिकार स्थल है। क्या पता कब किसका शिकार हो जाए। बेचारा कितना अच्छा था!''

''अभी तो वह जीवित होगा। सिसकियाँ तो सुनाई दे रही हैं।''

''तुम पागल हो। सिसक-सिसक कर जीना भी कोई जीना होता है।''

''फिर?''

''फिर क्या? थोड़ी रोशनी होगी तो मैं नीचे उतरकर देख आऊँगा।''

सरयू प्रसाद डर गया था। वह वापस लौटने लगा। फत्तू के विकराल रूप से वह घबरा गया था। वह नीचे सरकता रहा। फत्तू ने कहा, ''यदि तूने गाँव में जरा भी हो-हल्ला मचाया तो तुम्हारा क्या हश्र होगा, जाओ और चुपके से जाकर अपनी माँ की रजाई में छिप जाओ।''

सरयू प्रसाद पालमपुर से कुछ मित्रों को लेकर घटना-स्थल पर पहुँचा तो खड्ड में से धुआँ उठ रहा था—एक तरफ फत्तू बैठा था। धुआँ धीरे-धीरे लपटों में बदल गया। लपटों में से चीखें निकलती हुई सरयू प्रसाद ने सुनी थीं, परंतु उसे तो साँप सूँघ गया था।

साँस चलते आदमी को जला दिया गया था—सरयू ने सोचा। कुत्ता जीवित खरगोश को चबा सकता है, छिपकली जीवित जीवों को निगल जाती है...यह सब क्या है? एक कुत्ता एक और खरगोश को मुँह में लपकाए चढियार रोड पर आ पहुँचा था।

''तुम्हें वह अच्छी लगती है?'' ओवरकोट पहने एक व्यक्ति ने पूछा।

''कौन?''

''लक्ष्मी।''

''मैं समझा नहीं।''

''अभी समझाते हैं तुम्हें।''

''तुम असम में थे?''

''लेकिन इन बातों का यहाँ क्या संबंध है?''

''संबंध है, तभी तो पूछ रहे हैं।''

''हाँ, मैं वहाँ था।''

''तो रिपोर्ट ठीक है।''

''कैसी रिपोर्ट ?''

''यही कि तुम नक्सली हो।''

''मैं ? नक्सली ?''

''नहीं, तो क्या हम नक्सली हैं ?''

सन्नाटा और भी गहराने लगा। सरयू प्रसाद को लगा कि चढियार रोड पर कुत्ते-ही-कुत्ते घूम रहे हैं तथा उनके मुँह में खरगोश लटके हुए हैं। लक्ष्मी, सुनहरी, फत्तू, रमिया···यह सब क्या जाल है···उसे लगा वह ककून बुनता उसी में बंद हो जाएगा। उसने पहले ही अपने आपको सारे सामाजिक संसर्ग से काट लिया है। वह अपने आप में सिमट जाता है और सिमटा रहना चाहता है। हाँ, एक बार कहीं बातचीत में उसने यह अवश्य कह दिया था—लक्ष्मी के लक्षण अच्छे नहीं लगते।

''क्यों ?'' एक सहयोगी ने पूछा था।

''देखते नहीं, कैसे गँधाती फिरती है। अभी अविवाहित है, फिर भी नंग-धड़ंग सी हवा में घूमती रहती है। प्रायः नर मादा को सूँघता है, यहाँ बात ही उल्टी है। बाप की नाक कटवाएगी।''

''नहीं, ऐसी कोई खास बात नहीं। तुम तो व्यर्थ में परेशान होते हो।''

दरबारी लाल ने लक्ष्मी के दुश्चरित्र होने की बात सरयू प्रसाद के बकौल सारी हवा में फैला दी···साथ ही वह स्वयं लक्ष्मी की देह में पिघलता चला गया था। उसने कहा था—देह नश्वर है। परस्पर आकर्षण शाश्वत है।

''मैं सब समझती हूँ।'' लक्ष्मी ने कहा था।

''तुम कुछ नहीं समझती! क्षण का ठहर जाना ही आनंदवाद का पर्याय है।''

''क्षण का ठहर जाना निश्चय का शरण मात्र है। फिर भी आकर्षण की बात मुझे जँचती है।''

और उन दोनों में आकर्षण की आम चर्चा होने लगी थी, परंतु नाम सरयू

प्रसाद का ही लगता है। अब उसे समझ आने लगा था कि ओवरकोट पहने व्यक्ति में विभिन्न रूपों में दरबारी लाल ही थे। ऊँची कुरसी पर बैठे व्यक्ति की इज्जत के संरक्षण सरयू प्रसाद को धराशाही करने के लिए तैयार खड़े थे।

ऊँची कुरसी पर बैठा व्यक्ति और ऊँचा होने लगा था। सरयू प्रसाद उसके सामने बौना लग रहा था। हूँ। तुम मुझे धराशाही करना चाहते हो? उल्लू की दुम। तुम्हारी सात पुश्तों में भी कोई अफसर हुआ है? तुम क्या जानो अफसर तथा उनके अधिकार होते हैं? तुम्हारे बाप-दादा ने कभी लहराती कन्याएँ देखी हैं। जिन बातों को तुम सुविधा का दुरुपयोग कहते हो, वे ही तो वास्तव में अफसरी का सही रंग होती हैं। तुम्हें लक्ष्मी का देह-धर्म चौंकाता है न। एक वर्ग से ऊपर उठकर देह का कोई धर्म नहीं रहता बस, हम तो कर्म में विश्वास रखते हैं और तुम व्यर्थ में लक्ष्मी का नाम लेकर अपनी उच्छृंखलता को अभिव्यक्त करते हो। तुम्हारी विचारधारा''' ?

सरयू प्रसाद को अब असम, नक्सलवादी, लक्ष्मी आदि शब्दों का अर्थ खुलने लगा था। ओवरकोट पहने लोग'''चुपचाप उसे ललकारते लोग'''कुत्तों के मुँह में लटके खरगोश'''चुपचाप उसे ललकारते लोग'''कुत्तों के मुँह में लटके खरगोश'''बिंबों का एक अपार सिलसिला। सरयू प्रसाद सोचता है तो अनेक बिंब उसके मस्तिष्क में उभरने लगते हैं। कभी ककून में बंद होता कीड़ा'''गुफा में गायब होता आदमी, ककून से बाहर निकलता'''छटपटाकर बेसुध हो जाता जीव'''लक्ष्मी का देह धर्म मोम का पिघलना'''रमिया को सुनहरी का खयाल'''फत्तू का अपनी कल्पना में रमिया को धड़ाम-धड़ाम कर देना'''दरबारी लाल का आनंदवाद'''उसका अपना आदर्शवाद'''पिछड़ापन''' ऊपरी वर्ग के लोगों का देह धर्म'''आम आदमी का हवा में उल्टे लटक जाना''' भ्रम की लाश एवं लालसा को ढोना'''

उसे सब गड्ड-मड्ड लगा। सब व्यर्थ एवं महत्त्वहीन। उसकी अपनी आदर्श भूमिका भी धीरे-धीरे धूसरित होने लगी। तभी उसकी इच्छा हुई कि वह अपने ही ककून में बंद हो जाए। बंद हो जाने का अभिप्राय: उसका न होना होगा, लेकिन होने न होने से क्या फर्क पड़ता है। क्या यह मात्र भ्रम ही नहीं कि हम बहुत प्रासंगिक हैं, महत्त्वपूर्ण हैं। उसके सिर में कानखजूरे

रेंगने लगे और वह जल्दी से अपने ककून में बंद हो जाने की सोचने लगा।

''तुम लक्ष्मी में खो गए?'' ओवरकोट पहने एक व्यक्ति ने फिर पूछा।

''सुनहरी! कौन सुनहरी?''

''अरे लक्ष्मी तो थी, यह सुनहरी कहाँ से आ गई।''

''कोई होगी। यह भी पूरा घाघ है। पता नहीं कहाँ-कहाँ भटकता रहा है।''

''हूँ। देखो, इस समय पौधों में प्रकाश-रश्मियाँ ढूँढ़ रहा है। बड़ा न्यूटन बिना फिरता है।''

''क्यों समय नष्ट करते हो? जाओ अपना शिकार ढूँढ़ो।''

''शिकार तो स्वयं हमारे सामने आकर खड़ा हो गया है।''

''मुँह में खरगोश लटकाए कुत्ते खड़े थे। जरा-जरा चहलकदमी करते हुए।''

सरयू प्रसाद की इच्छा हुई कि वह अपने ही ककून में बंद हो जाए...अंदर-बाहर की व्यथा-कथा को एक कर दे। तभी बैजनाथ की ओर से दौड़ते हुए साँड़ आए...सब में भगदड़ मच गई। ओवरकोट पहने लोग हकबका गए। कुत्ते मुँह में खरगोश लटकाए इधर-उधर सरपट दौड़े।

कुत्तों के सरपट दौड़ने की आवाज अब भी आ रही थी। कीं-कीं की आवाज करता कोई खरगोश शांत हो गया था।

उसकी धमनियों में दशहत का कोहरा जमने लगा था, ककून अपना आकार लेने लगा था। गुफा के दरवाजे धीरे-धीरे बंद हो रहे थे और महानगर की सड़क पर मरे हुए कुत्ते सा वह किसी जमादार द्वारा बेरहमी से घसीटा जा रहा था...निरंतर!

□

जिजीविषा

उठते-बैठते चलते-फिरते हर समय उसे यह महसूस होता रहता कि वह मर रहा है, मरता ही जा रहा है, परंतु उसे अचंभा होता है कि मरने की प्रक्रिया का अंतहीन अंत निरंतर बना रह सकता है। उसका मन होता है कि वह अपनी अनुभूति अपनी पत्नी से बताए, अपने मित्रों से कहे, परंतु उनकी प्रतिक्रिया शायद ही सहानुभूति हो, ऐसी संभावना की कल्पना-मात्र से वह चुप रह जाता है।

आज जब वह घर पहुँचा तो बिल्कुल सहज जान पड़ता था। आते ही उसने एक प्याला चाय ली, परंतु चाय ठंडी होने के कारण उसका मन नहीं भरा। न चाहते हुए भी उसने ऐसा व्यक्त कर दिया, परंतु पत्नी के चेहरे से साफ झलकता था''क्या साफ झलकता था, यह वह महसूस करता है, परंतु अनुभूति को शब्द नहीं देता। व्यर्थ का बवंडर खड़ा हो जाएगा। एक बार तर्क-वितर्क शुरू हो गया, फिर शीघ्र अंत होने का नहीं। कई बार तो अपने आपको रोकते हुए भी वह कहीं आगे तक उलझता ही चला जाता है। तब उसे 'मर रहे होने' का एहसास और भी गहराई से होता तथा वह दिल की धड़कन को हाथ से महसूस करता हुआ सोचता कि वह मर नहीं रहा, बल्कि घुल-घुलकर मर रहा है।

वह कुछ देर तक इधर-उधर टहलता रहा। खाने के लिए कुछ ढूँढ़ता रहा। उसके हाथ थोड़ी सी मूँगफली लगी। वह मूँगफली ही खाने लगा। मेज पर पड़े अखबार पर वह छिलके रखने लगा। पत्नी ने उसे घूर कर देखते हुए कहा, ''कभी सफाई का ध्यान भी रख लिया करो। यहाँ दिन भर नौकरी करो

और सुबह-शाम सफाई करो। कभी यह करो, कभी वह करो।''

उसने सिर्फ अपनी पत्नी की ओर देखा, बोला नहीं।

''अखबार अगर कूड़ा-कर्कट रखने के लिए ही लेते हो तो बंद ही क्यों नहीं कर देते?''

वह फिर भी नहीं बोला।

''मैं नौकरी इसलिए तो नहीं करती कि तुम सब गुलछर्रे उड़ाओ और मैं कलपती रहूँ।''

''तुम्हें किसी ने कहा था नौकरी करो।'' वह कुछ और बोलता-बोलता रुक गया।

''मैं नौकरी न करूँ तो तुम्हारा दिवाला पिट जाए। तुम्हारे तीन-चार सौ रुपए से क्या बनता है। यह तो मेरे पाँच सौ रुपए आ जाते हैं, तो घिसटते-पिसटते निर्वाह हो जाता है, अन्यथा...''

उसकी पत्नी ने थोड़े में ही बहुत कुछ कह दिया था। कहे से अनकहा कहीं अधिक पीड़ादायक था, कहीं अधिक मारक।

वह चुप हो गया। कहीं बहुत गहरे धँस गया, जहाँ उसे अपने दिल की धड़कन भी सुनाई नहीं दे रही थी।

''आप ही सुरेश्वरजी हैं?'' उसने घर के अंदर प्रवेश करते हुए पूछा था।

''जी।'' वह किसी अपरिचित युवती के इस प्रकार के संबोधन से खिल उठा था।

''मुझे आपकी कहानी 'एक संन्यासी और' बहुत पसंद आई।''

''जो 'कल्पवृक्ष' में छपी है?''

''जी।''

वह बहुत प्रसन्न था। उसकी पहली ही कहानी छपी थी, परंतु जिस पत्रिका में वह छपी थी, उसमें एक ही कहानी का प्रकाशित होना क्षण भर में लेखक को प्रसिद्ध कर देने का पर्याय था। कहानियाँ तो उसने पहले भी लिखी थीं, परंतु उसका कभी साहस नहीं हुआ था कि वह उन्हें प्रकाशनार्थ किसी बड़ी पत्रिका में भेजे। यह तो भला हो उसके मित्र का, जिसने उसका हाथ देखकर कहा था—तुम्हें तो बहुत ही कल्पनाशील होना चाहिए। क्या

कभी कुछ लिखते भी हो?

"हाँ।" सुरेश्वर के हर्ष की सीमा नहीं थी।

"तुम्हें प्रयत्न करना चाहिए। लेखन में तुम्हारी सफलता निश्चित है।"

और हुआ भी वैसा ही। उसकी पहली कहानी ही देश की सबसे बड़ी कहानी पत्रिका में प्रकाशित हो गई। वह एकाएक अपने आपको कहानीकार महसूस करने लगा।

वे दोनों बैठक में कुरसियों पर आमने-सामने जा बैठे थे।

"आपका शुभनाम?"

"करुणा।"

"आप कहाँ से आई हैं?"

"मैं इसी मोहल्ले में रहती हूँ। पत्रिका में कहानी के साथ आपका पता पढ़ा तो सोचा इतना निकट होते हुए भी एक महान् कहानीकार से न मिलना मूर्खता होगी।" अब वह खुलकर हँसने लगी थी।

सुरेश्वर ने सोचा था, वह कहीं दूर से, किसी दूसरे नगर से उसी मोहल्ले में उससे मिलने आई होगी, परंतु जब यह पता चला कि वह उसी मोहल्ले में रहती थी, तो उसका सारा उत्साह जाता रहा। वह एकाएक अपने आपको बहुत ही छोटा कहानीकार महसूस करने लगा। करुणा द्वारा उसके प्रयुक्त 'महान् कहानीकार' शब्द भी उसे बाँध नहीं पाए।

दोनों लगभग एक घंटे तक बैठे रहे, परंतु बातचीत औपचारिकता सीमा में सिमट आई थी।

"आप क्या करती हैं।"

"बी.एड. में हूँ।"

"क्या बी.एड. जरूरी है?"

"हाँ।"

"क्यों?"

"शादी के लिए पासपोर्ट है।"

दोनों भरपूर हँसी हँसे थे।

सुरेश्वर के चेहरे पर एक अपरिचित मुसकान फैल गई। उसकी पत्नी

ने तुरंत उसे पकड़ लिया। बोली, ''कल्पना की दुनिया में ही खोए रहते हो। कभी घर का भी किया है। आज किस कल्पना सुंदरी की याद में मुसकराहटें फैला रहे हो?''

''तुम्हारी ही।'' वह गंभीरता से बोला।

''बिल्कुल झूठ। मेरे सिवाय तुम्हें दुनिया की सभी औरतें सुंदर लग सकती हैं।''

''सच!''

''तो और झूठ।''

वह अपनी पत्नी के अविश्वास के आगे टुकड़े-टुकड़े हो गया। थोड़ी देर के लिए मौन। फिर बोला, ''अच्छा, आज जल्दी खाना बना लो, कुछ लिखने का विचार है।''

''लिखना न हुआ पागलपन हो गया। कभी साल में सौ-पचास रुपए आ गए, उससे क्या होता है।'' कुछ सोचते हुए पत्नी ने फिर कहा, ''और जो सौ-पचास आते भी हैं, वे कहानियों के आने-जाने पर डाक टिकट लगते हैं, उसी में निकल जाते हैं। छोड़ो कहानियों का चक्कर और कोई कंपीटीटिव परीक्षा दे डालो। बत्रा कब का सुपरिंटेंडेंट बन गया और तुम क्लर्क के क्लर्क बैठे हो।''

''अरे भाग्यवान! देखना तो मेरे दिल की धड़कन रुकती जान पड़ती है। सच, मैं मर रहा हूँ।''

''बहुत देखे हैं ऐसे मरने वाले। पता नहीं कहाँ से सीख आए हो, बार-बार यही रट 'मैं मर रहा हूँ।' मरने वाले कभी ऐसे नहीं कहते। और फिर मरना सभी को है। तुम्हारे मरने में विशेष क्या है?''

उसकी पत्नी सच ही तो कहती है। वह चौबीसों घंटे मरने की बात कहता है, कोई तुक है।

वह उठकर टहलने लगा है।

वर्ष का अंत चल रहा था। इन दिनों में दफ्तरों में काम की रफ्तार बढ़ जाती है। दफ्तर के बाबू फिर कई-कई घंटे अतिरिक्त समय भी काम में लगे रहते हैं। सुरेश्वर इस दफ्तर में अभी नया-नया बदलकर आया था। वह

अपना इंप्रेशन बनाना चाहता है। उसने बहुत सा बकाया काम निपटाने का दायित्व भी ले लिया था।

अब उसे न दिन में फुरसत, न सुबह-शाम। इन दिनों वह कहानियाँ लिखना भी भूल गया। रात को बहुत देर तक वह दफ्तर में बैठा काम करता रहता। बहुत थक जाता। कभी-कभी तो वह वहीं सो लेता और फिर शाम काम करने बैठ जाता, लेकिन फिर लगता था, निश्चित समय में वह काम निपटा नहीं पाएगा।

अचानक उसे डॉ. सुमनवीर की याद आई। वह प्राइवेट तौर पर एम.एस. डिग्री के लिए पेपरों की तैयारी कर रहा था। सारी-सारी रात को पढ़ता रहता। दिन में अस्पताल में भी पूरी ड्यूटी देता। सुरेश्वर पड़ोस में ही रहता था। उसने जिज्ञासावश डॉ. सुमनवीर से रहस्य जानना चाहा था। उसके रहस्य पूछने पर डॉ. सुमनवीर ने हँसते हुए कहा था—मेरे पास एक 'ड्रग ऑफ कॉन्फिडेंस' है (विश्वासोत्पादिनी दवा), जिसे खाने से न नींद उड़ जाती है, बल्कि पढ़ने से मन मरने लगता है। उसका नाम है—मैथाड्रीन 'अलादीन का चिराग' के समतुल्य है मेरी यह संजीवनी।''

सुरेश्वर उस समय तो अविश्वास से मुसकरा दिया था, परंतु अब उसे रहस्य समझ में आया। वह बाजार से दस-बीस गोलियाँ मैथाड्रीन की ले आया। सायं खाना खाने के बाद एक गोली खाकर वह दफ्तर में जाकर काम करने लगा। रात चार बजे तक वह बड़े आराम से बैठा रहा। फिर एक-आध घंटा लेट लिया। फिर नहा-धोकर दफ्तर में जा बैठा।

वह संजीवनी के सहारे कई दिन तक लगातार दफ्तर का काम निपटाता रहा। उसे अफसोस था कि उसने पहले ही संजीवनी बूटी का प्रयोग क्यों नहीं किया। नहीं तो आज तक काम ही समाप्त हो गया होता।

अब काम समाप्त करने की सीमा-रेखा आ ही पहुँची थी, लेकिन उसमें भी काम होता दिखाई नहीं देता था। संजीवनी के सहारे लगभग अड़तालीस घंटे लगातार बैठा रहा। सुबह के नौ बज चुके थे। वह अपने काम की समाप्ति पर था, तभी मि. हांडा आते दिखाई दिए। उसने गरदन उठाकर उनकी ओर देखा। वह देखता ही रह गया। उसे लगा मानो उसके सिर में लहरियाँ चलने

लगी हों···लहरियाँ, जो बढ़ती ही जा रही थीं।

"अच्छा, भाई सुरेश्वर! आप तो काम कर रहे हैं। मैं तो यों ही इधर निकल आया था। अभी दफ्तर लगने में एक घंटा है।" कहकर मि. हांडा जाने लगे।

सुरेश्वर के मस्तिष्क में लहरियाँ धूम-धड़ाका करने पर तुली हुई थीं। उसने मि. हांडा से कहा, "मुझे अजीब सा महसूस हो रहा है। सिर में अजीब सी सरसराहट है।"

"चलो, डॉक्टर के पास चलते हैं।" मि. हांडा ने परामर्श दिया।

दोनों डॉक्टर के पास पहुँचे। मि. हांडा प्रतीक्षालय में बैठे रहे और सुरेश्वर की जाँच अंदर हो रही थी। उसने जाते ही डॉक्टर से बता दिया था—डॉक्टर साहब मैंने मैथाड्रीन खाई थी, कई महीनों से लगातार खाता आ रहा हूँ।

डॉक्टर ने घूरकर उसे देखा था। फिर रक्तचाप की जाँच की थी। सुरेश्वर की भुजा पर रक्तचाप यंत्र पहली बार लगा था। वह चौंक गया था। पारे के चढ़ने-उतरने की प्रक्रिया को देखकर वह सहम गया था। मैथड्रीन का भला रक्तचाप से क्या संबंध? रक्तचाप तो बड़ा बुरा होता है। कहीं वह···वह दिल का मरीज तो नहीं बन जाएगा। लेकिन नहीं···तीस-बत्तीस की आयु में ये बीमारियाँ नहीं होतीं—उसने मन-ही-मन सोचा था। फिर डरते-डरते डॉक्टर से पूछ ही लिया था—"रक्तचाप तो ठीक है न!"

"नहीं, नॉर्मल से बहुत ऊँचा उठ गया है। तुम्हें मैथाड्रीन नहीं खानी चाहिए थी। इससे गुरदे एवं दिल खराब हो सकता है।" डॉक्टर ने सहज स्वभाव से कहा था।

"हांडा साहब! आप इन्हें ले जाइए तथा पूरा आराम करवाइए। यह दवाई दो-दो घंटे बाद देते रहें। कल फिर चेक करवाना।" डॉक्टर ने हांडा साहब को अंदर बुलाकर सबकुछ समझा दिया था।

"सुरेश्वर जब डॉक्टर के पास आया था, तो स्थिति उसे इतनी गंभीर नहीं लग रही थी। सोचा था कि सोने-न-सोने के कारण ही मस्तिष्क में लहरियाँ दौड़ती महसूस हो रही होंगी। लेकिन क्लीनिक से बाहर निकलते ही उसे लगा, मानो वह गिरा कि अब गिरा। उसे अपने दिल की धड़कन बहुत

तेज लगी। उसे याद है, वह हांडा साहब की सहायता से घर पहुँच गया था। फिर उसे कुछ नहीं पता था। जब वह लगभग छह घंटे बाद होश में आया तो काफी स्वस्थ लग रहा था। हांडा साहब सारा दिन उसके पास बैठे रहे थे। दफ्तर के बाकी लोग नहीं आ सके थे। काम का निपटारा बहुत जरूरी था।

वह भौचक्का रह गया, जब मि. हांडा ने उसे बताया कि इन छह घंटों में दो बार डॉक्टर को बुलाना पड़ा।

''लेकिन ऐसी क्या बात थी ?'' सुरेश्वर ने पूछा।

मि. हांडा ने बताया, ''बात तो कुछ भी नहीं थी और देखा जाए तो थी भी। तुम बिल्कुल अचेत पड़े थे। बीच-बीच में कुछ बोलते जाते थे।''

''क्या ?''

''यही कि मैं मर रहा हूँ। अब नहीं बचूँगा। देखो, मेरे हाथ-पाँव एकदम ठंडे हो गए हैं। ओह ! मैं नहीं जानता था कि इतनी जल्दी मर जाऊँगा, लेकिन...''

''और भी कुछ कहा ?''

''चलो छोड़ो। परमात्मा की कृपा से समय टल गया।''

''मैंने कुछ करुणा तथा बच्चों के बारे में भी सुनाई नहीं दिया।''

''कहा तो था, लेकिन हमें साफ-साफ कहा था ?''

सुरेश्वर समझ गया कि मि. हांडा जान-बूझकर उसे नहीं बता रहे हैं, ताकि फिर उस पर कोई प्रभाव न हो जाए। परंतु उसे याद है कि बेहोशी में भी बार-बार करुणा तथा बच्चों के प्रति चिंतित दिखाई देता था। वह बुदबुदाया था—करुणा से कहना, वह दूसरी शादी जरूर कर ले। दो बच्चे हैं, वे भी पल जाएँगे। मैं उसे क्षण भर का सुख भी नहीं दे पाया। अभी जाने की योजना बन रही थी कि बुलावा आ गया। करुणा से अवश्य कहना कि वह विवाह कर ले।

दोपहर में ही उसकी पत्नी को स्कूल से बुला लिया गया था, परंतु उस समय सुरेश्वर गहरी नींद में सोया था। डॉक्टर ने इंजेक्शन दे दिया था। सायं को उठा तो उसका चेहरा अजीब-अजीब लग रहा था। उसकी पत्नी ने बड़े प्रेम से उसे देखा था...प्रेम नहीं, शायद उसमें दया की भावना अधिक थी।

उसे अब आराम की आवश्यकता थी। जो भी मित्र आदि उससे मिलने

आते—बराबर परामर्श देते रहते। देखो, अब नमक बिल्कुल नहीं खाना। घी बहुत बुरा है। बड़ी नामुराद बीमारी है। बचकर चलो तो शायद ठीक हो जाओ। कभी हो सकने वाले खतरे से वह प्रायः शंकित रहता। मित्रों की सावधानी के परामर्श से वह और भयभीत हो जाता। ऐसी स्थिति में उसकी पत्नी ने उसे पूरी तरह से सँभाला था। उसी के परामर्श से वह कुछ दिन बच्चों सहित घर से बाहर चला गया था। वे दिन उसके अच्छे, शांतिपूर्ण ढंग से निकल गए थे; हालाँकि उसे कई बार अचानक लगता कि पता नहीं कौन सा पल आखिरी पल साबित हो। वह कभी अकेले में अपनी पत्नी को अपना भय बताता—करुणा! मैं मर रहा हूँ। मरना कितना अनिश्चित एवं कितना अवश होता है!

"जो हो चुका है, उसे भूल जाओ। और फिर तुम्हारा रक्तचाप तो गोलियाँ खाने से हुआ था, वैसे नहीं, अब गोलियाँ खाना छोड़ दी हैं, तो कुछ नहीं होगा। सब ठीक हो जाएगा।" वह उसे समझाती।

वह ध्यान से उसे सुनता, परंतु बोलता कुछ नहीं। हाँ, मन में एक बंवडर अवश्य उठ जाता है। शायद करुणा उसका मन रखने के लिए कहती है। पता नहीं वह कब आर-पार हो जाए। उसका मन कहता—मुझे अभी बहुत कुछ करना है, बहुत कुछ लिखना है। अभी नहीं...फिर उसकी पत्नी ने अपने पति का हाथ एक ज्योतिषी को दिखाया था। हस्तरेखाओं को देखते हुए उसने कहा था—तुम मर सकते थे, परंतु वह समय निकल गया है। तुम्हारी जीवन-रेखा बड़ी लंबी है।

सुरेश्वर ने हस्तरेखा विशेषज्ञ को बड़ी कृतज्ञता से देखा था, फिर एक विचार कौंध गया था...शायद उसकी पत्नी ने हस्तरेखा विशेषज्ञ को ऐसा कहने के लिए पहले ही कह दिया हो। उसे लगता—डॉ. सुमनवीर झूठ कहता था कि संजीवनी खाकर सफलता की सीढ़िया चढ़ते जाना चाहिए। अजीब आदमी था। कहता था—"भले ही संजीवनी खाने से दस-पंद्रह वर्ष आयु कम हो जाए, परंतु महत्त्वाकांक्षाएँ तो पूरी हो जाएँगी।" सब गलत—सुरेश्वर ने सोचा। जब सचमुच मरण की स्थिति आ जाती है, तो कितनी तिलमिलाहट होती है। विवशता की चरम स्थिति मृत्यु-बोध का अद्भुत अनुभव! ऐसा सोचकर काँप उठता है।

उसने कई महीनों बाद अपनी पत्नी को बताया था, "अजीब बात है, जीने के लिए भी संजीवनी बूटी की आवश्यकता है और मरने के लिए भी···मैं जीवन चाहता हूँ, परंतु अनिश्चितता में जीना मरने जैसा ही लगता है।"

"जीना कौन नहीं चाहता?" उसकी पत्नी ने फिर कहा, "लेकिन तुम्हारा यह उलट-पुलट सोचना और अंट-शंट बोलना मुझे अच्छा नहीं लगता। अब स्वस्थ हो गए हो। क्यों हमारा जीवन भी दूभर करते हो।"

वह चुप हो गया था।

"पापा! खाना खा लो।" मनु ने आकर कहा। सुरेश्वर एकाएक अपने खोल से बाहर आ गया। बोला, "बन गया?"

"हाँ!" अनु ने कहा।

खाना खाकर वह उठा। कुल्ला करने के लिए पानी का गिलास लिया। अरे! अचानक गिलास छूटकर फर्श पर गिर गया तथा चूर-चूर हो गया। सुरेश्वर तुरंत बोला, "करुणा, मुझे जीवन बिल्कुल ऐसा ही लगता है, काँच के गिलास सा। जो कभी भी फर्श पर पड़कर टूट सकता है, चकनाचूर हो सकता है।"

"तुम्हारे मुख से कभी अच्छी बात निकलेगी। सदा मरी-झुलसी बातें ही सोचते हो। पता नहीं एक बार क्या बीमार हो गए कि बस वही रोना लगाए रहते हो। और दुनिया भी तो बीमार होती है। मैं कितनी बार मरती-मरती बची हूँ, परंतु कभी मैंने आप जैसी बेसिर-पैर की बातें की हैं।" करुणा ने थोड़ा डाँटने के स्वर में अपने पति से कहा।

सुरेश्वर उठकर चला गया था। वह कुछ लिखना चाहता था, कुछ तनाव ढीला करना चाहता था। उसका विचार था कि कोई संजीवनी कहानी लिख डाले। कई बार उसने यह कहानी शुरू की, परंतु पूरी नहीं हो पा रही थी। कहीं-न-कहीं व्यवधान हो जाता था। वह अपने आपको आस्थावादी लेखक कहता था, परंतु कहानी का अंत नायक की मृत्यु की ओर बढ़ रहा था। वह बलात् इस विचार को झटक देता, परंतु कोई अंत भी नहीं सूझता था।

आहट से ही उसने जान लिया था कि उसकी पत्नी खाना खाने के बाद दूसरे कमरे में सोने चली गई है। वह अपनी लिखने की मेज पर बैठ गया।

बड़ा उतावलापन था कुछ लिखने के लिए, परंतु ज्यों ही उसने लिखने के लिए कलम खोला, वह ठिठक गया। अचानक यशंवत सिंह की धुँधली सी तसवीर उभर आई। यशंवत ही उसका खास मित्र था। हनीमून के लिए वह पहाड़ों पर गया था। कहते हैं, एक दिन बड़ी खड्ड में नहाने उतरा। लोगों ने रोका भी कि बारिश के दिनों में नहाना बुद्धिमत्ता नहीं। वह नहीं माना था। जैसे संयोग की ही बात थी···खड्ड में अचानक पानी आ गया था, इसी के साथ काँच का गिलास टूट गया था। सुरेश्वर को पता चला था तो उसे बड़ा अजीब सा लगा था। लगा था, मानो उसकी मृत्यु हो गई हो।

सुरेश्वर कोहनियों के बल मेज पर बैठ गया है। वह उस बार गाँव गया था, कई वर्षों के बाद। वहाँ वह जिस भी बड़े-बूढ़े के बारे में पूछे, उसी के विषय में पता चलता—वह तो तीन वर्ष पहले चल बसा या चार वर्ष पहले। वह कारण पूछता रहा था, परंतु मृत्यु का कोई विशेष कारण उसे नहीं मिल रहा था। उसे सब से ज्यादा दुःख उस लड़की की मृत्यु के समाचार से मिला था, जो सत्रह-अठारह वर्ष से अधिक नहीं जा सकी थी। कई वर्ष पहले उस लड़की के सिर पर ऊपर से गिरती हुई ईंट लगी थी। उसके बाद वह लड़की सीधे दिमाग वाली हो गई थी। जब कभी सुरेश्वर गाँव गया, वह उससे अवश्य मिलता था। पिछली बार प्रेमलता अधिक व्याकुल दिखाई देती थी। बोली, "बीरजी! मैं जीना नहीं चाहती।"

"क्यों?" उसने पूछा था।

"कहते हैं, मैं अब जवान हो गई हूँ। मुझे अब लड़कों में नहीं घूमना-फिरना चाहिए।" कहकर वह चुप हो गई थी। फिर बोली थी, "बीरजी! मैं सारा दिन एक ही स्थान पर कैसे बैठी रहूँ। मेरी माँ कहती है—तू बड़ी सीधी है। कहीं लड़कों की बातों में न फँस जाना। मेरी माँ बड़ी चतुर बनती हैं। होंगी ही। लेकिन मैं क्या करूँ, कहाँ जाऊँ? सुरेश बीरजी! क्या मुझे तुम्हीं शहर नहीं ले जा सकते? मैं भाभी के पास रहूँगी। बिल्कुल तंग नहीं करूँगी।"

सुरेश्वर उसके प्रस्ताव से चौंक गया था, परंतु उसने सांत्वना देते हुए कहा था, "कोई बात नहीं। निराश नहीं होना। मैं तुझे अगली बार शहर अवश्य दिखाऊँगा।" और इस बार वह गाँव आया था, तो उसकी मृत्यु का समाचार

सुनकर निराश हो गया था। उसे लगा था—मानो संजीवनी के अभाव में वह स्वयं मर गया था। शहर लौटने पर उसकी इच्छा थी कि प्रेमलता की मृत्यु का दुःखद समाचार वह अपनी पत्नी को सुनाए, परंतु उसने नहीं सुनाया था। करुणा को ऐसी खबरें व्यर्थ की लगती थीं, लेकिन यह समाचार सुरेश्वर के लिए मात्र समाचार नहीं था, एक अदृश्य मानवीय संपर्क एवं संवेदना के चटक जाने का पर्याय था।

उसके मस्तिष्क में अचानक लहरियाँ उठने लगीं। वह अब अपनी कहानी को पूरा करने में जुट गया। उसे भय था कि कहीं कहानी अधूरी न रह जाए। वह रात भर बैठा लिखता रहा···लिखता रहा।

रात की मैं-मैं तू-तू बहुत पीछे छूट गई। प्रातः होने पर करुणा ने चाय बनाई तथा सुरेश्वर के कमरे में पहुँची। सुरेश्वर अपनी कोहनियाँ मेज पर टिकाए कहानी के कागजों पर ही झुका हुआ सो रहा था। करुणा बोली, "अब उठो भी। सारी रात भी यों ही काट दी। भला कहानी फिर नहीं लिख सकते थे?"

लेकिन सुरेश्वर नहीं बोला।

करुणा ने सोचा, शायद वह अभी भी उससे नाराज है। अतः उसने चाय मेज पर रखकर सुरेश्वर को गुदगुदी की, परंतु सुरेश्वर नहीं हिला···गुदगुदी उसे भाव-विभोर नहीं कर पाई। करुणा ने फिर गुदगुदी की, परंतु नहीं···कोई प्रतिक्रिया नहीं।

"नहीं-नहीं।" करुणा चिल्लाई और अचानक गिर पड़ी। सुरेश्वर अब भी कुरसी पर बैठा था, बिना किसी प्रतिक्रिया के।

□

जंगल

उन्होंने आकाश के अनंत विस्तार को अपनी मिचमिचाती आँखों में समेटने का प्रयत्न किया। आकाश एकाएक मटमैला हो गया। अरे! डार से एक पक्षी बिछुड़ गया, फिर क्षत-विक्षत हवा में लटक गया। कल्पना के बिंब एकाएक भुरभुरा गए। पक्षी का हवा में लटक जाना, अथाह सागर में ओर-छोर न मिल पाने की छटपटाहट, बीच भँवर में भँवर बन जाने की घबराहट। उन्हें लगा, वे स्वयं हवा में लटक गए हैं तथा उनके चारों ओर बीहड़ जंगल उग आया है।

वह अचानक आ खड़ा हुआ था, पूरे तीस वर्षों के बाद।

उन्हें विश्वास नहीं हो रहा था। होता भी कैसे? कल्पना के बिंबों के सहारे कब तक किसी के अस्तित्व एवं व्यक्तित्व को स्वीकार किया जा सकता है। कोई बीहड़ जंगल में खो जाए और लौटकर न आए। तीस वर्ष पहले अपने भाई को बंबई के एक मेडिकल कॉलेज में प्रवेश दिलवाकर घर लौट थे, तो वे बहुत प्रफुल्लित थे। इतना संपन्न परिवार और फिर घर का कोई डॉक्टर न हो। गाँव भर में चर्चा थी कि बिहारी डॉक्टरी करने इतनी दूर गया है, पंद्रह सौ मील से भी दूर, बड़े नगर बंबई में। लेकिन उनकी यह खुशी बहुत दिन नहीं टिकी। अचानक बर्मा से उन्हें एक पत्र मिला था। लिखा था—भैया, आपको खुशी होगी। मैंने आई.एन.ए. ज्वॉइन कर ली है तथा कॉलेज छोड़ दिया है। सुभाष बोस के व्यक्तित्व में सम्मोहन है। दीवानों की मदमस्त टोली। मैं हर प्रकार से खुश हूँ। जय हिंद!

यह उसका पहला तथा अंतिम पत्र था। भाई की प्रतिक्रिया अधिकांशतः

सुखानुभूति की ही थी, परंतु जब उन्होंने बिहारी के निर्णय की सूचना अपने माँ-बाप को दी तो वे चुप्पी साध गए थे। माँ ने इतना भर कहा, अब वह नहीं लौटेगा। पिता ने दार्शनिक अंदाज में कहा—जो ऊपर वाले की इच्छा! एक तो पहले ही द्वितीय विश्वयुद्ध ने लील लिया और फिर यह…संतान का मोह…आत्म मोह। अपने ही शरीर के टुकड़े को होम होते देखना कितना कष्टप्रद है!

फिर वे चुप हो गए थे और यह चुप्पी अंत तक नहीं टूटी। हाँ, उनकी आँखों में कुछ खो जाने का एहसास बराबर उजागर रहता। उसके लौट आने की प्रतीक्षा थी। शायद आ जाए; परंतु नहीं, स्वतंत्रता के बाद भी वह नहीं लौटा था। बहुत पता किया, परंतु कोई समाचार नहीं मिला था। माँ ने घोषणा कर दी थी—"तुम तो व्यर्थ में चिंता में डूबे रहते हो। वह नहीं आएगा। क्या पता कब का वीर गति को प्राप्त हो गया है। समझ लो, एक कम ही पैदा हुआ था।"

"मैं कैसे भूल जाऊँ, अपने ही शरीर के एक टुकड़े को, जिसकी धमनियों में मेरा रक्त प्रवाहित होता है। तुम…तुम में माँ नहीं बोल रही…काश! तुमने उसे जन्म ही नहीं दिया होता…मैं उसका बाप न होता। बच्चों को जन्म देकर मौत के मुँह में झोंक देना, ओह!" पिताजी बिलख पड़े थे। आज सारे बाँध टूट गए थे।

"सारी उमर गीता का पाठ करते रहे हो। फिर भी डरपोक के डरपोक रहे। शरीर तो मिट्टी है। मिट्टी के प्रति मोह अनावश्यक है।"

मिट्टी ने जब कल्पना के बिंब उगने लगते हैं, तो जीवन साकार होने लगता है। यदि कोई विशिष्ट आकार लेने से पहले ही मिट्टी भुरभुराकर बिखर जाए, बिंब खंडित हो जाए तो ऐसी स्थिति में सारा जीवनदर्शन ही गड्ड-मड्ड हो जाएगा। आधार ही विशृंखलित हो जाएगा।"

"तुम डरपोक हो, डरपोक!"

"हाँ, मैं डरपोक हूँ। तुम सही कहती हो। मैं अपने शरीर के टुकड़े को होम होते नहीं देख सकता।"

बहुत दिनों तक माँ भी कुछ न बोली थी। पिताजी अपने आप में सिमट गए थे तथा अपने आप से ही बतियाते रहते—वह बर्मा के जंगलों में कैसे

रहा होगा। बीहड़ जंगल और वह नन्ही जान। जंगल में खो जाना, दुनिया से अलग-थलग पड़ जाना। ओह! किसी बंद कमरे में साँस का घुट जाना। शत्रु के हाथ पड़ गया होगा तो कितनी यातनाओं को सहन करना पड़ा होगा। ओह! मेरे ही शरीर का एक टुकड़ा कुलबुलाता रहा होगा। लेकिन उसकी आवाज जंगलों में खो गई होगी। तुम्हारी माँ कहती है—मैं डरपोक हूँ। बिहारी सच बताना। जब मिटने की घड़ी आई होगी तो क्या एकाएक तुम्हारे मन में जिजीविषा नहीं कौंधी होगी? जीने की ललक ही न हो तो मिट्टी में स्पंदन कैसा?

फिर पिता ने अपने आपको स्टोर में बंद कर लिया था। वे बिहारी की यातना को स्वयं भोगना चाहते थे। उनका रंग काला पड़ता गया, जिजीविषा मटमैली होती गई, मानो साँप की फुफकार से स्याह हो गया हो। एक बिंब धूमिल हो गया था।

वह आ गया था।

दोनों भाई बहुत देर तक एक-दूसरे से लिपटे रहे। आँसुओं की धारा बहती रही तथा मौन संवाद चलता रहा।

आस्थाओं का जंगल उग आया तथा घर-भर में मधु-मास की गंध फैल गई।

भतीजे ने चाचा के चरण छुए तथा उसकी सुख-सुविधा के प्रबंध में जुट गए। बिहारी की आँखें इधर-उधर दौड़ रही थीं। किसी की खोज लेने की ललक में। जब बड़े भाई ने विस्तार से माँ-बाप की मृत्यु के बारे में उसे बताया तो वह अंदर-ही-अंदर धँसता चला गया। लहूलुहान होता चला गया। कुछ खो जाने का एहसास, किसी अवसर को चूक जाने की दर्दानुभूति···अव्यक्त को अंदर-ही-अंदर पी जाने की कुलबुलाहट।

रात देर गए तक दोनों भाई बतियाते रहे, बीते समय को पंख लगाते रहे। भतीजे अपने चाचा की बातों को परलोक की कहानियों की भाँति सुनते रहे। स्वतंत्रता-संग्राम के उस अध्याय में डूबते-उतराते रहे, जिसे बिहारी ने कर्मठता से जिया था। बिहारी कह रहा था—अपनी मिट्टी से किसे प्यार नहीं होता? कौन नहीं घर लौटना चाहता? मैं भी कसमसाता रहा। जब इंडियन नेशनल

आर्मी बिखर गई तो हम जवान भी जहाँ-तहाँ बिखर गए। मैं बर्मा के जंगलों में था, अभी शहर पहुँचने की योजना बना ही रहा था कि नामुराद बुखार ने मुझे दबोच लिया। कोई साथी नहीं था, कोई संबंधी नहीं था। मैं अपने छोटे से टेंट में काँप रहा था, मुत्यु से जूझ रहा था। युद्ध में मैं कई खतरों से बच निकला था, परंतु अब विवश था, असहाय था। मेरी कल्पना में अपना गाँव, अपना घर, संबंधी बार-बार कौंधते थे...लगता था—यह दूरी अब बढ़ती ही जाएगी, कभी कम न होगी।

"फिर वह देवी आ प्रकट हुई। पता नहीं कितने महीने वह मेरी सेवा करती। मैं स्वस्थ हो गया था। मैंने जब उसे भारत लौटने की बात कही तो वह चुप हो गई, कोई प्रतिक्रिया व्यक्त नहीं की, परंतु उसकी आँखों में पीड़ा के बिंब उभर आए थे...वह मुझसे अलग नहीं होना चाहती थी...मुझसे बँध गई थी। मैं उसकी आँखों का तिरस्कार नहीं कर सका और उसका होकर रह गया।

"तुमने उससे विधिवत् शादी कर ली या यों ही रख लिया?" बड़े भाई ने आश्चर्य से पूछा।

"आपके विधि-विधान जंगल में नहीं चलते। वैसे भी शादी तो परस्पर आस्था-विश्वास की बात है।"

"तुम उसे छोड़ नहीं सकते?"

"भैया, वह मेरी अर्द्धांगिनी है। मेरा घर-परिवार है, बाल-बच्चे हैं।" बिहारी के मुँह का स्वाद फीका होने लगा।

"तुम्हारी यहीं शादी करवा देंगे।"

"नहीं भैया, नहीं। शादी तो रिश्ते की पवित्रता का नाम है। बीवी गाय-भैंस तो नहीं, जो एक को त्यागकर दूसरी खरीद लूँ।"

"वह तो ठीक है, लेकिन..."

बिहारी लाल चौंक गया। उसे लगा उसके चारों ओर सागर की लहरें उठने लगी हैं, जो कभी भी उसे लील सकती हैं। अथाह जंगलों में भटकता हुआ, अवश्यकता पड़ने पर साँपों को अपना भोजन बनाने वाला अनुशासनप्रिय सैनिक चौंक उठा। वह अपने नन्हे से बेटे को कैसे छोड़ दे...उसकी बेटियाँ उसकी प्रतीक्षा कर रही होंगी...और पत्नी रात देर गए तक करवटें बदलती

रहती होगी, शायद मेरी आहट सुनने के लिए लालायित थी। घर के निकट ही झील है। कहीं बेटा वहाँ न जाता हो। कोई दुर्घटना हो गई तो वह कहीं का नहीं रहेगा। पाल-पोसकर बड़ा किया पौधा यदि एकाएक सूख जाए तो कितना दु:ख होता है। बड़े भैया भी अजीब हैं, जो उसे यहीं बस जाने के लिए कहते हैं।

शायद मैंने यहाँ आकर गलती की है। वृक्ष की टूटी शाख भला वृक्ष से फिर कैसे जुड़ सकती है। डार से बिछुड़ा पक्षी एक बार भटक गया तो भटक गया। वह भी तो डार से उखड़ा हुआ पक्षी है, जिसने अपना अलग नीड़ बसा लिया है। पता नहीं वे कैसे क्षण थे, जब वह भारत आने का निर्णय कर बैठा। इतना उतावलापन कि वह घर में बताकर भी नहीं आया। पैदल ही, चोरी-छिपे बर्मा-नेपाल की सीमा को पार कर भारतीय क्षेत्र में आ गया था। जोश में उसे इतना भी ध्यान न रहा था कि इस प्रकार सीमा पार करने से किसी क्षण गोली उसके आर-पार हो सकती थी, परंतु वह सकुशल आ पहुँचा था।

आ तो गया, शायद खून की पुकार थी, परंतु जब धीरे-धीरे नीड़ से कट जाने की उत्कंठा उभरने लगी। साथ ही एक गलती का एहसास। बिना कागज-पत्र पूरे किए सीमा पार करने का अपराध। बनारसी दास को वस्तु:स्थिति का पता चला, तो उन्होंने कहा, बिहारी तुमने अच्छा नहीं किया। किसी ने रिपोर्ट कर दी तो मुश्किल हो जाएगी।

"चाचाजी, आप खुद ही थाने में सूचना दे दें।"

बिहारी हैरान, परेशान! बस इतना भर बोला, "मैं तो खुद लौट जाना चाहता हूँ। आपको डर लगता है तो मैं कहीं और चला जाता हूँ।"

"नहीं बिहारी, नहीं। यह बात नहीं है। मैं खुद अधिकारियों से मिल लूँगा...मैं भी तो कुछ और ही सोच रहा था। आई.एन.ए. के सैनिकों की पेंशन लगती है...उसके लिए प्रयत्न किया जा सकता है, तुम्हें पासपोर्ट बनवाकर आना चाहिए था।"

"मैं पेंशन के लिए नहीं आया हूँ।"

बिहारी अजीब संकट में फँस गया था। बड़े भाई की बात तो ठीक है। वह पासपोर्ट बनवाकर आता तो अधिक दिन कट सकता था, बिना किसी

हिचकिचाहट के। वैसे हर वर्ष वह भारत आने की योजना बनाता, परंतु किसी-न-किसी कारणवश योजना ही रह जाती। पत्नी का सम्मोहन था या फिर नन्हे-मुन्हे का मोह। आदमी लौटे या न लौटे, लेकिन शायद वह बिहारी को पूरी तरह जान ही नहीं पाई। आदमी पारदर्शी नहीं है। बाहर शालीन मुखौटा ओढ़कर अंदर शैतान का रूप भी बनाए रख सकता है, परंतु नहीं···वह चाहता तो पहले उसे छोड़कर भारत लौट सकता था। भारत जिसकी मिट्टी की गंध के लिए वह तड़प उठता था। तिलमिला उठता था, लेकिन नहीं, अभी नन्हीं कोपलें विकासमान थीं। उन्हें एक संरक्षण की आवश्यकता थी और वह तो अचानक उसकी प्राणरक्षा के लिए आ उपस्थित हुई थी···उसके प्रति विश्वासघात करना अपने ही व्यक्तित्व को खंडित करना होता। वह पासपोर्ट का नवीकरण करवाता रहा था···बहुत वर्षों तक, फिर उसने पासपोर्ट के नवीकरण के लिए शहर जाना था···पता नहीं उसे क्या हुआ कि वह सीमा की ओर बढ़ आया। भावनाओं के संबंध भौतिक सीमा रेखाओं से कहीं ऊपर हैं। और फिर घर वालों की एक झलक देखकर वह वापस लौट जाएगा। बिहारी ने सोचा था।

भारत पहुँचने पर उसे पता चला कि संबंधों का जंगल, जो वर्षों के अंतराल से सुलझ गया था, उसमें फिर अंकुर निकलने लगे थे, वह मोह-पाश में बँधता चला जा रहा था।

बड़े भाई का आग्रह है—इतने वर्षों बाद लौटे हो, अब कहीं नहीं जाना। नया घर बसा लो। मैं अपने हिस्से में से तुम्हें हिस्सा दूँगा। तुम्हारा हिस्सा तो दूसरे भाई बेचकर खा गए हैं। मेरा मन कहता था, तुम एक दिन जरूर आओगे; लेकिन उन्होंने तो समझ लिया था कि···

बस इतना भर कहा बिहारी ने—जो ठीक ही किया उन्होंने। मैं डार से बिछुड़ा पक्षी, मेरी पहचान ही मिट गई है। मैं लौट आऊँगा। मेरा घर-बार, खेती-बारी, बच्चे और बीवी सब वहीं तो हैं।

बनारसीदास ने उसकी आँखों में मोह की झलक देखी तो कहा, ''देखो बिहारी, तुम आ गए हो, यह हमारे लिए बहुत खुशी की बात है; लेकिन तुम्हारा लौट जाना हमसे सहन नहीं होगा। तुमने आकर संबंधों की चिनगारी

सुलगाई है···या तो आते ही नहीं, आए हो तो यहीं रहो, यदि उसके बिना नहीं रह सकते, तो बीवी-बच्चों को भी यहाँ ले आओ···तुम्हें पेंशन भी मिलने लगेगी। काम का भी जुगााड़ हो ही जाएगा।''

बिहारी को लगा, उसके इर्द-गिर्द भयानक जंगल उभरने लगा है, जिसमें शीघ्र ही उसकी पहचान खो जाएगी।

रात का सन्नाटा छाया हुआ था। तभी बड़ा लड़का उठा। अपने पिता को जगाया। फिर अपने दोनों भाइयों को भी। तब धीमे से वह झाँककर देख आया कि बिहारी चाचा सोए हुए हैं। फिर उसने धीमे से अपने पिता से कहा, ''आपका प्रस्ताव तो अच्छा है कि बिहारी चाचा अपने परिवार को लेकर यहाँ आ जाएँ। लेकिन आपने सोचा कि उनका खर्च कैसे चलेगा? वे किस घर में रहेंगे? उनका हिस्सा तो बेचकर खा गए। और फिर बिहारी चाचा को क्या नौकरी मिलेगी? एम.सी.सी. पास को कौन पूछता है?''

''और अब तो आप भी रिटायर हो चुके हैं।'' दूसरे भाई ने धीमे से कहा।

''और आपको तो पेंशन भी नहीं मिलती।''

''ऐसी स्थिति में तो अपने ही खर्च पूरे नहीं होते। उनका भरा-पूरा परिवार आ गया तो घर में ही बेघर होने की परिस्थिति पैदा हो जाएगी।''

बनारसीदास चुप।

''अतः भलाई इसी में है कि वे वहीं रहें। हाँ, कभी मिलने की इच्छा हो तो साल बाद आकर मिल जाया करें।

''वैसे भी रिश्ते दूर से अच्छे लगते हैं। बीच में घुल-मिलकर रहने से संबंध बिखर जाते हैं। यहाँ अपने दूसरे भाइयों को ही देख लो। कोई मिलकर भी राजी नहीं।''

उनके चेहरे पर विषाद की रेखाएँ उभर आईं, परंतु आँखों में नपुंसक सी सख्ती झलक आई। उन्हें पहली बार महसूस हुआ, मानो सारे शरीर में काँटे उग आए हों। भाई इतने वर्ष बाद आया है और ये मेरे ही शरीर के अंश मुझे आँखें दिखाते हैं। जरा भी संकोच नहीं, जो मन में आया उगल दिया। ये क्या जाने मेले में आत्मज के खो जाने पर कितना दुःख होता है तथा अचानक आत्मज के घर लौटने पर कितनी खुशी! कोई जंगल में जाए···अपना ही अंश

बिछुड़ जाए···उन्हें लगा, वह स्वयं दुनिया की भीड़ में खो गए हों···उन्हें कोई परिचित दिखाई नहीं देता।

किसी के खोजने की अनुभूति···अपने ही शरीर को कुछ भंग हो जाने की तिलमिलाहट—ये दुधमुँहे क्या जानें? ये तो धन की चकाचौंध से हकबकाए से पैसा बटोरने में लगे हैं। शायद संबंधों की सरलता तथा खून की घनिष्ठता को इन्होंने महसूस करना शुरू नहीं किया है। माँ बिहारी को देखने की लालसा लिये चल बसी, बाप तो कोठरी में बंद होकर बैठ गया था। बिहारी की संभावित यातनाओं की कल्पना ने ही आतंकित कर दिया था। और ये चूजे, उसके हिस्से की बात करने लगे हैं। और मेरी पेंशन का न होना इन्हें सताने लगा है। आर्थिक संबंधों का आधार, बेचारा क्षत-विक्षत पक्षी डार से पुनः मिलने के लिए लालायित पक्षी।

संबंधों के बिखराव का जंगल उसके इर्द-गिर्द लिपटने लगा।

वे अपने-अपने कमरों में चले गए। वे उठकर बिहारी के कमरे में गए। बिना बत्ती जलाए उन्होंने अपना हाथ बिहारी की छाती पर रख दिया···बहुत देर तक वह दिल की धड़कन को महसूस करते रहे। सोए बच्चों के दिल की धड़कन को महसूस करना उन्होंने अपने पिता से सीखा था। जो हर रात सारे बच्चों के दिल की धड़कन महसूस किए बिना नहीं सोया करते थे। शायद उसके एक पुत्र की मृत्यु नींद में हो गई थी। और फिर एक बहम आदत बन गया था।

धड़कन महसूस कर लेने के बाद उन्होंने आश्वस्त होने के लिए पुकारा, ''बिहारी!''

''हाँ भैया।''

''तो अभी जाग रहा है! सोया नहीं क्या?''

''नहीं। आप लोग भी तो सभी जाग रहे थे न?''

उन्हें लगा वे क्षत-विक्षत पक्षी की भाँति हवा में उल्टे लटक रहे हैं। बिहारी फिर जंगल में खो गया है तथा वे भी 'बिहारी', 'बिहारी' पुकारते हुए जंगल की गहनता में डूब जाते हैं।

□

बाहर का आदमी

इतना बड़ा परिवर्तन। उसने कभी कल्पना में भी नहीं सोचा था कि क्षण भर में। रेडियो में घोषणा मात्र से इतना बड़ा परिवर्तन हो सकता है। यह गत सत्रह वर्ष से इसी नगर में रहता आया है तथा यहीं के जीवन में रच-बस गया, परंतु एकाएक उसे यह अनुभूति काटने लगी है कि वह यहाँ का है भी या नहीं? वह विवश सा महसूस करता, परंतु उसका मन हठात् कह उठता—मैं यहीं का तो हूँ। मैंने अपने जीवन के सत्रह वर्ष यहीं तो व्यतीत किए हैं। मेरे बच्चों ने इसी नगर में आँखें खोली हैं। यहीं पालन-पोषण हुआ है। शिक्षा-दीक्षा सबकुछ तो इसी नगर से बँधा हुआ है। सबकुछ ही तो। परंतु यहाँ के लोग इस बात को स्वीकारते, तभी न। द्विविधा की स्थिति में उसका अंतर्मन और भी चीत्कार कर उठता।

रेडियो पर राज्य के पुनर्गठन की घोषणा मात्र से लोगों में अजीब सी हलचल थी, अजीब उल्लास था। 20 लाख लोगों की प्रादेशिकता क्षण भर में बदल गई थी। उनकी संस्कृति, मातृ-भाषा, रहन-सहन ने एकदम नया रूप धारण कर लिया था। जो कोई छोटे-मोटे कवि थे, उन्होंने मातृभाषा में तुकबंदिया करके जनता का मनोरंजन किया था तथा विशेषत: नेता वर्ग की चाटुकरिता। मनोज ने भी उल्लास-समारोह में भाग लिया था। उसे आश्चर्य हुआ कि ये इतने कवि एक दिन में कहीं से उग आए। कवियों में एक-दो ऐसे भी दिखाई दिए, जो कल तक अन्य भाषा में कविता करते थे तथा आज नए प्रदेश की घोषणा होने पर नई भाषा में। उनका यह दोगलापन है अथवा अवसरवादिता का सफल अनुसरण। यह इस विषय में निर्णय लेने में असमर्थ है।

क्षण भर में प्रादेशिकता, संस्कृति, मातृभाषा आदि का परिवर्तन निश्चय ही बहुत बड़ा परिवर्तन है।

कवि वह सोचता है कि इतना बड़ा परिवर्तन एकाएक नहीं हो सकता। प्रत्येक परिवर्तन, लहर, धारा धीरे-धीरे विकासोन्मुख होती है। समय की गति में परिवर्तन का एहसास तभी होता है, जब कुछ टकराकर खनखना जाए या फिर समय के क्षण-क्षण को यदि कुरेदकर देखा जाए तो संभव है, उसकी परतों में से क्रांति तथा परिवर्तन के अंकुर मिल जाएँ।

तब उसने अपने ही संस्थान में किसी उच्च-पद के लिए प्रार्थना-पत्र दिया है। इंटरव्यू से तीन-चार दिन पहले उसने प्रिंसीपल से मिल लेना उचित समझा था। वह लगभग पंद्रह वर्षों से इसी संस्थान में कार्य कर रहा है, अतः प्रिंसीपल से मिलने में किसी प्रकार का संकोच नहीं हुआ था।

"तुम्हारे लिए इंटरव्यू आ गया है?" प्रिंसीपल ने पूछा था, हालाँकि इंटरव्यू भेजने का निर्णय करनेवाले वे स्वयं ही थे।

"जी, हाँ।" मनोज बोला था।

थोड़ी देर ओढ़ा हुआ मौन—फिर प्रिंसीपल ने धीमे से कहना आरंभ किया—"मनोजजी, आप तो अपने ही आदमी हैं। अतः आपसे क्या छिपाना। स्थानीय लोग अब जागरूक हो गए हैं। बाहर के आदमी को सहन करने के लिए वे अब तैयार नहीं हैं। वैसे तुम तो अपने ही आदमी हो। तुम्हें तो यहीं का समझा जा सकता है।"

"प्रिंसीपल साहब, मैं गत पंद्रह वर्ष से इसी संस्था में काम कर रहा हूँ। और उसमें फिर स्थानीय और अस्थानीय का प्रश्न कहाँ उठता है।" उसकी आवाज में थोड़ी तल्खी आ गई थी।

"शर्माजी, मैं तुम्हारी राष्ट्रीय भावना को भली-भाँति जानता हूँ, परंतु समय ही ऐसा आ गया है कि एक प्रदेश का व्यक्ति दूसरे प्रदेश में नौकरी सहज ही प्राप्त नहीं कर सकता।" प्रिंसीपल साहब थोड़े गंभीर हो गए थे।

"परंतु प्रिंसीपल साहब, हम तो एक ही प्रदेश के हैं। मैंने तो किसी दूसरे प्रदेश में एप्लाई नहीं किया।"

"सो तो मैं जानता हूँ। परंतु तुम्हें शायद पता होगा कि आजकल नेता

लोग किसी बात पर मुख्यमंत्री से रुष्ट हो गए हैं तथा उन्होंने नए प्रदेश का अभियान चला रखा है। ऐसी अफवाहें सुनने में आ रही हैं कि प्रधानमंत्री ने उनकी बात सिद्धांत रूप से स्वीकार कर ली है तथा इस चुनाव के बाद कभी नए प्रदेश का उद्घाटन हो सकता है।'' प्रिंसीपल ने बड़ी ही गंभीर मुद्रा बनाकर कहा।

मनोज को यह अजीब सा लग रहा था। वह अपने इंटरव्यू के विषय में प्रार्थना करने आया था कि वह थोड़ा ध्यान रखे और यहाँ नए प्रदेश की बातें, जो अभी गर्भ में ही हैं, स्थानीय-अस्थानीय लोगों की समस्या बाहर और अंदर के आदमी। सोचकर वह निराश हो गया था। उसने पूछ ही लिया—''प्रिंसीपल साहब, यह तो सब ठीक है, परंतु योग्यता के अनुसार तो मेरे चांसेज हैं ?''

''हाँ, हाँ, पेपर क्वालिफिकेशन में तो तुम बहुत अच्छे हो।'' मन-ही-मन मनोज ने प्रिंसीपल के शब्दों को दोहरा दिया। उसका मन प्रिंसीपल के मुँह पर एक झापड़ देने को हुआ।

''शर्माजी, यदि बुरा न मानें तो स्पष्ट कह दूँ। एक व्यक्ति तो संस्था के निर्देशक-संचालक की सिफारिशी-चिट्ठी लाया है। दूसरे दो व्यक्ति इसी नगर से अथवा इसी क्षेत्र से कह लो। अतः चौथे नंबर पर मैं तुम्हारी सिफारिश कर सकता हूँ।'' प्रिंसीपल ने बड़ी आत्मीयता से कहा था।

''जी, आपकी बड़ी कृपा होगी। हमारे अधिकारों की रक्षा आपके अतिरिक्त और कौन कर सकता है।'' कहकर वह चला गया था।

प्रिंसीपल से मनोज का जो वार्त्तालाप हुआ था, उससे मनोज अशांत हो उठा था। यद्यपि प्रिंसीपल में जो कुछ कहा विशेष नहीं कहा था, परंतु जो कहा था, वह ही कम था। प्रिंसीपल के विषय में जो उसकी धारणा थी, वांछित होने लगी थी। इतनी बड़ी शिक्षा एवं शोध संस्था कर अध्यक्ष ऐसी बातें कर सकता है, उसने कभी सोचा भी नहीं था।

प्रदेश का विभाजन अभी हुआ नहीं, परंतु लोगों के मन पहले से ही विभाजित हो गए हैं। हो नहीं जाते, कर दिए जाते हैं। भला कोई पूछे राष्ट्र प्रमुख होना चाहिए अथवा प्रदेश? उसकी आँखों के आगे सरदार पटेल की आकृति उभर आती है। छोटी-छोटी रियासतों को मिलाकर बड़े राज्यों

का संगठन दूरदर्शिता का परिचायक जान पड़ता है। परंतु आज लगता है, सरदार पटेल का यह भागीरथ प्रयत्न व्यर्थ ही है, तो कहीं अच्छा होता है कि स्वतंत्रता के समय ही राज्यों के गठन का कार्य नहीं किया जाता। सभी राज्य अलग-अलग टुकड़ियों में बनी राष्ट्रीय-भावनात्मक-एकता की कहीं अधिक आवश्यकता होती है। मनोज सोचता है।

वह इस बात को स्वीकार करने में अपने आपको असमर्थ पाता है कि वह बाहर का आदमी है। एक दिन मित्र-मंडली में कुछ ऐसी ही बात चली थी, तो उसने कहा था—"मैं 'बाहर का आदमी' भावना से बहुत घृणा करता हूँ। पता नहीं यह स्थानीयता की प्रवृत्ति कहाँ से उभर आई है!"

"आप इसलिए घृणा करते हैं, क्योंकि आप स्वयं बाहर के आदमी हैं।" उसके एक बहुत ही निकट के मित्र ने चुनौती दी थी।

वह तिलमिला उठा था। बोला था, "हरामजादो, अभी प्रदेश का विभाजन हुआ नहीं···और यदि हो भी जाए तो क्या हमारी राष्ट्रीयता बदल जाएगी, भाषा बदल जाएगी या क्या बदल जाएगा? हम सब अपने ही घर में बाहर के आदमी हो गए हैं तथाकथित प्रबुद्ध-वर्ग की गर्जना उन कलुषित वास्तविकताओं की परिचायक लगती है।"

"शर्मा! गाली मत बको।" एक अन्य मित्र का स्वर।

"मैं सच कहता हूँ।" मनोज का काँपता हुआ स्वर।

"वास्तविकता को नकारा नहीं जाता।"

"वास्तविकता याद आई आज तुम्हें। यह भी खूब रही मनू, तुम तो मेरे स्कूल के सहपाठी रहे हो। याद है तुम्हें, जब हमारे स्कूल में एक बंगाली अध्यापक आया था, तो हम सभी कितने प्रसन्न थे। उसकी थोड़ी भिन्न प्रकार की वाणी, भिन्न प्रकार का उच्चारण सुनकर हम कितने प्रसन्न होते थे!" मनोज ने अपने मित्र को मनाने के स्वर में कहा।

"शर्मा! उन्नीस सौ पचास की बात में और आज की बात में बहुत अंतर है। आज यदि हमें अपने क्षेत्र में, अपने ही प्रदेश में ही नौकरी न मिले तो दूसरे प्रदेश में कैसे मिल सकती है। अपने प्रदेश में नौकरी प्राप्त करना सभी अधिकार समझते हैं। दूसरे प्रदेश में यदि किसी को नौकरी मिल जाए तो वह

उस प्रदेश की कृपा अथवा उदारता माननी होगी। वास्तविकता तो वास्तविकता ही है। कोई माने या न माने।'' मित्र की आँखें बदलती हुई लग रही थीं।

उस दिन शर्माजी एक असमर्थता का अनुभव कर रहे थे। अभी प्रदेश के टुकड़े भी नहीं हुए थे और उन्हें बाहर का आदमी घोषित कर दिया गया। वह इसे मानने के लिए कदापि तैयार नहीं थे। आदमी जहाँ जीवन के सत्रह-बीस वर्ष व्यतीत करता है, उस स्थान का ही हो जाता है। यदि वह स्थान उसे अचानक अस्वीकार कर दे तो उसके अस्तित्व के टुकड़े-टुकड़े होना स्वाभाविक है। बहुत दिनों तक उन्होंने मौन बनाए रखा था। वह किसी प्रकार इस संकीर्ण भावना से अपने आपको बचाकर रखना चाहते थे। कई ऐसे अवसर भी आते कि स्वयं का विश्लेषण करते। शायद वे इसलिए सोचते हैं, क्योंकि उनका अपना हित-अहित इस भावना से बन-बिगड़ सकता है।

फिर उन्हें बदलते तेवरों का पता चलने लगा था। प्रिंसीपल की बातें समझ में आने लगी थीं। संस्था में केवल दो प्रकार के आदमी रह गए थे, बाहर के आदमी एवं स्थानीय आदमी। मनोज शर्मा अपने आपको किसी में भी फिट नहीं कर पाए थे। आदमी आदमी है, वह किसी भी स्थान का हो, किसी भी प्रदेश का हो—वह सोचते, परंतु उनका कोई समर्थक नहीं था।

उनका इंटरव्यू निकट आ गया था। अनेक प्रकार की बातें वायुमंडल में तैरने लगी थीं। बाहर के आदमी एवं स्थानीय आदमी बढ़-चढ़कर भाग ले रहे थे।

''मनोज समझता है, उसकी नियुक्ति हो जाएगी।'' स्थानीय समूह में से उभरता एक स्वर।

''साले को प्रिंसीपल ने उल्लू बना रखा है।'' दूसरा स्वर।

''अकादमिक-क्वालिफिकेशन में तो उसे कोई बीट नहीं कर सकता।'' तीसरा स्वर।

''अकादमिक-बकादमिक क्वालिफिकेशन का क्या है ? आदमी के पीछे कुछ दम होना चाहिए।'' चौथा आदमी।

''नियुक्ति तो सुंदर सिंह की होगी। प्रिंसीपल ने ऐसा प्रचार कर रखा है कि मान जाए। कहता है कि सुंदर सिंह विश्वविद्यालय के उप-कुलपति

का आदमी है तथा संस्था के संचालक-निर्देशक ने भी उसी की सिफारिश की है।'' पाँचवाँ आदमी।

''एम.ए. छोड़कर सुंदर सिंह थ्रू-आउट थर्ड डिवीजनर है।'' प्रथम व्यक्ति का स्वर पुनः उभरा।

''डिवीजन को कौन पूछता है?'' दूसरा स्वर।

''इतना क्या कम है कि उसने एम.ए. कर रखी है। वह प्रिंसीपल की साली का लड़का है।''

सब खिलखिलाकर हँसते हैं। इतने में मनोज शर्मा वहाँ पहुँच जाता है। सभी एक बार पुनः खिलखिलाकर हँस पड़ते हैं। वह कुछ समझ नहीं पाता। उसे अजीब प्रकार की अनुभूति होती है। ''इंटरव्यू कब है?'' एक स्वर।

''परसों।'' मनोज कहता है।

''इनके बड़े चांसेज हैं।'' दूसरा व्यक्ति कहता है।

''यह तो कुछ नहीं कहा जा सकता।'' मनोज गंभीर हो गया है।

''विश यू बेस्ट ऑफ लक।'' समवेत स्वर।

मनोज उन्हें अशंक नेत्रों से देखता है। जान नहीं पाता, उनमें से कौन मित्र है, कौन नहीं। एक अजीब सी उलझन में फँसा रहता है। कुछ दिन पहले लोगों की एक स्कीम थी—अब उसके दो भाग हो गए हैं। एक दरार पड़ गई, परंतु इसकी आवश्यकता क्या है। यहाँ के लोगों को नौकरी में प्राथमिकता देना। तो क्या यहाँ के लोगों को किसी दूसरी जगह नौकरी देना कानूनन बंद कर दिया जाए। नहीं ऐसा नहीं संभव। कूंप-मंडूप क्षेत्रीय-वाद नहीं पनपना चाहिए—वह कराह उठता।

इंटरव्यू से एक दिन पहले उसके हितैषी बाहर के आदमी उसके निवास पर पहुँचे थे शुभ कामनाएँ देने। एक ने पूछ ही लिया था, ''मनोज, तुम्हारा क्या हाल है?''

''मैं कुछ नहीं कह सकता।''

''मैंने सुना है, सुंदर सिंह को ले रहे हैं।'' एक स्वर।

''मुझे नहीं पता।'' मनोज का निराश स्वर।

''हाँ, उसे तो लेंगे ही। वह प्रिंसीपल का बेटा जो है।'' दूसरा स्वर।

''हाँ, प्रिंसीपल का बेटा। इस बूढ़े ने जवानी में अपनी साली को भी नहीं छोड़ा। उससे यह सुंदर सिंह, प्रिंसीपल का बेटा।''

मनोज कुछ नहीं बोला था। उसे ऐसे रिमार्कस पसंद नहीं आए थे। काफी देर तक इधर-उधर की बातें चलती रही थीं। इधर का आदमी, उधर का आदमी। धाँधली बढ़ाता हुआ क्षेत्रवाद। ढेर सी बातों को लेकर मित्र-मंडली ने अपनी-अपनी प्रतिक्रिया व्यक्त की थी—सबके पीछे एक ही प्रमुख भावना जान पड़ती थी, यह थी असुरक्षा की भावना, अन्याय की संभावना। आपस में बातचीत कर लेने पर उन्हें थोड़ा बल मिलता था। मानसिक शक्ति भी।

फिर वही हुआ था, जो होना था। उसकी नियुक्ति नहीं हुई। सुंदर सिंह को ले लिया गया था। मनोज शर्मा को लगा कि इस न्याय की माँग करे। अंदर-ही-अंदर कहीं खोखला महसूस करने लगा था—कभी-कभी तो वह अंदर की कांति की ज्वाला से धधक उठता, परंतु कुछ न कर पाने की स्थिति के आभास से फिर परिस्थितियों से समझौता करने का प्रयत्न करता···बहुत जोर लगाकर वह अपने कांतिपूर्ण विद्रोह को शांत करता। उसे हर बार लगता कि उसने भ्रूण की हत्या कर दी है···भ्रूण की हत्या।

राज्य के पुनर्गठन की घोषणा। घोषणा होते ही इतना बड़ा परिवर्तन। आदमियों का व्यक्तिगत अस्तित्व समाप्त हो गया। वे स्पष्टतः एवं निश्चय रूप से दो वर्गों में बँट गया—स्थानीय आदमी एवं बाहर के आदमी। क्षण भर में लोग ही घर में बाहर के आदमी हो गए थे।

नया प्रदेश, नई संभावनाएँ। चारों ओर उल्लास। जुलूस में अनेक टोपियाँ उभर आई हैं। धन्य हैं नेता लोग भी, जो क्षण भर में नई-नई संभावनाओं को जन्म देते हैं। प्रदेश के उद्घाटन का दिवस ऐसे मनाया गया जैसे प्रदेश का मुक्ति दिवस हो। मनोज को नेताओं के भाषणों के कतिपय अंश अब तक भी याद हैं। एक नेता चिल्ला-चिल्लाकर भाषण दे रहा था—''भाइयो तथा बहनो! भारत को स्वतंत्र हुए 25 वर्ष हो गए, परंतु आप जानते हैं, आप देख रहे हैं तथा बहुत से भाइयों ने महसूस किया होगा कि हमारा क्षेत्र उपेक्षित ही रहा है। इसके पिछड़ेपन में सुधार की अपेक्षा गड़बड़ी अधिक हुई है। अब

हमने इसकी बागडोर सँभाल ली है। हम हर क्षेत्र में भारत के शेष प्रांतों से आगे निकल जाएँगे।''

मनोज को अब हँसी आई थी। मन-ही-मन इसने सोचा था—नया प्रदेश बन जाने से साधारण लोगों को कोई लाभ नहीं होने का, कतिपय लोगों को गद्दियाँ भले ही मिल जाएँ।

''भाइयो! मैं तुम सबको बधाई देता हूँ। हमारा संघर्ष सफल हुआ। इस बहुत बड़ी दुनिया में विकास तभी हो सकता है, जब प्रत्येक कार्य का विकेंद्रियकरण कर दिया जाए। टुकड़े-टुकड़े करने से देश कमजोर नहीं होता। इससे तो प्रत्येक टुकड़ा अपने-अपने ढंग से मजबूत हो जाएगा। अपने प्रदेश की सेवा करने का लोगों को अधिक अवसर मिलेगा, जिसे अश्रु-गैस को आपने सहन किया, जो गोलियाँ आपने खाईं, वे व्यर्थ नहीं गई, परंतु अभी हमें बहुत कुछ करना है। हमें आपका विश्वास चाहिए।'' दूसरा नेता लगभग एक घंटे तक बोलता रहा था।

मनोज ने सोचा था—यह नेता निश्चय ही लोगों को उल्लू बनाने में सफल होगा।

''मेरे नव-उद्‌घाटित प्रदेश के वासियो! मैं तुम सबको बधाई किन शब्दों में दूँ। मैं तो मात्र इतना ही कहना चाहता हूँ कि मैंने आपकी सेवा का प्रण लिया है। आप शायद कहें कि मैं तो यहाँ पर रहनेवाला नहीं...लेकिन नहीं, आप मेरी कुल-परंपरा को नहीं जानते। मेरे शरीर की संरचना में इसी प्रदेश की मिट्टी की महक है। मेरे दादा के पड़दादा सन् 1810 में इसी प्रदेश में जनमे थे। आप चाहें तो उस समय के किसी पंडित की पुरानी लाइब्रेरी से छानबीन करवा सकते हैं।

''आप सच मानें या न मानें, लेकिन मैं तो स्वप्नों में बड़ा विश्वास रखता हूँ। कुछ मास पूर्व मुझे स्वप्न में दादाजी दिखाई दिए थे। उन्होंने मुझसे कहा था—'बेटा, तुम्हें तो आजकल तक महान् नेता होना चाहिए था। शायद तुम्हें अवसर नहीं मिला होगा, लेकिन अब तैयार हो जाओ। तुम्हारा मातृ प्रदेश तुम्हें बुला रहा है। लोगों की भलाई में ही तुम्हारी भलाई है।' बस स्वप्न के बाद मैंने आपके प्रदेश में ही नहीं, अपने पूर्वजों के प्रदेश में नहीं, अपने ही

प्रदेश में लोक-सेवा का प्रण ले लिया।'' ऐसा कहकर नेता बैठ गए थे। लोग खिलखिलाकर हँस पड़े थे। मनोज जानता है कि उक्त नेता महोदय अपने प्रदेश में अनेक बार पिट चुके थे। यहाँ उन्हें राजनीति में अधिक स्कोप की संभावना लगी, अतः छलाँगा आए थे।

मनोज को सब अजीब-अजीब लगता था। राजनीति के बदलते हुए दाँव-पेंच, गिरगिट के से रंग। प्रदेश में एकाएक नेता उग आए थे। जैसे रात्रि भर के समय अनेक छत्रक अचानक उग आए हों। उसे याद है कि स्वप्न बघारने वाले नेता ने अजीब नारा दिया था लोगों को, वस्तुतः स्वयं अपने पैर जमाने का यह अचूक फॉर्मूला था। नारा था—बाहर के आदमी बाहर करो।

नारे से सभी लोग प्रसन्न थे। भय था तो केवल बाहर के लोगों को। बाहर के लोग···मनोज सोचकर काँप उठता। सत्रह वर्ष एक स्थान पर रहने पर भी कोई बाहर का आदमी ही कहलाता रहेगा···अच्छा।

मनोज शर्मा प्रसन्न हैं कि उनके पुत्र ने उस वर्ष प्री-मेडिकल की परीक्षा प्रथम श्रेणी में पास की है। किसी जमाने में उनकी स्वयं बड़ी इच्छा थी कि वह डॉक्टर बनकर रुग्ण जनता की सेवा करे, परंतु गणित में रुचि न होने के कारण ऐसा संभव न हो सका था। अतः अब राजीव के माध्यम से उनकी इच्छा पूर्ण होती दिखाई देती है।

प्रदेश में नया मेडिकल कॉलेज खुला है। बहुत से लोगों को पहले दूर-दूर स्थानों पर स्थित कॉलेजों में प्रवेश लेना पड़ता था। किन्हीं विद्यार्थियों को तो प्राइवेट मेडिकल कॉलेजों में ही प्रवेश मिल पाता था। ये विद्यार्थी प्रायः धनी होते थे, जो दस पंद्रह हजार रुपए डोनेशन देकर एक सीट खरीद लेते थे। अब मनोज को कोई ऐसा भय नहीं। उसके पास इतना पैसा भी तो नहीं है कि वह डोनेशन दे सकता। राजीव को नए कॉलेज में सीट मिल ही जाएगी—सोचकर वह खिल उठता है।

उनका यह भ्रम भी अधिक देर नहीं बना रह सका। सबसे पहली कठिनाई मेडिकल कॉलेज के लिए राजीव के आवेदन-पत्र को अटेस्ट करवाने में आई। उसमें एक प्रमाण-पत्र देना था स्थायी निवास-स्थान के बारे में तथा यदि कोई नए प्रदेश का स्थायी निवासी नहीं था, तो उसे डोमिसाइल सर्टिफिकेट देना था।

शर्माजी ने इस नगर में कोई संपत्ति नहीं बनाई थी—नौकरी में बन ही कैसे सकती थी। अतः सत्रह वर्ष से इस नगर में रहने पर भी वे स्थायी निवासी नहीं माने जा सकते। अब एक ही उपाय था कि वे डोमिसाइल सर्टिफिकेट लें। उन्हें यह प्रमाणित करवाना था कि वे नए प्रदेश में लगातार तीन वर्ष अथवा इससे अधिक समय तक रहते हैं।

दीनानाथ नगरपालिका के सदस्य थे तथा वर्षों से उनका शर्माजी से मेलजोल था। शादी-ब्याह, त्योहार आदि पर अपना आना-जाना भी था। शर्माजी तुरंत उनके पास पहुँचे तथा उन्होंने उससे स्पष्ट ही कहा, "तुम्हारे हस्ताक्षरों की आवश्यकता है।"

"जहाँ चाहो करवा लो।" प्रत्युत्तर मिला।

"अच्छा, यहाँ...यहाँ कर दो।" जहाँ-जहाँ प्रमाण-पत्र की आवश्यकता थी, उस-उस स्थान की ओर शर्माजी ने संकेत कर दिया।

"अरे, तुम्हारा काम नहीं करेंगे तो किसका काम करेंगे।" कहकर वे हस्ताक्षर करने लगे, परंतु कुछ शब्द पढ़ते ही एकदम रुक गए।

शर्माजी ने आश्चर्य से उनकी ओर देखा।

"अरे यह तो डोमिसाइल सर्टिफिकेट है। यह प्रमाण-पत्र मैं बिना प्रमाण के कैसे दे सकता हूँ?" नगरपालिका सदस्य ने पैंतरा बदलते हुए कहा।

"तो यह नहीं कर सकेंगे आप?" शर्माजी ने पूछा।

"मैं अपने दोस्त के लिए क्या नहीं कर सकता, परंतु मेरी बात मानो। अपनी संस्था से एक प्रमाण-पत्र ले आओ कि इतने वर्षों से आप यहाँ नौकरी में हैं।"

"क्या आप नहीं जानते मुझे?"

"मैं तो जानता हूँ। और तुम्हारे लिए कुछ भी कर सकता हूँ, परंतु अच्छा तो यही रहेगा कि आप संस्था से प्रमाण-पत्र ले लें। फिर मेरे साथ कचहरी चलें। वहाँ क्षण भर में तुम्हारा काम करवा दूँगा।"

शर्माजी को आश्चर्य हुआ था, मन-ही-मन एक कुढ़न भी। वह इतने वर्षों से वहीं है। परंतु देश का विभाजन हो गया है तथा स्थान वही होते हुए भी नाम बदल गया है। देश एक ही है। प्रदेश उसी का अंग है, परंतु आदमी दो तरह के, बाहर के आदमी तथा अंदर के आदमी, अजीब उलझन है। कोई

नहीं समझ पाता···कोई समझना नहीं चाहता। आम आदमी की अनुभूति नहीं होती। नेताओं एवं सरकार के पास छोटे-छोटे मामलों के लिए कोई समय नहीं। अजीब उलझन है।

अनमने से शर्माजी ने संस्था से प्रमाण-पत्र लिया तथा अपने मित्र के पास पहुँचे। फिर वही टालमटोल।

"शर्माजी, मैं टेलीफोन कर देता हूँ। तुम्हारा काम हो जाएगा।"

"अच्छा।" शर्माजी पहले की भाँति जोर देकर नहीं कह सके।

कचहरी में उनका काम तो हो गया, परंतु बाबुओं ने जी भरकर दौड़ाया। दौड़ने से भी वह नहीं घबराए, परंतु कचहरी के सदस्यों की बातचीत, जो वस्तुतः शर्माजी को ही सुनाने के लिए की गई थी, वह उन्हें कहीं बहुत गहरे काट गई थी।

"साले चले आते हैं दूसरों का हक मारने।" एक स्वर।

"कोई स्थानीय व्यक्ति मारा जाएगा।"

"पता नहीं ये लोग कब वापस जाएँगे।" तीसरा स्वर।

"साले हमारे प्रदेश का पैसा अपने प्रदेश में ले जाते हैं।" चौथा स्वर।

शर्माजी ने मन-ही-मन उन लागों पर थूक दिया।

इतना बड़ा परिवर्तन!

क्षण भर में लोगों की प्रादेशिकता, प्रतिबद्धता एवं निष्ठा बदल सकती है, शर्माजी इसे स्वीकारने के लिए तैयार नहीं। परंतु उन्हीं के साथ प्रतिदिन जो घटित होता है, वे कैसे नकार दें। हर बात में, हर प्रकार से घृणा से भरी आँखें उनकी ओर उभरती रहती हैं। कहीं से सहानुभूति के शब्द भी आते हैं, तो बाद में शर्माजी को पता चलता है कि यह तो उनसे कुछ उगलवाना मात्र था। उन्होंने कई बार सोचा, अब किसी से मन की बात नहीं कहेंगे। जो कुछ कभी भी उन्होंने अपने मित्रों तक से भी कहा है—वह भी अधिकारियों तक अविलंब पहुँचता रहा है, पहुँचता रहता है। उस दिन जरा सी बात ने उन्हें परेशान कर दिया था।

"तुम्हारी नियुक्ति हो जानी चाहिए थी।" एक स्थानीय व्यक्ति ने सहानुभूति जताई थी, हालाँकि उस बात की मृत्यु को तीन साल हो चुके थे।

"मैं भी यही सोचता था।"

"बहुत अन्याय हुआ।" उसने उन्हें कुरेदने का प्रयत्न किया।

"न्याय है ही कहाँ?" थोड़ा रुक कर उन्होंने फिर कहा, "सब जगह भाई-भतीजावाद चलता है। यहाँ मेरे जैसे आदमी का अस्तित्व ही क्या है।"

"कोई तुम्हारी ओर आँख उठाकर तो देखे"थोड़ी गड़बड़ बाहर के आदमियों की ही पैदा की हुई है। कोई बाहर से आकर यहाँ रहना चाहता है तो आदमी बनकर रहे। स्थानीय व्यक्तियों को दबाने का प्रयत्न सफल नहीं होने दिया जाएगा।

शर्मांजी चुप थे। ये आदमी उनको भड़काना चाहते हैं। न चाहते हुए भी उसने भी उनसे इतना कहे बिना न रह गया—"भाई! बाहर या अंदर की बात निरर्थक है। कोई किसी अन्य प्रदेश अथवा स्थान का है, इसीलिए बुरा नहीं समझा जाना चाहिए, हर स्थान पर बुरे एवं अच्छे लोग होते हैं।"

"शर्मांजी, क्या घटिया बात को आपने भुला दिया। सभी बाहर के आदमियों को नौकरी से निकाल दिया जाए तो देखो, हमारे प्रदेश के लगभग सभी बेरोजगारों को नौकरी मिल सकती है। इसका अर्थ होगा छोटी उमर में बड़े पद।"

"इसका अर्थ यह हुआ कि जो इस प्रदेश के, जो भारत के अन्य प्रदेशों में नौकरी कर रहे हैं, उन सबको भी यहाँ से निकाल दिया जाए तो यह बड़ी अजीब एवं बेढब समस्या उत्पन्न हो जाएगी।" शर्मांजी ने उसे बहुत प्यार से समझाने का प्रयत्न किया, परंतु वह तर्क से विमुख हो चुका था। उसका मन बहुत अशांत हो गया था, क्योंकि बहुत सी बातें अनकही रह गई थीं।

दूसरे ही दिन प्रिंसीपल ने उन्हें अपने दफ्तर बुला लिया था। उनके दो-तीन चहेते व्यक्ति वहाँ पहले ही बैठे थे। शर्मांजी को हैरानी हुई थी।

"आपको ऐसी बातें शोभा नहीं देतीं। इतने पुराने आदमी होने पर भी न तो आप मेरे प्रति तथा न संस्था के प्रति निष्ठावान हैं।" प्रिंसीपल ने कहा।

"मैंने तो ऐसा कुछ नहीं किया।" शर्मांजी ने कहा था।

"प्रतिदिन सभी स्थानीय आदमियों को गालियाँ निकालते हो; फिर बड़े घमंड से कहते हो—कुछ नहीं किया।"

''यह झूठ है।''

''इनसे पूछिए। ठाकुरजी ने मुझे सब बता दिया है...हर बात पर विष उगलते हो, तुम्हें लज्जा आनी चाहिए।''

''लज्जा तो उन आदमियों को आनी चाहिए, जो बाहर एवं अंदर के आदमी कहकर दो वर्ग बनाना चाहते हैं।''

''शर्माजी, इसमें काई संदेह नहीं! बाहर का आदमी बाहर का है, स्थानीय आदमी स्थानीय है।'' प्रिंसीपल ने व्याख्या की।

''लेकिन हैं तो दोनों आदमी। और वे एक ही राष्ट्र के।'' शर्मा क्रोध में बोल रहा था।

''बंद करो बकवास। लगे सिखाने राष्ट्रवाद। यदि इतना ही मान है, तो वहाँ नौकरी कर लो, जहाँ ज्यादा राष्ट्रवाद है।'' प्रिंसीपल ने कटुतापूर्ण स्वर में कहा।

''मैं तुम्हारे...'' शर्माजी ने अपनी वाणी पर काबू कर लिया तथा बिना कुछ कहे दफ्तर से बाहर आ गए। सोचने लगे—बाहर का आदमी, अंदर का आदमी, अजीब हैं, ये आदमी!

□

साँप

उसकी रीढ़ की हड्डी पर साँप फुफकार रहा था। वह हड़बड़ाकर बैठा तथा अंधकार को टटोलने लगा। वह चौथी मंजिल के कमरे में बंद था। आकाश में लटका सा हुआ।

साँप के रेशमी स्पर्श से उसकी रीढ़ की हड्डी एकाएक निर्जीव होने लगी। फिर सैकड़ों साँप उसके मस्तिष्क में घुस गए तथा जीभ लपलपाते हुए उसकी धमनियों में उतरने लगे।

विद्यापीठ की चौथी मंजिल अपने आकार से विश्रृंखलित होकर और ऊँची उठने लगी···फिर सारा भवन मुँह कटे धड़ सा थरथराने लगा। शायद भटकी हुई आत्मा फिर मँडराने लगी थी।

धुँधलेपन में भी अजित को उसका आकार स्पष्ट दिखाई देने लगा। भोला-भाला सीधा-सादा सीता राम। अकेली जान। काफी जमीन का सौदा तय हो रहा था। मुख्य अधिकारी ने कहा था—पेड़-पौधा लगाना पुण्य का प्रतीक है। विद्या का प्रचार भी जनहित है।

उसने बिना पढ़े कागज पर हस्ताक्षर कर दिए थे। कम पैसे लेकर भी वह बहुत खुश था। फिर एक दिन आयकर वालों ने उसे दबोच लिया था, फिर जमीन का जितना भी पैसा मिला था, वह सारा आयकर में चला गया। वह आयकर अधिकारियों के आगे गिड़गिड़ाता रहा था, उन्हें असली वस्तुस्थिति से परिचित करवाने के लिए चिल्लाता रहा, परंतु वह व्यर्थ। वह रसीदों को नकारने में असमर्थ था।

उसकी जमीन पर विद्यापीठ का भवन उग आया था। वह संतप्त सा

आस-पास ही मँडराता रहता। बार-बार अधिकारियों से मिलता, परंतु वह हँसकर टाल देते। फिर वह फूट पड़ता—वह एक-न-एक दिन तुम्हें ले डूबेगा और फिर मैं झूम-झूमकर गाऊँगा, मुसकराऊँगा।

एक दिन वह बहुत ही दुःखी था। पता नहीं वह कहाँ से एक मरा साँप उठा लाया तथा धप्प-धप्प करता हुआ चौथी मंजिल पर जा पहुँचा था। उसने वह मरा हुआ साँप अध्यक्ष के मुँह पर दे मारा।

वह अट्टहास कर रहा था। अधिकारी दहशत से बेहोश हो गया था।

"इतनी सारी जमीन के लिए तुमने मुझे मरा हुआ साँप ही तो दिया है... पैसा तो तुम पी गए...लो साँप पी लेना। मैं जानता हूँ, तुम्हें फिर भी कुछ नहीं होगा; क्योंकि तुम तो साँप के भी बाप हो।" वह दहाड़ता रहा था।

विद्यापीठ के कर्मचारियों ने उसे रोकना चाहा, परंतु असफल। फिर उसने मरा हुआ साँप उठाया तथा उसकी पूँछ अधिकारी के मुँह में ठूँसते हुए कहा, "तुम मुझे खा गए। लो साँप को भी खाओ, साँप जो जहरीला होता है, तभी तुम्हारा जहर मर सकेगा...नहीं तो तुम सारी सृष्टि को डस खाओगे।"

वह नीचे नहीं उतरा था, सभी परेशान थे। फिर पुलिस को बुला लिया गया था।

अजित को याद है, कुछ दिन बाद विद्यापीठ के पिछवाड़े जंगल में लोगों ने दो पैर धरती को चीरकर उगते जरूर देखे थे, परंतु सबको साँप सूँघ गया था...वे सहम गए थे।

भवन फिर थरथराने लगा।

अजित को साँप का रेशम लिजलिजा सा लगा। उसने पूरी शक्ति से साँप को उठाकर पटक दिया, फिर अपने आस-पास की जगह को हाथ से टटोलकर देखा। अरे, यह इतना बड़ा साँप, फिर कहाँ से आ गया। वह एक साँप उठा कर फेंकता, तो दूसरा उसके हाथ में आ जाता। उसे लगा, वह नाग लोक में पहुँच गया है...किस-किस से बचेगा वह!

मेढक तथा साँप, मेमना तथा भेड़िया...साँप तथा भेड़िया।

वह हतप्रभ हो गया था। अध्यक्ष के अंदर पल रहा भेड़िया अचानक बाहर आ गया था—"तुम संस्था को हड़प जाना चाहते हो...और यह मैं

हरगिज नहीं होने दूँगा।''

''आप तो हड़पकर डकार भी नहीं लेना चाहते।''

''तुम दो कौड़ी के आदमी अपनी औकात नहीं पहचानते। मैं एक-एक से निपट लूँगा। मैं देखूँगा तुम नौकरी कैसे करते हो?''

''संस्था किसी के बाप की नहीं है, यह जनता की अमानत है।''

''तुम भी रक्षक नहीं, भक्षक हो।''

''बेवकूफ''तुम क्या जानो कि भक्षक ही रक्षक हो सकता है, भूखा व्यक्ति किसी की क्या रक्षा करेगा?''

''बिल्कुल ठीक है, तभी तो संस्था''।''

''तुम दफा हो जाओ। तुम्हें बोलने की भी तमीज नहीं।''

भेड़िया मेमने को निगल जाना चाहता था, परंतु मेमना छिटककर एक ओर हट गया।

अजगर की फुफकार सुनाई देने लगी थी। क्षण भर के लिए खरगोश दुबक गए थे। फिर अचानक मेमनों में शेर घुस गए थे तथा खरगोश में हाथी चिंघाड़ने लगे थे।

और फिर जुलूस की बरसाती नदियाँ बहने लगीं। हर चौक में धुआँधार भाषण होता। बार-बार एक ही बात की चर्चा। नाथ काला नाग है। अंदर गुंडे अपने क्षेत्र के छोटे बदमाशों से बँधा-बँधाया 'महीना' लेते हैं, वैसे ही यह नारा हम से 'नाथ टैक्स' लेता है। नाथ क्या, अनाथ टैक्स। हर मास वेतन का दस प्रतिशत''जैसे धर्मार्थ दशमांश लेता हो।

नाथ के कान बड़े तेज थे और दिमाग बड़ा फुर्तीला। तुरंत एक प्रेस-कॉन्फ्रेस बुलाई गई। इधर-उधर की बातों के बाद कहा गया—''मैं तो धार्मिक प्रवृत्ति का आदमी हूँ, परमात्मा से डरने वाला। धर्म-कर्म में दो पैसे लग जाएँ तो प्रसन्नता होती है। मैं भला गरीबों का पेट कैसे काट सकता हूँ। मैं तो गरीब विद्यार्थियों को आर्थिक सहायता भी देता हूँ। मुझे तो यह सब अजित की शरारत लगती है।''

चौथी मंजिल के कमरे में बंद अजित साँप रेशम को भूलकर ठहाका लगा उठा। ऐसा व्यक्ति गरीबों से दस प्रतिशत कैसे ले सकता है? भेड़ों में

घुस आया भेड़िया। साँप की फुफकार में नाथ बोल उठा। अजित ने उसे एकदम दबोच लिया। फिर मेमने से मिलकर भीड़ साँप के रेशमी शरीर पर फिसलने लगी, वाह क्या मुलायम है! अजित को लगा, सारे मेमने मिलकर अध्यक्ष को धराशायी कर सकते थे। फिर उसे लगा कि वह नाथ को पकड़कर हवा में उड़ गया। नाथ चिल्लाता रहा—"अरे क्या मजाक है। मुझे छोड़ दो। जो माँगोगे, वही मिलेगा। मैं तुम्हें पदोन्नतियाँ दूँगा, लेकिन मुझे छोड़ दो।"

ज्यों ही नाथ के पाँव पृथ्वी पर लगे, वह फिर फुफकारने लगा—"तुम सब चोर हो, तुम संस्था को हड़प जाना चाहते हो। मैं ऐसा हरगिज नहीं होने दूँगा।"

मेमने खिलखिलाकर रह गए।

नाथ ने फिर कॉन्फ्रेंस बुलाई—ये सब कर्मचारी विद्रोही हैं। संस्था के प्रति इनके मन में कोई निष्ठा नहीं, इन्हें भड़काया गया है। अजित इन्हें मरवाने पर तुला है। कल रात ये लोग मुझे उठाकर ले गए थे; इन्होंने मुझ पर कई वार भी किए।

"आप इन पर हत्या का केस दर्ज क्यों नहीं करवाते?"

"ये मेरे अपने बच्चे हैं। मैं इतना क्रूर नहीं। हो सकता है, मैं इन्हें समझा-बुझाकर ठीक कर दूँगा।"

संवाददाता नाथ की आदर्शवादिता के आगे नतमस्तक थे। फिर भी उनमें से एक ने धीमे से पूछा, "आप पर···"

"बड़े आदमियों पर आरोप तो लगते ही रहते हैं। मेरा काम तो संस्था को चमकाना है। इनको तो कहीं भी नौकरी मिल सकती है···और फिर जिन चयन समितियों ने इन्हें नौकरी दी है, उनका चेयरमैन होना तो दूर, मैं तो साधारण सदस्य भी न था। मैं तो आदर्श अध्यक्ष बनना चाहता हूँ।"

"ऊँ···हूँ···।" एक संवाददाता ने अविश्वास से देखते हुए कहा, "पदोन्नतियाँ बंद हो जाने से कर्मचारियों में निराशा तो बढ़ेगी।"

"तो जहाँ इनको पदोन्नतियाँ मिलती हैं, वहाँ चले जाएँ।"

मेमने फिर और भी भड़क उठे थे। हड़ताल का पैंतालीसवाँ दिन था। कर्मचारियों का प्रण था कि शांति से पदोन्नति करते रहेंगे।···किसी-न-किसी

दिन अधिकारी बुलाकर बात करेंगे, परंतु नाथ का अचूक नुस्खा तथा अटल विश्वास अधिकाधिक उपेक्षा करने से कर्मचारी खुद ही मर जाएँगे··· वेतन बंद··· फाके की नौबत··· फिर अपने आप नाक रगड़ेंगे··· विद्रोह की पराकाष्ठा। समाचार-पत्रों में भूकंप आ गया था।

नाथ को गिरगिट का रंग बदलना दिन-प्रतिदिन लुभावना लगने लगा था। बराबर न्यूज-फ्लैश करवाता रहा। केवल कुछ प्रतिशत लोग ही हड़ताल पर हैं।

नाथ के चंद समर्थक समय की विकरालता को भुलाने में लगे थे। बराबर कहे जा रहे थे—"स्ट्राइक तो टूट गई है। वे भूखे मरने लगे हैं।"

जंगल में आग भड़क उठी थी। संस्था चौथी मंजिल की बिल्डिंग थरथराने लगी थी।

वे टिड्डी दल की तरह सीढ़ियों पर चढ़ रहे थे हाहाकार मचाते हुए, नारे लगाते हुए।

अजित ज्यों ही चौथी मंजिल पर पहुँचा था, तो पाँच-सात आदमियों ने उसे पकड़कर कमरे में बंद कर दिया था और फिर डंडों, घूँसों की आवाज आने लगी थी।

कमरे में सिपाही मधुमक्खियों की तरह चिपक गए थे। अजित ने कोई प्रतिरोध नहीं किया। एक सिपाही कह रहा था—"बड़ा नेता बना फिरता है। साला उल्लू का पट्ठा, बेवकूफ!"

"मेरा जो भी हश्र हो। यह नाथ बच नहीं सकता। इसका मुखौटा अब उतरा कि अब उतरा।" अजित ने हाँफते हुए कहा।

"सुबह तुम्हारी बगल से औरत निकलवा देगा वह और फिर··· ।"

सिपाही ने फिर उसे मारना शुरू कर दिया। अजित को लगा, सिपाही महीन हो गया है, मात्र एक लोहे का टुकड़ा, जो उसके मारा भी जा रहा है तथा अपने विद्रोह को भी व्यक्त किए जा रहा है। अजित की इच्छा हुई कि वह उस सिपाही से बतियाते, परंतु वह तो उसे मारे जा रहा था। फिर उसे नहीं पता क्या हुआ तथा कब बेहोश होकर गिर पड़ा था।

विद्यापीठ का भवन फिर डगमगाने लगा है। सीताराम की आत्मा वायु में कंपन पैदा करने लगी है, हड्डियों का कंकाल हवा में खड़खड़ाने लगा है।

जमीन में से पैर बाहर फूटने लगते हैं। अजित को लगा, ये पैर नाथ के हैं। वह प्रसन्नता से उस स्थल की ओर बढ़ गया। क्षण भर के लिए अपने विजयोल्लास में डूब गया। उसने पैरों को छूकर देखने का प्रयत्न किया। अरे, यह क्या···पैरों का रंग बदलने लगा, गिरगिट की भाँति। अजित बदहवास सा बिना पैरों के ही भागने लगा है। उसके पैर तो जमीन में से फूट रहे थे।··· फिर भी वह भाग रहा था।

पौ फूटने वाली थी···सीढ़ियों पर बूटों की टाप सुनाई दे रही थी। फिर सीताराम की चेतावनी—"अजित वे आ गए···अपने हाथों में लपलपाती जीभों वाले साँप लिये।···साँप···साँपों को पकड़े हुए साँप!"

अजित के मस्तिष्क में लपलपाती जीभों वाले अनेक साँप घुस गए, फिर धीरे-धीरे उसकी धमनियों में प्रवाहित होने लगे।

□

किलेबंदी

रात के ग्यारह बजे होंगे।

शहर मर चुका था और श्मशान में उसकी अधजली लाश भूतों के उग आने का एहसास पैदा कर रही थी।

घर में सब सो गए थे। उन्होंने कई बार घरवालों को देखा, कोई नहीं जाग रहा था, फिर लगता, शायद सहमे-डरे हुए लोग जागते हुए भी सोने का अभिनय कर रहे हैं, उनको हँसी आ गई...जीते हुए मर जाना, लेकिन यह मुहावरा तो उन्होंने किसी दूसरे अर्थ में ही पढ़ा था...समय के साथ मुहावरों के भी अर्थ बदलते हैं...सब कुछ बदल जाता है...देश-प्रदेश हो जाता है...प्रजा बदल जाती है...राजा बदलता इतिहास में उन्होंने अनेक बार सुना था, परंतु प्रजा को बाँटना पहली बार सुना था।

प्रजा बँट गई थी...देश बाँट लिया गया था...इधर के लोग उधर तथा उधर के लोग इधर, क्या अजीब जुनून था! धरती तो वहीं-की-वहीं रहती है, बस महत्त्वाकांक्षी इनसान...कुरसी और राजसी ठाठ-बाट का भूखा इनसान क्या नहीं कर देता...अनंत दौड़? लालाजी की आँखों में आँसू छलछला आए।

लोग भाग रहे थे...गठरियाँ उठाए...किसी-न-किसी प्रकार अपनी बहू-बेटियों को छिपाए, फिर भी दरिंदे कहीं-न-कहीं उन्हें आ घेरते थे...सारा देश जंगल हो गया था...सारे इनसान हैवान हो गए थे...सही और गलत की पहचान खो गई थी...शायद नेताओं ने एक भ्रम पैदा कर दिया था।

लालाजी भी परिवार के साथ गिरते-पड़ते चले हुए थे। उनकी बहन रामदुलारी भी उनके साथ थी। खुदाबख्श उनका दोस्त था, जो उन्हें सरहद

तक छोड़ने आया था···सब एक खौफ के साये में चल रहे थे, तभी तूफान आ गया था; उनका काफिला घिर गया था···मार-काट होने लगी थी, रामदुलारी आहत हिरनी-सी भागने लगी थी, तभी खुदाबख्श ने लालाजी से कहा था—रामदुलारी मेरे हवाले कर दो, बच जाएगी, मैं निकाह रचा लूँगा··· लालाजी चुप हो गए थे, उनकी निरीह आँखें, टपटप आँसू बरसा रही थीं। वह बोली—भैया, तुम चिंता न करो···मैंने अपना इंतजाम कर लिया है और वह वहीं ढेर हो गई थी।

वह उनकी पहली मौत थी शायद, जीते जी मर जाना, अब तो उन्हें लगता है कि वह हर रोज मर रहे हैं, फिर उग पड़ते हैं, फिर मर जाते हैं, शायद उनका दाह-संस्कार ठीक से नहीं हो पाता, शायद इसीलिए···

जालंधर का सेंट्रल टाउन! गली नंबर 7···यही तो है, वह रण-स्थली, जहाँ उन्होंने दादन खाँ से उखड़कर, फिर अपनी जड़ों को जमाने का प्रयत्न किया है···सारी जवानी पुनः जमने में लग गई और अब यह शहर मुरदा हो गया है···बेटा कहता है—पापा, बस घर में बंद रहो, बाहर खतरा-ही-खतरा है। सायं पाँच बजते ही किवाड़ बंद हो जाते हैं, सड़कें मर जाती हैं, बसें डर जाती हैं तथा सड़कों पर उग आते हैं अधजली लाशों के भूतहा साये! अपने ही साये से भागता आदमी···

उन्होंने देखा, घर के सब लोग सो गए थे। वे धीमे से किवाड़ खोलकर गली में निकले, अपनी खाँसी को दबाते हुए वे धीमे-धीमे नेहरू गार्डन की ओर चले।

बंदूकें यत्र-यत्र खड़ी थीं।

काश! हरदयालसिंह ही इस समय मिल जाता तो चहलकदमी करते हुए विस्तार से बातचीत हो जाती। बहुत दिनों से उससे मिलना ही नहीं हुआ, पता नहीं, वह स्वस्थ है या नहीं—साठ के पार कर लिये कि घर वाले बाहर ही नहीं निकलने देते। हम कोई सरकारी नौकरी से रिटायर हुए हैं, हमने तो खुद मेहनत करके घर-बार दोबारा बनाया है। हरदयाल भी बेवकूफ ही है; चाहता था, वह अपने बेटों को बुलंदियों पर देखना। अरे! कौन नहीं देखना चाहता, सभी माँ-बाप ऐसा ही चाहते हैं···और उस दिन कैसे रो रहा था···गुरुमुख

फरार हो गया···ये आज के नौजवान, पता नहीं क्या चाहते हैं···एक ही दिन में धनवान हो जाना चाहते हैं! अरे, धन के लिए मेहनत भी तो करो, डाके डकैती से क्या होता है!

उनके पीछे एक बंदूक चलती रही, वे बेखबर नेहरू-गार्डन की ऐसी बेंच पर जा बैठे, जहाँ वे अकसर हरदयालसिंह के साथ ग्यारह-बारह बजे तक बैठे रहते थे, वे निश्चिंत होकर बैठ गए···अक्तूबर की ठंड में भी उन्हें वहाँ बैठने में मजा आया, बहुत दिनों बाद वे खुले आकाश का आनंद ले रहे थे। वे ताजी हवा को अपने अंदर भर लेना चाहते थे, आस-पास कोई चहल-पहल नहीं थी, उनकी आँखें बंद होने लगी थीं।

"हरदयाल···"

"हूँ···"

मैं तो कैदी हो गया हूँ, पाँच बजे नहीं कि किवाड़ बंद, मुझे घुटन महसूस होती हैं।"

"हूँ···"

तुम बोलते क्यों नहीं, बड़े चालाक हो न, हूँ करके ही बात को टाल जाते हो···और मैं बकवास करता रहता हूँ, लेकिन हरदयाल इन वर्षों में तो चुप ही रहा···लोग अर्थ का अनर्थ निकाल लेते हैं, व्यर्थ की दीवारें खड़ी कर देते हैं···हवा की दीवारों को लोहे की बना देते हैं, इसीलिए मैं तो आज ही किलेबंदी से बाहर निकल आया, कौन घुटता रहे अंदर-ही-अंदर!"

"हूँ···"

"अपने ही शहर में बंद हो जाना, अपने ही घर में घुट जाना, बहुत दिनों बाद नेहरू गार्डन में आया हूँ···और देखो, तुम भी कितने नखरे से निकले हो, हालाँकि वे कहते हैं कि तुम रात को घूम सकते हो, लेकिन मैं नहीं···भाई···भाई···भाई में ही दीवार, मैं तो दीवार गिरा दूँगा, तुम भी···"

"हूँ···"

"हूँ, क्या, तुम कभी नहीं बोलते, मुझे अब मरने से कोई डर नहीं लगता···रोज अंदर मरने से एक बार बाहर मर जाना कहीं बेहतर है!"

एक बंदूक उसके पास आ गई थी, फिर अनेक बंदूकें उसके इर्द-गिर्द तन

गई थीं! लालाजी की आँखें खुल गई थीं···इतनी बंदूकें तन जाने के बावजूद उन्हें कोई डर नहीं लगा। बचपन में कभी सिपाही भी देख लेते तो काँप जाते थे, लेकिन आज ऐसा नहीं लगा।

''तुम किससे बात कर रहे थे?'' एक बंदूक ने पूछा।

''अपने दोस्त हरदयालसिंह से।''

''कहाँ है वो?'' बंदूकें फिर तन गईं।

हरदयालसिंह उर्फ हिरदा···वहीं होगा, कहाँ गया वह! बोलो, वह खतरनाक···कहीं भाग न जाए!

बंदूकें उनके शरीर के नजदीक आती जा रही थीं, लेकिन लालाजी तो ठहाके लगा रहे थे। सेंट्रल टाउन की गली नं. सात के घुटन भरे कमरे में मरने से नेहरू गार्डन में या जी.टी. रोड पर घूमना कितना प्यारा लगता है! वे ठहाके लगा रहे थे, कह रहे थे···क्यों रौब जमाते हो, मैं तो सैर-सपाटे के लिए निकला हूँ, और हरदयाल···और मैं तो सदियों से ऐसे ही रातों में घूमते रहे हैं···घूमते रहेंगे···

शहर फिर मर गया था। वे अकेले रात को जी.टी. रोड पर घूम रहे थे और अधजली लाशों के भूत उसे घूमता देख अब चिल्ला नहीं रहे थे, शायद यह सोचकर खुश थे कि उनकी रात गुजर जाएगी मजे से।

लालाजी हरदयाल के साथ प्रायः रात देर गए चाय पीने बाबे की दुकान पर जाया करते। लालाजी की आज भी वैसी ही इच्छा हुई। वे चौक की ओर बढ़ गए। अरे! सब सुनसान···बाबा वहाँ नहीं था, भट्ठी गरम नहीं थी···लोग चाय की चुस्कियाँ नहीं ले रहे थे···शायद आज नौकर न आया हो; वे आगे बढ़े···तंबू के नीचे लोग अलसाए से तनकर खड़े हो गए।

लालाजी ठहाका लगाकर आगे बढ़ गए।

□□□